죽이고 싶은

죽이고 싶은

초판 1쇄 인쇄일 2019년 7월 20일
초판 1쇄 발행일 2019년 7월 25일

지은이 한수옥
기　획 한국추리작가협회 출판부
펴낸이 양옥매
디자인 임홍순
교　정 조준경

펴낸곳 도서출판 책과나무
출판등록 제2012-000376
주소 서울특별시 마포구 방울내로 79 이노빌딩 302호
대표전화 02.372.1537　팩스 02.372.1538
이메일 booknamu2007@naver.com
홈페이지 www.booknamu.com
ISBN 979-11-5776-761-8 (03800)

이 도서의 국립중앙도서관 출판예정도서목록(CIP)은
서지정보유통지원시스템 홈페이지(http://seoji.nl.go.kr)와
국가자료종합목록시스템(http://www.nl.go.kr/kolisnet)에서
이용하실 수 있습니다. (CIP제어번호: CIP2019028194)

한국추리문학선 7 | 한수옥 장편소설

죽이고 싶은

책과나무

차례

1

짐
승
을

깨
우
다

인간은 누구나 가슴속에 짐승을 한 마리씩 가두고 산다. 포악하고 잔인하고 무서울 것 또한 없는 그 짐승은 이성과 도덕심과 타인의 시선이란 우리에 갇혀 무기력하게 숨어 있다가 어떤 계기로 봉인이 풀려 버리기도 한다.

봉인이 풀린 짐승은 긴 잠에서 깨어나 기지개를 켜고 활동을 개시한다. 일단 짐승이 활동을 시작하면 주인인 인간조차 그 짐승을 다시 가둘 순 없다. 깨어나는 순간 짐승은 주인인 인간을 지배하기 시작했으니까. 짐승의 지배를 받는 인간은 죄악을 모른다. 아니, 알지만 어쩔 수가 없다. 더는 짐승을 통제할 수 없기 때문에…….

도시의 야경은 휘황찬란하다. 특히나 유흥가의 야경은 더 반짝거린다. **노래방, ***라이브 카페, ***마사지, 성인 PC방, **모텔 등등……. 네온불빛들이 어서 오라고 번쩍거리며 유혹의 빛을 발한다.

취객들의 발걸음은 홀린 듯 그곳으로 향한다. 괴로움을 잊기 위해서, 아니면 쾌락을 찾아서. 그도 저도 아니면 다른 사람들의 손에 이끌려서. 하지만 한 발짝 물러나 그 뒤의 어둠을 보노라면 그 반짝거림은 눈가림에 불과하다는 것을 알게 된다. 마치 자신의 주름살을 가리기 위해 짙은 화장을 한 늙은 요부의 얼굴처럼.

여름비가 오고 있다. 어둠 속에서 주룩주룩 내리는 비는 어쩐지 음습한 내음을 풍긴다. 장소가 그래서 더 그런가?

모텔과 약간 떨어진 곳에 있는 모텔 전용 주차장은 울타리를 치고 있는 양철판으로 인해 안이 들여다보이지 않는다. 이곳을 드나드는 사람들의 숨기고 싶어 하는 마음을 알아챈 모텔 주인의 고객 서비스용 울타리 같다.

회색의 양철판은 군데군데 속살을 드러낸 채 찌그러져서 볼품이 없다. 페인트가 벗겨져 속살을 드러낸 곳엔 녹이 슬어 시뻘겋게 보이고, 광고지들을 붙였던 자리엔 광고지는 떨어진 채 녹색의 박스 테이프만 따닥따닥 붙어 있어 묘한 색의 대조를 이룬다. 양철판을 잇는 곳에 박힌 못 또한 녹이 슨 채 반쯤 뽑혀 있다.

이야옹. 이야옹.

고양이들의 울음소리가 여기저기서 들린다. 고양이의 울음소리 또한 스산하다. 그래서 그런 걸까? 오늘따라 유달리 음산한 기운이 느껴진다. 마치 피를 부르는 전주곡처럼. 밤을 지나 새벽으로 가는 시간. 인적이 끊긴 거리엔 고양이들이 주인 행세를 하며 거리를 활보하고 있다.

삐릭.

날카로운 것에 비닐이 찢어지는 소리가 나더니 순식간

에 바닥으로 온갖 뼈들이 후두두 떨어진다. 그 뼈들 사이를 앞발로 툭툭 치며 고양이가 먹을 것을 찾고 있다.

저벅저벅.

사람들의 발걸음 소리에 고양이는 얼른 몸을 숨긴다. 주차장으로 걸어오는 남녀의 모습이 흐린 불빛 사이로 어렴풋이 보인다. 어깨와 가슴이 환히 드러나는 상의와 미니스커트를 입은 여자가 우산으로 얼굴을 가린 남자의 팔에 매달려 걸어온다. 남자는 귀찮은 듯 여자의 팔을 거칠게 빼어 보지만 여자는 찰거머리처럼 매달린다.

"꼭 이렇게 가야 해? 오늘만은 가지 말지. 나 무섭단 말이야."

여자가 목소리 끝을 올리며 투정부리듯 칭얼댄다. 그러든지 말든지 남자는 말없이 차에 올라탄다. 이런 주차장에 놓이기 아까운 고급 외제차다.

남자가 차에 올라타 시동을 걸자 여자가 차창을 신경질적으로 두드린다. 남자가 마지못해 버튼을 누른다. 차창이 스르르 내려가자 여자가 자동차 조수석 안으로 고개를 들이밀며 협박을 한다.

"오빠, 정말 이럴 거야? 나 섭하게 하면 안 되지. 꼴랑 그거 먹고 떨어지라고? 나, 오빠 집 전화번호도 알고 와

이프 얼굴도 알아. 확 다 불어 버릴 수도 있어!"

여자의 협박에 남자의 얼굴이 형편없이 일그러진다. 이 여자는 욕심이 너무 많다. 나이도 있고 해서 편하게 놀아 보려고 만났는데 이제는 마누라 행세까지 하려 든다. 주제도 모르는 것이 감히 누굴 협박해? 갑자기 피가 끓어오른다. 한 대 칠 듯 주먹에 힘이 들어간다. 당장에라도 짐승이 튀어나올 것 같다.

"지금 협박하는 거야?"

남자의 목소리가 으르렁거린다. 감히 네까짓 게 나를 협박하냐는 듯 으스스하다.

"좀만 더 줘. 좋은 게 좋은 거 아니야?"

남자의 반응에 여자의 목소리가 대번 달라진다. 달래듯 부드럽게 흘러나온다. 협박했으니 이젠 회유인가? 당근과 채찍을 번갈아 쓰는 것이 남자 한둘 우려먹은 솜씨가 아니다.

남자는 머리를 헤드레스트에 기대고 팔을 이마에 올린 채 낙담한 표정을 짓는다. 저 여자에게 지갑이 털린 지 벌써 몇 번째인지 모른다. 이렇게 끌려 다닐 수는 없다. 방법을 찾아야 할 것 같다. 하지만 지금 당장은 저 여자의 말을 들어주는 수밖에.

남자는 포기한 듯 크게 한숨을 내쉬고는 신경질적으로 재킷 주머니를 뒤져 지갑을 꺼낸다. 지갑에서 수표를 몇 장 꺼내더니 차 밖으로 집어 던지고 급하게 차를 출발시켜 주차장을 빠져나간다.

여자는 차가 떠나든 말든 상관없이 우산을 집어 던지고 바닥에 떨어진 수표를 얼른 줍는다. 그 잠깐 사이에도 수표는 물에 젖었다. 가방을 열어 티슈로 수표의 물기를 닦아 낸다. 그녀의 관심은 오로지 돈, 돈뿐이다.

"미친놈, 지가 좋아서 매달리는 줄 알아? 테크닉도 없는 주제에. 돈만 아니면 나도 너 싫다."

말은 그렇게 하지만 수표를 들여다보는 그녀의 표정엔 만족감이 어려 있다.

"영이 몇 개야? 어두워서 보이지도 않네."

그 순간 번개가 치고 번개 불빛 사이로 수표 액수가 보인다. 영이 6개, 100만 원권이다. 그것도 세 장씩이나. 땡 잡았다. 만족스러운 듯 여자의 입꼬리가 확 올라간다. 여자는 수표를 핸드백 안에 고이 넣는다.

그 사이 맞은 비로 여자의 옷이 몸에 찰싹 달라붙어 육감적인 몸매를 그대로 드러낸다. 볼륨감이 좋은 여자다. 풍만한 가슴골 사이로 빗물이 모여들어 고여 있다. 마치

물을 가두어 둔 댐처럼. 손가락으로 브래지어 와이어 부분을 살짝 들자 고여 있던 빗물이 아래로 주룩 흐른다.

휘휘휘휘 휘휘휘휘.

어디선가 낮은 휘파람 소리가 들려온다. 슬픈 음조의 구슬픈 가락.

"비 오는 날, 청승맞게 무슨 휘파람이야?"

맘에 들지 않는다는 듯 여자가 중얼거리며 우산을 집어든다. 휘파람 소리가 계속 들려오자 여자가 소리 나는 쪽으로 고개를 돌린다.

주차장 입구에서 시커먼 실루엣이 주차장 안으로 걸어들어온다. 휘파람 소리도 같이 들어온다. 어두워서 상대의 차림을 알아볼 수 없다.

어쩐지 불안한 마음에 여자는 실루엣을 힐끔거리며 걸음을 빨리해 주차장 입구로 향한다. 그 사이 실루엣은 여자와의 거리를 좁히고 있다.

조금만, 조금만 더 가면 돼. 여자는 실루엣을 힐끔거리며 입구를 향해 발걸음을 재촉한다. 실루엣이 스치듯 지나치자 여자는 안도의 한숨을 내쉰다.

하나, 한숨이 채 끝나기도 전에 실루엣이 여자의 얼굴 앞에 우뚝 서 있다. 분명히 지나쳤는데 언제 나타났지?

여자의 온몸에 소름이 돋는다. 뭔가 무서운 일이 벌어질 것 같다. 그것도 바로 자기 자신에게. 여자는 올무에 갇힌 짐승처럼 꼼짝할 수가 없다. 온몸이 굳어져서 발조차 뗄 수 없다.

실루엣이 고개를 내려 여자의 귓가에 뭐라고 속삭인다. 여자의 얼굴이 하얗게 질리며 부들부들 떨기 시작한다. 아마 추위 때문에 떠는 건 아닐 것이다. 지금은 여름이니까.

그때 번개가 치고 번쩍이는 번개 불빛 사이로 칼을 쥐고 내려 찌르려는 실루엣의 모습이 언뜻언뜻 보인다. 마치 지옥문을 지키는 저승사자 같다.

"헉!"

여자가 놀라서 숨을 들이쉰다. 빗소리에 비명이 묻히고 이내 주위가 조용해진다. 여전히 번개가 친다.

번개 불빛 사이로 쓰러진 여자의 고통스러운 얼굴이 보이고 가슴 쪽에서 흥건히 피가 젖어 온다. 아직 숨이 끊어지지 않은 여자는 격심한 고통에 아무런 비명도 지르지 못하고 그저 숨만 헐떡거리며 의식을 잃어 간다.

실루엣은 그 모습을 무심한 눈으로 지켜본다. 마치 감정도 없는 인간 같다. 여자의 옷과 주변이 피로 물들어 간다. 여자가 서서히 눈을 감자 실루엣은 주머니에서 뭔가를 꺼낸다. 쭈그리고 앉아 그것을 도려내진 가슴 위에 올려놓는다.

이를 지켜보는 고양이의 눈이 섬뜩하다.

* * *

주당직이 교통사고 처리차 나간 후라 강력반 사무실엔 재용과 상우만이 남아 있었다.

의욕이 넘치는 얼굴로 눈을 반짝이며 컴퓨터를 두들기는 20대의 상우와는 달리 재용은 노숙자 몰골로 의자에 몸을 깊숙이 묻고 있다. 다리는 다른 의자에 올려놓고서 팔짱을 낀 채 잠을 자는 중이다. 코까지 골면서 자는 폼이 누가 집어 가도 모를 기세다. 며칠째 못 깎았는지 수염은 시커멓게 자라나 있고 옷은 구겨져서 꼬질꼬질하다. 딱 봐도 홀아비 냄새가 풀풀 풍긴다.

Rrrrrr Rrrrrr.

비 오는 날 새벽, 강력반에 울리는 전화벨 소리는 사무실의 공기를 순식간에 바꾸어 버린다.

만사태평인 듯 깊은 잠에 빠져 있던 재용이 눈을 번쩍 뜬다. 뭔가 기분 나쁜 기운이 느껴진다. 대형 사고를 예감한 듯 재용의 이마가 찌푸려진다. 전화벨 소리만 듣고도 사건의 크기를 짐작한다는 것이 어불성설이라 여기겠지만 짬밥이 늘다 보면 감이라는 것도 늘게 마련이다.

재용은 어느새 자세를 바로 하고 이마를 찌푸린 채 전화기를 집어 드는 상우의 손을 응시하고 있다. 머리카락이 사방으로 뻗어 엉망이지만 눈빛만은 형형하게 살아 있다.

"감사합니다. 강력2팀 이상우입니다."

졸린 기색도 없이 상우가 전화를 받는다. 어쩌면 처음으로 강력 사건을 맡게 된 기대감 같은 것이 실려 살짝 설레는 목소리다. 하지만 미소까지 지은 채 전화를 받는 상우의 표정이 순식간에 굳어졌다.

〔살인 사건 발생. 살인 사건 발생. 장소는…….〕

"뭐, 뭐라고요? 다, 다시 한 번……."

상우의 목소리가 떨리기 시작한다. 처음 접하는 강력 사건이라 뭐라고 해야 할지 모르겠다.

재용이 자리에서 벌떡 일어나 상우에게 전화기를 달라는 듯 손을 내민다. 사건 보고를 받는 재용의 얼굴이 점점 굳어져 간다. 예감이 틀리지 않았다. 대형 사고가 터졌다.

앵앵.

경광등을 번쩍이며 재용의 차가 달리고 있다. 사건 현장에 도착하니 주차장 입구엔 벌써 노란 폴리스 라인이 쳐져 있다. 급하게 차를 세우고 상우와 재용은 차에서 내린다. 아직 새벽이라 사방이 어둡다.

이야옹. 이야옹.

차에서 내리자마자 고양이 울음소리가 상우와 재용을 먼저 반겼다. 고양이가 앞으로 휙 지나가자 상우가 몸을 뒤로 내빼며 비명을 지른다.

"까악!"

그렇잖아도 살인 사건이라 무서워 죽겠는데 고양이라니? 상우는 고양이가 싫다. 고양이 울음소리는 더 싫다. 싫다는 정도를 넘어서서 섬뜩하기까지 하다. 포우의 소설 『검은 고양이』 때문인가? 계속해서 고양이 울음소리가 들려왔다. 고양이 울음소리가 흡사 여기에 시체가 있으니 빨리 오라는 소리 같았다.

"제가 고양이를 좀 싫어해요. 팀장님은 소름 끼치지 않아요?"

강력반 형사가 고작 고양이에게 벌벌 떠는 것이 못내 민망했는지 상우가 변명을 해 본다. 상우의 말에 재용이 별소릴 다 한다는 듯 대꾸한다.

"고양이가 왜 소름 끼쳐?"

"거 왜 있잖아요? 포우의 『검은 고양이』. 고양이 울음소리에 벽을 부수니까 벽 속에서 시체와 함께 고양이가 나왔다는 뭐 그런 내용 말이에요. 그 소설을 읽은 후엔 고양이만 보면 그 장면이 떠올라서 소름 끼쳐요."

이 시간에도 아내는 자기 대신 고양이를 안고 자고 있을 것이다. 재용 역시 고양이는 좋아하지 않는다. 하지만 자식도 없고 자기 역시 강력계 형사 노릇 하느라 집 비우는 시간이 많아 아내가 고양이를 돌보는 것을 탓하진 않는다. 다만 집에 들어가도 고양이 때문에 자신의 영역이 침해받는 것이 싫을 뿐이다.

아내 생각에 잠시 느려졌던 발걸음을 빨리해 재용은 사건 현장으로 걸어갔다. 몇 발짝 앞서가던 상우가 손으로 입을 막으며 몸을 돌려 다시 주차장 밖으로 뛰쳐나간다. 금방이라도 토할 기세다. 처음 보는 사체라 놀랐나 보다. 저렇게 비위가 약해서 무슨 강력반 형사를 한다고? 속으로 혀를 끌끌 차며 재용은 현장을 향해 계속 걸었다.

주당직을 나갔던 김 형사와 정 형사의 모습이 보였다. 사건 접수를 받고 출발하면서 바로 현장으로 오라고 전화를 했더니 먼저 도착한 모양이다. 정 형사는 현장 사진을 찍느라 카메라를 눌러 대고 있고, 김 형사는 하얀 장갑을 낀 채 사체를 살피는 중이었다. 정 형사는 30대 후반의 깔끔한 스타일이고 김 형사는 40대 초반의 이웃집 아저씨 같은 펑퍼짐한 외모다.

재용의 눈에 피해자가 보였다. 상체가 벗겨진 채 누워 있는 여자가 시야에 들어오는 순간 재용의 얼굴도 형편없이 일그러졌다. 절로 고개가 돌려졌다. 재용 역시 욕지기가 올라왔지만, 짬밥이 재용의 욕지기를 잠재웠다. 하지만 일그러진 얼굴을 펼 수는 없었다.

가까이서 본 여자의 모습은 참혹했다. 여자의 얼굴은 고통으로 일그러져 있었고 여자라면 마땅히 있어야 할 것이 깔끔하게 도려내어진 채 온 가슴이 피범벅이었다.

시민들에게 공개하기엔 너무나 엽기적인 살인 사건이었다. 오픈된 공간이 아니라 그나마 다행이었다.

"점마 저거는 만다꼬 쪼차와서 지랄인교?"

사체를 살피던 김 형사가 마뜩찮다는 시선으로 상우를 보며 말했다.

초임이 다 그렇지. 자기도 오만상을 찌푸리고 있으면서 초임형사에게 타박은?

아직도 눈에 선하다. 처음으로 살인 현장에 데리고 갔

던 날, 시체를 보고 기절해서 쓰러진 김 형사의 모습이. 그 일로 인해 김 형사는 한동안 형사들 사이에서 놀림을 받아야 했었다.

평소 같았으면 눈감아 주었겠지만, 너무 참혹한 현장 때문에 숨통을 틔우고 싶은 생각에 재용은 비릿한 웃음을 보이며 빈정거린다.

"개구리 올챙이 적 생각⋯⋯."

"아, 행님!"

김 형사가 버럭 소리를 지르며 재용의 말을 자른다. 후임들에게는 들키고 싶지 않은 치부다. 그 일이 들통 나면 자신이 그동안 쌓아 온 가오가 순식간에 무너질 것이다.

"김 형사님이 어쨌는데요?"

호기심 어린 얼굴로 정 형사가 재용에게 묻자 김 형사가 낭패라는 표정을 짓더니 애원하는 시선으로 재용을 본다. 그러게 왜 후임을 갈궈? 재용은 김 형사를 한심하다는 눈으로 보고는 정 형사의 질문에 질문으로 답한다.

"건진 거 없어?"

실망하는 빛이 역력했지만 정 형사는 더는 따져 물을 수가 없었다. 재용의 말투에서 잡담은 그만하라는 메시지가 풀풀 풍겨 나오고 있었으니까.

"흉기는 아직 찾지 못했고요. 피해자의 손에 저게 쥐어져 있었습니다."

정 형사가 손으로 가리킨 곳을 보자 증거물을 담은 비닐봉지가 보였다. 어두워서 잘 보이지 않았지만 중요한 증거물이 될 것이다. 이미 수집한 증거물은 서에 가서 보면 된다. 재용이 장갑을 끼고 사체를 살피자 김 형사가 플래시를 비춰 주며 내뱉듯 말했다.

"시상이 와 이리 숭악해지는지 모리것소."

저놈의 사투리는 언제나 고칠 건지. 수도권에서 살아온 지 벌써 20년이 다 되어 가는데도 김 형사의 사투리는 20년 전과 똑같다. 하여 초임이 들어오면 옆에서 통역 아닌 통역을 해 줘야 하는 번거로움까지 있다.

김 형사의 말끝에 씁쓸함이 묻어나고 있었다. 맞는 말이다. 갈수록 사건들이 흉포해지고 있다. 인간이기를 포기한 사람들이 늘어나고 있다는 뜻이다.

"가마이 본께 칼 좀 가꼬 논 놈인 것 가쏘. 깔끔시럽게 잘라 놨소."

재용이 보기에도 그랬다. 절단면은 전문가의 솜씨인 듯 깔끔하게 잘려 나갔다. 단 한 번의 칼질로 여자의 가슴을 도려내는 것은 보통의 사람으로서는 쉽지 않은 일이다.

전문적인 칼잡이나 도살자. 그도 아니면 외과의사?

흉기가 아니어도 뭔가 증거가 될 만한 것을 찾아야 한다. 재용은 눈을 빛내며 주변을 살피기 시작했다.

나머지 현장 감식은 정 형사와 김 형사에게 부탁하고 목격자가 있는 모텔로 향했다. 주차장에서 멀지 않은 곳에 위치한 모텔은 호텔 부럽지 않은 외양을 자랑했다. 모텔 입구에서 위를 한번 쓱 올려다보고 재용은 거침없이 모텔 문을 열고 들어갔다. 모텔 카운터에는 모텔 직원이 넋 빠진 얼굴로 앉아 있었다.

"경찰입니다."

경찰공무원증을 보여 주면서 재용이 말하자 모텔 직원의 얼굴에 안도감과 긴장감이 동시에 어렸다.

"최초 목격자 되십니까?"

"아뇨. 그 사람들은 집에 갔습니다."

최초 목격자가 집에 갔다니? 용의자가 될 수도 있는 사람인데 그냥 보냈나 싶어 짜증이 났다.

"그냥 보내면 어떡합니까? 범인일 수도 있어요!"

힐책하는 듯한 재용의 말에 모텔 직원은 자기도 할 도리는 다했다는 듯 짜증을 부린다.

"그럼 어떡해요? 있으라고 해도 더 늦어지면 집에서 오해한다며 가 버리는데."

오해는 무슨. 사실을 알아챈 거지. 배우자가 다른 사람이랑 바람을 피우고 다니는데 그 정도 눈치도 없을까? 하여간 사람들은 이상하다. 바람을 피우고 다니면서도 배우자가 의심하면 괜한 의심을 한다며 예민하게 반응한다. 마치 자기는 아무런 잘못이 없는데 오해하는 배우자가 잘못된 양.

"연락처는 받아 놨나요?"

"예."

직원은 전화번호가 적힌 메모지를 주면서 조심스레 덧붙였다.

"저, 아침 열 시 이후에 전화 달라고 부탁하던데요."

메모지에는 두 개의 전화번호가 적혀 있었다. 열 시 이후에 전화를 달라니 배우자에게 불륜 사실이 들통 나는 건 싫은가 보다. 메모지를 수첩에 끼워 놓고는 계속 질문을 하며 재용이 수첩에 기록하기 시작했다.

"피해자가 어젯밤 여기서 묵었다고 하던데, 몇 시쯤 나갔는지 기억하십니까?"

* * *

　여자의 통화 목록엔 수많은 남자의 전화번호가 저장되어 있었다. 문자 내용으로 보아 보통 사이들이 아니었던 것 같다. 사랑한다는 밀어부터 돈을 주지 않으면 배우자에게 고자질하겠다는 협박까지 다양한 내용이 들어 있었다. 상식적으로 사는 여자는 아닌 것 같았다. 노래방 도우미를 하면서 매춘까지 겸하는 것 같았다.

　여자의 통화 목록에 올랐던 남자들이 줄줄이 소환됐지만 그들은 하나같이 피해자와의 관계를 부인했다. 절대로 성관계를 하지 않았다며 몸을 빼기에 바빴다. 문자 내용을 들이밀자 남자들은 매춘이 아니라 화간이라며 말을 바꾸었다.

　통화 목록으로 용의자를 찾는 것과 동시에 전과가 있는 변태성욕자들 역시 모두 조사 대상이 되었다. 사체의 상태로 봐서는 초범이 했다고 보기엔 너무 잔인했기 때문이다. 하지만 모두 알리바이가 있거나 여자의 몸에서 채취한 정액과 일치하지 않은 DNA를 가지고 있어 방면해 줄 수밖에 없었다. 죄 없는 사람 잡아들였다고 툴툴거렸지만 그건 형사들 잘못이 아니다. 그렇게 당하기 싫으면 애초에 죄를 짓지 말았어야지.

"전 정말 죽이지 않았다고요! 정말이에요!"

정 형사의 다그침에 남자는 억울하다는 표정을 지으며 자신은 범인이 아니라고 항변하고 있었다. 지금으로서는 유력한 용의자다. 겉으로 보기엔 정말 그런 짓을 저지를 남자로 보이지 않았다. 든든한 직업과 똑똑한 아내, 그리고 잘 자라 주는 자식까지 뭐 하나 부족한 것이 없는 남자다.

저 남자를 찾기도 쉽지 않았다. 모텔 숙박부에는 여자의 기록만 남아 있었다. 모텔 직원은 얼굴은 알지만 남자의 신상에 대해서는 아무것도 모른다고 했다. 다행히 여자의 핸드백에서 100만 원권 수표가 발견되었고 그 발행자를 찾는 과정에서 남자를 검거할 수 있었다.

"너랑 헤어지고 바로 살해당했는데 네가 아니라고? 그게 말이 돼?"

다시 정 형사가 다그쳤지만 남자는 계속해서 자신은 아니라는 말만 되풀이했다. 같이 잔 것도 인정하고 협박을 받은 것도 인정했지만 죽이지는 않았다고 했었다.

"아무리 죽이고 싶었다고 해도 어떻게 가슴을 도려낼 수 있어? 인간이? 그것도 몸을 섞은 여자를. 흉기는 어디에

감췄어?"

정 형사의 말에 남자가 처음으로 감정을 드러내며 흔들렸다. 충격을 받은 느낌이 그대로 전해졌다. 만약에 연기라면 연기 대상감이다. 유리문을 통해 조사실을 들여다보던 재용은 더는 볼 필요가 없다는 듯 자신의 사무실로 돌아왔다.

모든 상황을 보면 저 남자가 범인임에 틀림없다. 여자의 몸에서 저 남자의 것으로 추정되는 정액이 나왔고 마지막 순간까지 같이 있었다. 여자에게 잘못 걸려서 벌써 몇 번이나 돈을 빼앗겼고 협박도 당했다. 게다가 결정적으로 칼을 잘 쓰는 외과의사였다. 한 번에 여자의 가슴을 도려낼 수 있는 능력을 갖춘 남자.

그런데 예민한 촉에 무언가가 자꾸만 걸리적거렸다. 재용은 책상 앞에 앉아 컴퓨터 화면에 현장에서 찍은 사진을 불러왔다. 말끔하게 도려내진 피해자의 가슴에 올려져 있던, 손으로 직접 깎아 만든 박쥐 모양의 목각 인형. 그것이 자꾸만 걸렸다. 피해자의 몸에 올려져 있었다는 건 중요한 단서라는 말인데…….

마우스를 눌러 증거물을 여러 각도로 살펴보는 재용의 이마는 펴지질 않는다. 분명히 어딘가에서 봤다. 그런데 어디서 봤는지 기억이 나지 않는다. 그것만 기억해 내도 사건의 반은 풀릴 텐데…….

"다녀왔습니다."

강력반 사무실 문이 열리며 상우와 김 형사가 들어온다. 두 사람 다 표정이 안 좋다. 얼굴에 우울함이 잔뜩 어려 있다. 하긴 좋으면 더 이상한 것이지.

피해자 가족에게 사고 소식을 알리려 보냈었다. 가족이라곤 달랑 열한 살짜리 딸 하나라고 하는데 그 딸이 보육원에 있다고 해서 그곳으로 보냈다. 아무리 보육원에 맡겼다고는 하지만 엄마인데, 그 엄마가 죽었다는 소식을 듣고는 기절이라도 하지 않으면 다행이었다. 얼마나 눈물을 쏟았을 것인가? 얼마나 원망을 해댔을 것인가?

피해자 가족의 분노를 받는 것 역시 형사들의 역할이었다. 세상천지에 피붙이 하나 남지 않은 그 아이의 인생이 가엾게 느껴졌다. 새삼 살인자에 대한 분노가 솟았다.

"아이는 어때? 힘들어하지?"

"그게……."

재용의 질문에 쉬이 답변이 나오지 않는다. 엄마의 죽음을 알리러 간 곳에서 김 형사와 상우는 아이의 사망 소식을 듣고 망연해졌었다.

원래 심장이 약했다고 했다. 그런 아이가 버스정류장에서 비를 맞으며 엄마를 기다리다가 병이 심해졌다고 했다. 죽어 가면서도 아이는 엄마만 찾았다고 했다. 자기를 버린 엄마도 엄마라고 그렇게 기다린다는 말인가? 아이에게 괜한 희망을 준 피해자가 밉기까지 했다. 차라리 기다리지 말라고 하지.

"아이도 죽었답니다. 그제 저녁에. 피해자가 죽기 얼마 전인 것 같던데 저승길엔 만났겠지요? 엄마를 많이 기다렸다고 하던데……."

상우의 말에 재용의 마음이 무거워졌다. 불행은 혼자 오지 않는다더니. 상우의 말대로 저승길에서나마 모녀가 만났기를 기도했다. 그래야 두 영혼이 조금이나마 억울하지 않을 것 같았다.

노래방 도우미를 하면서 매춘을 하던 엄마와 심장병을 앓는 상태로 엄마에게 버림받은 딸은 그렇게 비슷한 시기에 죽음을 맞이했다.

그렇게 많은 남자와 매춘을 하고 협박을 해 가며 남자들에게 돈을 갈취한 이유는 피해자가 머무는 고시원을 조사하는 과정에서 드러났다.

매춘과 협박을 통해 많은 돈을 벌었음에도 피해자가 머무는 고시원에는 살림이 단출했다. 자신을 위해서는 거의 돈을 쓴 것 같지 않았다. 어딘가로 돈이 새고 있다는 생각이 들자 먼저 떠오르는 것은 남자였다. 자식까지 보육원에 맡기고 이렇게 사는 이유는 대체로 남자였다.

하지만 책상 서랍에서 나온 통장에는 거금이 저축되어 있었다. 매춘과 협박으로 벌어들인 돈들을 한 푼도 쓰지 않고 꼬박꼬박 저축해 오고 있었다.

같이 도우미를 하던 여자로부터 피해자가 그렇게 악착같이 돈을 번 이유는 딸의 수술비 때문이라고 했다. 딸을 살리기 위해서는 수술을 해야만 했고 몸뚱이 말고는 가진 게 없는 여자는 매춘으로 돈을 벌 수밖에 없었다는 사실을 알자 마음이 씁쓸해졌다.

딸의 수술비를 마련하기 위해 매춘을 해 왔다는 것이 죽은 딸에게 위로가 될 수 있을까? 널 사랑하지 않아서 버린 것이 아니라 널 살리기 위한 돈을 마련하려고 잠시 시설에 맡겼을 뿐이라면 어린 딸아이는 엄마를 용서할 수 있을까? 그 그리움을 보상받을 수 있을까?

부디 저세상에서는 서로 그리워하며 이별하는 일이 없기를 바랐다.

* * *

　조사실에서 정 형사가 문을 쾅 닫고는 씩씩거리며 나와 강력계 사무실로 향한다. 벌써 용의자와 씨름한 지가 일주일도 넘었다. 정 형사의 표정을 보고 김 형사도 감 잡았다.

　"안 불더나?"

　"끝까지 아니라고 우기는데요. 흉기도 없고 자백도 없고, 갑갑……합니다."

　"정 형사가 보기엔 어때? 저 남자가 범인 같아?"

　재용의 말에 다들 그를 쳐다본다. 이제 와서 무슨 소리냐는 눈치다.

　"좀 이상하지 않아? 여자가 죽으면 자기가 가장 의심받을 거라는 걸 누구보다 잘 알 텐데 살인을 했을까? 여자 몸에 자기의 정액을 가득 담아 놓고서?"

　국과수 부검 결과 여자의 몸에서 채취한 정액은 예상대로 용의자의 DNA와 일치했다. 무식한 사람도 아니고 의사씩이나 되는 사람이 그걸 모를 리가 없다.

　"여자가 협박하니까 화가 나서 순간적으로 그랬을 수도 있잖아요?"

"아니, 아니. 그랬다면 최소한 수표라도 회수했을 거야. 멍청한 남자도 아니잖아?"

자신의 흔적을 그대로 남겨 두고 그렇게 담담할 수는 없다. 재용은 용의자를 임의동행 하러 갔을 때 그의 표정을 기억한다. 오연수라는 이름을 듣자마자 아내에게는 들킬까 봐 전전긍긍하던 남자는 살인자의 모습이 아니었다. 하지만 재용으로서는 더는 파헤칠 대상이 없었다.

이제 사건은 재용의 손을 떠났다. 진범이 아닐 수 있다는 의견을 첨부하여 검찰에 송치하는 걸로 재용의 일은 끝났다.

용의자의 어깨가 축 처져 있었다. 저 남자는 이 사건으로 모든 것을 잃게 될 것이다. 좋은 남편, 좋은 아빠, 그리고 누구에게나 존경받는 직장까지 모두 다. 한때의 욕정을 이기지 못하고 여자와 즐기다가 수렁에 빠지고 말았다. 그래서 예부터 아랫도리 단속을 잘하라고 했나 보다.

자기 역시 떳떳할 수 없기에 재용은 속으로 안도의 숨을 내쉬었다. 오늘은 간만에 집에 들어가 봐야 할 것 같다. 아내에게 강간범 취급을 받고 집에서 뛰쳐나온 지 벌써 한 달도 넘었다. 가 봐야 반겨 주지도 않겠지만, 오늘은 정말 집에서 쉬고 싶다.

2

인간은 믿을 수 없는 존재다

한낮의 뜨거운 기운이 조금 가신 오후, 아파트 놀이터에서 아이들이 놀고 있다. 행복한 표정을 지은 채 병아리처럼 조잘거리며 놀고 있다. 그 옆에서 아이 엄마들이 모여 수다를 떤다. 가끔씩 아이들이 잘 노는지 확인하면서. 자기의 자식들을 바라보는 여자들의 시선엔 사랑이 그득하다. 세상천지에서 가장 귀한 것을 보는 시선.

갑자기 한 아이가 넘어지자 한 엄마가 부리나케 달려가 아이를 일으켜 세우고는 몸에 묻어 있는 모래를 털어 주며 걱정스레 묻는다.

"괜찮아? 안 다쳤어?"

아이는 엄마의 걱정 어린 시선에 울음을 앙 터트린다. 그러자 엄마는 아이를 가슴에 안으며 다독거린다.

"아유, 우리 딸, 놀랐구나? 그만 놀고 집에 갈까?"

아이는 그제야 괜찮다는 듯 손등으로 눈물을 쓰윽 닦고는 고개를 절레절레 흔들고 친구들에게로 달려간다. 그 모습을 아이의 엄마는 흐뭇하게 바라본다. 신은 모든 곳에 갈 수 없어서 어머니를 만들었다고 한다. 지금 저 여자의 모습을 보면 맞는 말이다.

하지만 은옥은 그 말을 믿지 않는다. 웃기는 소리다. 자식을 버리는 엄마들이 얼마나 많은데 그런 헛소리를 하는가? 지금은 저렇게 다정하게 지켜 주지만, 상황이 달라지면 저 여자들도 얼마든지 자식을 버릴 수 있다. 잠시만, 잠시만이라고 아이를 달래면서 말이다.

그래서 은옥은 인간을 믿지 않는다. 믿지 않을 뿐 아니라 싫어한다. 특히나 자식을 버리는 인간들을 혐오한다. 책임지지도 못할 자식들을 왜 낳는 것인가? 누가 낳아 달라고 했는가? 자기들이 좋아서 만들어 놓고는 힘들다고 내팽개치는 인간들을 보면 욕지기가 올라온다.

그래도 인간인지라 정을 줄 곳이 필요해 이렇게 고양이를 끌어안고 사는지도 모른다. 은옥은 한 손으론 고양이를 안고 다른 한 손에는 시장바구니를 들고 아이들이 놀고 있는 놀이터를 지난다. 긴 생머리로 인해 은옥의 얼굴은 반쯤 가려져 있다.

은옥이 지나가자 아이 엄마들이 은옥을 보고 소곤거린다. 한밤중에 들려오는 고양이 울음소리 때문에 민원이 들어온 것도 여러 번이다. 하지만 은옥은 무반응으로 일관하여 아파트 주민 사이에선 개념 없기로 악명이 자자하다.

엘리베이터를 타고 올라가 현관 비밀번호를 누르자 은옥의 귀여운 고양이들이 벌써 그녀의 냄새를 맡고는 야옹거린다. 은옥이 현관문을 열고 들어가자 고양이들은 모두 현관 앞에서 그녀의 귀가를 반긴다. 은옥의 얼굴에 비로소 미소가 번진다. 웃고 있는 은옥의 얼굴이 아름답다.

그린 듯 짙은 눈썹에 쌍꺼풀 진 커다란 두 눈. 그 눈 속에 박혀 있는 별처럼 반짝이는 새까만 눈동자. 그 눈동자를 감싸는 푸른빛까지 머금은 흰자위. 오뚝 솟은 코. 남자의 욕구를 자극하는 도톰하고도 붉은 입술. 눈처럼 하얀 피부…….

40이 넘은 나이지만 아직 남자들의 시선을 끌 만한 미모다. 아니, 나이가 들면서 뿜어져 나오는 원숙미까지 더해져 상당히 매혹적이다.

비밀번호를 누르고 집에 들어가자 예상대로 온 집에 고양이들이 늘어져 있었다. 네 발로 걸어 다니는 놈, 몸을 쫙 뻗고 누워 있는 놈, 소파에 주인처럼 앉아 있는 놈.

아내는 남편이 들어오는데도 본 척 만 척 고양이만 돌보고 있다. 씻고 먹이고 재우고, 마치 자식처럼 돌본다. 얼마나 정성을 들이는지 고양이가 그렇게 많은데도 집에서 고양이 냄새가 별로 나지 않는다. 아내의 결벽증 때문이리라.

센서 등이 꺼지자 거실이 어두워진다. 야행성인 고양이를 위해 아내는 늘 두터운 커튼을 드리운 채 최소한의 조명만을 켜 놓는다.

어둠이 싫어서 몸을 조금 움직이자 센서 등이 다시 들어온다. 집이 환해진다.

"나 왔어."

아내는 대답도 하지 않는다. 그를 유령 취급한다.

"나 왔다고!"

소리를 버럭 지른다. 그제야 아내는 고개를 들어 그를 본다. 며칠 만에 보는 남편임에도 그를 보는 시선엔 반가운 느낌이 전혀 없다. 난 아내에게 고양이보다도 못한 존재다. 인정하기 싫지만 인정해야 한다. 괜히 들어왔다. 차라리 숙직실에서 잘 것을……

힐끗 쳐다본 고양이들의 식탁엔 벌건 고깃덩어리가 보인다. 왠지 섬뜩한 기분이 들었다. 인상이 절로 찌푸려지고 목소리가 다그치듯 세게 나온다.

"뭐야 저거?"

"생고기예요."

아내는 아무런 감정도 담지 않는 목소리로 마치 보고하듯 대답한다. 가끔 생고기를 먹여 줘야 한다며 아내는 고양이들에게 생고기를 사다 주곤 했다.

저렇게 동물을 챙기는 사람이 왜 자식을 그렇게 싫어하는 걸까? 아이 말만 나와도 펄쩍 뛰는 아내 때문에 자식은 꿈도 꿀 수 없었다. 낳을 수가 없다면 입양이라도 하고 싶은데……. 만약에 아이가 있었어도 우리 사이가 이렇게 서먹했을까? 재용은 해 보나 마나 한 질문을 자신에게 던져 본다.

센서 등이 꺼지기 전에 얼른 거실로 들어와 거실 등을 켠다. 고양이들이 환한 빛이 싫은 듯 야옹거린다. 그러든지 말든지 재용은 거실 등을 켜 놓은 채 안방으로 향한다.

안방으로 들어가 보니 거기도 고양이의 천국이었다. 부부가 사랑을 나누어야 할 침대엔 고양이들이 주인인 양 자리를 잡고 누워 있었다.

자기는 잠도 못 자고 제대로 먹지도 못하면서 벌어다 주는 돈으로 고양이들만 호강시키는구먼. 울컥 화가 치밀었다. 냅다 손을 들어 침대에 누워 있는 고양이들을 바닥에다 집어 던졌다. 하지만 고양이들은 날쌘 몸으로 가볍게 바닥에 착지한다. 그를 보고 이빨을 드러내며 위협을 해 댄다.

여러 마리의 고양이가 나를 향해 덤벼들면 어떡하지?

갑자기 두려움이 몰려왔다. 강력계 형사팀장이 고작 고양이 따위가 무섭다니?

어깨를 펴고는 고양이들을 한 마리씩 노려보았다. 시선으로 고양이들을 제압한 다음 안방 문을 열고 발로 고양이를 밀어서 밖으로 쫓아냈다.

"이리 와. 엄마랑 놀자."

나보곤 아는 척도 안 하더니 고양이보고는 같이 놀자고? 속이 부글부글 끓는다. 그나마 이 정도에서 멈춰야지, 더했다간 오늘 밤에도 아내 손목 한 번 못 잡을 것이다. 한숨이 절로 나온다.

현관 비밀번호 누르는 소리에 은옥의 몸이 바짝 긴장된다. 남편이 한 달 만에 집에 왔다.

보통의 가정이라면 남편이 오면 아내가 반가워해야 하지만 은옥은 마냥 반가워할 수만 없다. 남편이 집에 들어오는 날이면 은옥이 가장 끔찍하게 생각하는 그 일을 치러야 하기 때문이다. 지난번에는 너무 심하게 반항하는 바람에 남편이 집에 들어오는 기간이 길어졌다.

안 오면 궁금하고 오면 불안하고. 은옥 자신도 자기의 마음을 잘 알 수가 없다. 재용이 자기를 많이 이해해 주고 있다는 건 안다. 아낀다는 것도 안다. 그러니까 부부관계를 질색하며 자식도 없이 고양이만 끼고 사는 아내와 18년이나 살아 주는 거겠지. 오늘은 아무리 싫어도 견뎌야 할 것 같다.

사실 남편이 집에 안 들어오는 기간이 길어지자 은옥은 불안했다. 남편이 이혼을 요구하면 어떡하지? 남편이 이혼신청서를 들이밀면 어떡하지? 혹시라도 이혼신청서가 우편으로 날아올까 봐 우편물을 챙길 때면 가슴이 덜컥거리기까지 했다. 남편이 이혼을 요구하면 거절할 명분이 없다. 하지만 이혼하고 싶지 않았다. 이 세상에서 은옥을 제일 아끼는 사람이 남편 재용임을 그녀도 잘 알기 때문이다.

남편이 씻기 위해 화장실로 가자 은옥은 포기의 한숨을 내쉬고 침대로 향한다. 동물 털 알레르기가 있는 남편을 위해 작은방에 남편의 침실을 만들어 뒀음에도 남편은 집에 오면 항상 안방을 고수한다.

아무래도 시트라도 갈아야 할 것 같다. 장롱을 열고 은옥은 잠시 고민을 하다가 남편이 좋아하는 하얀색 침대 시트를 꺼내서 갈았다. 남편은 하얀색 침대 시트 위에 그녀를 눕히는 것을 좋아한다. 순결한 여신 같다고 한다. 순결한 여신? 흥! 코웃음이 나온다.

침대 시트를 가는 것으로도 부족해서 침구청소기를 꺼 꺼내 매트리스 청소를 시작한다. 윙윙거리는 소리와 함께 투명한 거름망 속으로 회색의 먼지들이 쌓여 간다. 매일 매일 청소를 함에도 고양이들이 진을 치고 있는 침대엔 고 양이의 털과 진드기들이 붙어 있을 수밖에 없다.

화장실 물소리가 멈췄다. 갑자기 가슴이 덜컥 내려앉는 다. 불안으로 가슴이 두방망이질 친다. 목이 바짝바짝 말 라온다. 오늘은 견뎌야 할 텐데……. 남편을 밀쳐내면 안 될 텐데…….

화장실 문이 열리고 남편이 나온다. 입고 온 옷을 화장 실에 다 벗어 둔 듯 알몸으로 나온다. 하긴 한 달 동안 입 었던 옷을 다시 몸에 걸칠 수는 없을 것이다. 남편은 집에 들어오기 전까지 옷을 갈아입지 않는다. 다른 형사들은 어쩌는지 모르지만, 남편은 그렇다. 아무리 긴 시간이더 라도 집에서 나간 그대로 입고 집으로 들어온다.

남편의 알몸을 보자 두려움이 왈칵 몰려온다. 남편이 서서히 나에게로 다가온다. 몸이 점점 굳어진다. 남편은 나를 사랑하는 거야. 폭행이 아니야. 단지 사랑을 나누고 싶어 할 뿐이야. 애써 최면을 걸어 보지만 굳어진 몸은 쉽 게 풀리지 않는다. 남편의 손이 닿자 온몸에 소름이 쫙 끼친다.

참아야 하는데……. 견뎌야 하는데……. 은옥은 눈을 질끈 감는다.

오늘은 아내를 안지 않으려 했다. 샤워하는 내내 한 달 전 집을 뛰쳐나갈 때의 상황을 되새기며 재용은 애써 욕망을 눌렀다.

동물이 되지 말자. 동물이 되지 말자. 아내에겐 나와의 사랑이 동물적인 행위로 여겨질 뿐이다. 동물적 욕구를 이기지 못한 강간범 취급을 당할 것이다. 아내에게 더는 그런 취급을 당하긴 싫었다. 욕구를 주체 못해 허벅지를 바늘로 찌르더라도 아내에겐 손대고 싶지 않았다.

샤워를 마치고 화장실에서 나온 순간 하얀 침대 시트와 자신의 벗은 몸을 보고 당황해하는 아내가 보였다. 순간 또 욕망이 솟구쳤다. 참을 수가 없었다. 아무래도 난 등신인 것 같다. 멍청이인 것 같다. 나에게 작업을 거는 여자들도 많은데 왜 나는 굳이 아내와의 잠자리만을 원할까?

아내를 처음 눈에 담은 20년 전부터 재용에게 여자는 아내뿐이었다. 비록 강간범 취급하는 아내에게 열받아 다른 여자를 안을 때도 없진 않았지만 그건 정말 욕구 해소 차원이었다. 아내에게 외면당하는 자신이 너무 자존심 상하고 비참하여 다른 여자를 안아도 보았지만, 자신에 대한 환멸만 더 커질 뿐이었다.

2년여의 구애 끝에 아내와 결혼할 때만 해도 재용은 세상을 얻은 기분이었다. 연애 기간 몸에 손도 대지 못하게 하는 아내 때문에 금욕 생활을 해야 했지만 재용은 그것마저 좋았다. 아내를 만나기 전에 만난 여자들과는 육체적으로 즐길 만큼 즐겼기 때문에 그런 그녀가 다른 여자들과 달라서 오히려 신선했다. 더 소중하고 귀하게 여겨졌다.

그래서 아내의 말대로 첫날밤까지 고이 기다려 주었다. 정력이 넘치는 편이라 넘치는 욕구를 자제하기 힘들었지만, 결혼만 해 봐라 쌓인 한을 풀리라 이를 악물었다. 오래 기다린 만큼 기대도 컸다. 결혼만 하면 매일 밤 아내를 안을 수 있을 줄 알았다.

신혼여행 가서 아내와의 전쟁 같은 첫날밤을 치르던 밤, 재용은 자신의 결혼 생활이 쉽지 않으리란 것을 알았다. 아내를 안고 싶어 안달이 난 남편과 그런 남편에게서 도망가려는 아내. 매일 밤 전쟁이었다.

부부관계를 거부하는 아내의 행동들은 흡사 성폭행을 당한 여자들의 행동과 유사했지만, 첫날밤 아내는 분명히 처녀였다. 성폭행을 당한 여자가 처녀일 리는 없지 않은가? 그런 아내의 성향을 아는지 장모님이 워낙 엄격하게 자라서 그렇다고 아내 대신 변명을 해 주셨다.

잠자리를 거부하던 아내가 재용에게 나가서 다른 여자를 안으라고 했을 때는 하늘이 무너지는 것 같았다. 어떻게 아내가 남편에게 다른 여자를 안으라고 하는가? 이해할 수 없는 마음에 이혼하려고 했지만 나아질 거라는 희망을 놓지 못하고 미적거리다 보니 결혼한 지 벌써 18년이나 흘렀다.

재용의 손은 어느새 은옥의 몸을 더듬고 있었다. 아내의 굴곡진 몸을 더듬노라면 아무런 생각도 나지 않았다. 그저, 그저 아내를 사랑하고 싶은 마음뿐이다. 아내의 몸이 뻣뻣하게 굳어지는 것이 느껴진다. 재용은 은옥의 몸에서 억지로 손을 떼어 냈다. 오늘 밤도 동물 취급을 받는다면 더는 부부로 살아갈 수 없으리라.

비참했다. 18년을, 아니 20년을 노력했는데 아내에게 자신은 여전히 환영받지 못한다. 원치 않는 상대방에게 애정을 품은 자신의 잘못이다. 자존심이 바닥으로 떨어진다. 자기 자신에 대한 혐오감이 솟아난다.

그렇게 당하고도 아내에게 또 손을 대다니? 등신, 머저리. 속으로 온갖 욕설을 자신에게 퍼부으며 재용은 거칠게 서랍장을 열어 속옷을 챙겼다. 이 방에 더 있다가는 또 무슨 짓을 할지 몰라 몸을 돌려 안방을 나선다. 오늘 밤은 아무래도 아내와 따로 자야 할 것 같다.

　남편이 나에게 원하는 것은 욕망이 아니라 사랑이라는 걸 아는데 은옥은 쉽게 남편의 몸을 받아들일 수 없었다. 오늘은 거부하지 말자 결심을 했음에도 남편의 손이 닿는 순간 온몸에 소름이 끼치며 뻣뻣하게 굳어져 온다.

　그도 느낀 것 같다. 그의 표정이 험악하게 변하더니 내 몸에서 손을 뗀다. 신경질적으로 서랍장을 열어 속옷을 꺼내고는 방을 나간다. 이대로 나가게 하면 안 되는데……. 이대로 나가게 한다면 정말로 이혼당할 수 있는데…….

　은옥은 얼른 손을 뻗어 남편의 팔을 잡는다. 그의 눈이 놀라서 휘둥그레지더니 기대감으로 눈을 반짝인다. 그 눈빛에는 짙은 욕망이 담겨 있다. 그 눈빛이 묻고 있었다. 정말이냐고? 정말 안아도 되느냐고?

　대답 대신 은옥은 눈을 질끈 감고 남편의 허리에 팔을 둘렀다. 그것만으로도 남편의 얼굴에 행복한 표정이 어

린다. 아마 오늘 밤도 지옥을 겪을 것 같다. 견뎌 내야 한
다. 견뎌 내어야 한다. 남편을 더 화나게 해서는 안 된다.
더 거부했다가는 이혼당하고 말 것이다. 은옥은 이를 악
물었다.

　속옷을 챙겨 들고 방을 나서는데 아내가 내 팔을 잡았
다. 아내가 먼저 내게 손을 내미는 일은 처음이었다. 의외
의 상황에 적응하지 못하고 아내를 보자, 아내가 내 허리
에 팔을 두르며 안겨 왔다.
　아내가 나를 원한다. 아내도 나를 원한다. 이제야 아내
가 내 마음을 알아주나 보다. 20년의 기다림이 이제야 보
상을 받나 보다. 기다림이 길었던 만큼 행복감도 컸다. 온
몸에 짜릿한 전율이 흐르며 욕망이 발버둥치기 시작했다.
　재용은 은옥의 얼굴을 가만히 들여다보고는 두 손을 올
려 아내의 얼굴을 가만히 만져 본다. 여전히 아름다운 내
아내. 꽃보다 더 예쁜 내 아내. 화장기 하나 없어도 그린
듯 짙은 눈썹에 쌍꺼풀 진 커다란 두 눈. 그 눈 속에 박혀
있는 별처럼 반짝이는 새까만 눈동자. 그 눈동자를 감싸는
푸른빛까지 머금은 흰자위. 오뚝 솟은 코. 남자의 욕구를
자극하는 도톰하고도 붉은 입술. 눈처럼 하얀 피부⋯⋯.

재용은 고개를 내려 아내의 얼굴에 자신의 얼굴을 가져다 대고는 천천히 아내의 얼굴에 자잘한 키스를 해나간다. 그 눈썹에, 눈꺼풀 위에. 오뚝한 코 위에 그리고 도톰하고도 붉은 입술에까지.

그때까지는 그래도 절제를 할 수 있었다. 하지만 그 붉은 입술을 가로지르고 들어가 아내의 입술을 맛보고 나서는 통제가 되지 않았다. 아내의 입술을 깊이 빨아들이며 손으로는 아내의 몸을 더듬는다. 아내의 봉긋한 가슴을 만지고, 잘록한 허리를 만지고, 엉덩이를 움켜쥐면서 재용은 절정을 향해 달려가기 시작했다.

온 세상이 내 세상인 것 같다.

3

연쇄
살인인가?

잠결에 옆을 더듬어 보니 아내의 자리는 비어 있었다. 손을 협탁 위로 올려 더듬거리며 휴대폰을 찾았다. 휴대폰을 들어 시간을 확인해 보니 벌써 아침 8시다.

도대체 몇 시간을 잔 거야? 정말 오랜만의 숙면이었다. 숙면으로 인해 온몸에서 기운이 넘쳐나는 것 같다. 아니, 어쩌면 숙면 때문이 아닐 수도 있다. 이건 다 아내 덕분이다.

방에는 에어컨이 약하게 돌아가고 있다. 더위를 타는 재용을 위해 아내가 틀어 놓았나 보다. 기지개를 켜고 침대에서 일어나 두텁게 쳐 놓은 커튼을 걷었다. 환한 여름 햇빛이 방으로 들어온다. 앞으로 우리 부부 사이도 저 햇빛처럼 환하기만 했으면…….

안방 문을 열고 나가자 온 집에 맛있는 냄새가 풍긴다. 아내의 음식 솜씨는 좋다. 프로급이다. 재용은 여태껏 아내의 음식보다 더 맛있는 음식을 먹어 본 적이 없다.

아내는 식탁을 차려 놓은 채 거실에 앉아 신문을 읽고 있다. 아마 내가 일어나기만 기다렸나 보다. 거실엔 여전히 고양이들이 진을 치고 있었지만, 눈에 거슬리지 않는다. 고양이들의 야옹거리는 소리도 귀에 거슬리지 않는다. 재용은 배를 쓸어 가며 아내를 부른다.

"여보~"

아내를 부르는 재용의 목소리엔 애정이 넘친다. 재용이 부르는데도 은옥은 대답을 하지 않는다. 아니, 은옥은 재용의 목소리도 듣지 못했다. 은옥의 신경은 온통 신문에 가 있다.

보육원을 배경으로 아이들과 사진을 찍은 철민의 모습이 보였다. 이젠 늙어서 두꺼비 같은 얼굴이었는데 오른손으로는 지팡이를 짚고 왼팔로 아이를 안은 채 웃고 있었다. 그 모습에 구토가 나올 것 같다. 사진 위로 《평생을 고아들을 위해 헌신한 최철민, 드디어 국회에 입성하다》란 기사의 제목이 보인다.

어떻게, 어떻게 이런 일이? 어떻게 이런 인간이 국회의원이 될 수 있어? 어떻게 이런 인간에게 표를 줄 수가 있어? 신문을 들고 있는 은옥의 손이 부들부들 떨린다.

은옥이 대답하지 않자 재용은 은옥에게 가까이 다가간다. 신문을 보면서 하얗게 질린 얼굴로 부들부들 떠는 것이 보였다. 무슨 기사를 보고 저렇게 떠는 거지?

"무슨 기사를 보고 그래?"

호기심에 재용은 은옥이 보는 신문을 들여다보며 물었다. 재용의 말에 은옥은 얼른 신문을 덮었다. 남편에게 저 인간과의 일을 들키면 안 된다. 남편이 나의 치부를 알면 안 된다. 지금은 나를 사랑한다는 표정을 짓고 있지만, 그 사실을 안다면 남편 역시 나에게서 등을 돌릴 것이다. 더러운 벌레 보듯 진저리를 칠 것이다. 남편 역시 믿을 수 없다. 인간은 믿을 수 없는 존재다. 나는 인간을 믿지 않는다.

은옥은 불안한 마음을 억누르며 화제를 돌렸다.

"아무것도 아니에요. 배고프죠? 밥 차릴게요."

"뭔데 그래? 어디 봐."

재용이 신문을 빼앗아 가자 은옥의 가슴이 불안으로 심하게 두근거리기 시작했다. 무엇 때문에 놀란 거냐고 물으면 어떡하지? 혹시라도 눈치를 채면 어떡하지? 아니야, 눈치 챌 리가 없어. 은옥의 눈동자가 불안으로 마구 흔들린다. 은옥은 차마 남편과 시선을 맞추지 못하고 고개를 떨구었다.

재용이 은옥의 손에서 신문을 빼앗아 펼쳐 본다. 신문을 펼치자 《가슴을 절단한 희대의 살인마, 알고 보니 그는 외과의사였다》란 기사가 보였다. 쯧쯧쯧, 이렇게 마음이 여려서야, 원. 강력계 형사 마누라치고 아내는 너무 연약하다. 무슨 일이 벌어질까 두려워 외출도 잘 하지 않았다. 문단속도 철저했다.

"형사 마누라가 이렇게 맘이 약해서야 원. 내가 맡은 사건이야. 범인 잡혔어. 걱정 안 해도 돼."

재용이 가리키는 곳을 보자 다른 기사가 눈에 들어왔다. 아마 남편은 《가슴을 절단한 희대의 살인마, 알고 보니 그는 외과의사였다》란 기사를 보고 내가 놀란 걸로 착각하는 것 같다. 다행이다. 차라리 잘되었다. 최철민이란 인간에 대해서는 남편이 모르길 바란다.

"여보, 나 배고프다. 우리 밥 먹자."

신문을 접으며 재용이 말한다. 아직도 진정이 되지 않는 마음을 추스르며 은옥은 주방으로 가기 위해 몸을 일으킨다. 긴장이 풀린 탓인지 다리가 풀리며 휘청한다.

"여보!"

옆에 있던 재용이 얼른 은옥을 부축하며 걱정스레 묻는다.

"당신 왜 그래? 어디 아파?"

"괘, 괜찮아요."

"정말 괜찮아? 아직도 얼굴이 하얗게 질려 있는데?"

"괜찮아요. 우리 식사해요. 나도 배고파요."

은옥이 주방으로 앞장서자 재용은 그녀를 따라 들어갔다. 아내가 걱정되긴 하지만 지금은 배가 너무 고프다. 재용이 식탁에 앉고 은옥이 재용 앞에 밥과 국을 놓아 주자 재용은 식사를 하기 시작했다.

마치 며칠 굶은 사람처럼 허겁지겁 집어 먹었다. 식탁에 놓인 반찬들이 푹푹 줄어들었다. 얼마나 맛있는지 모른다. 정말 꿀맛이다. 이 밥이 얼마나 먹고 싶었는지……. 식사할 때마다 이 밥이 먹고 싶어서 입맛을 다셨다. 식사 시간이 될 때마다 집에 오고 싶은 마음을 억누르느라 애 좀 먹었다.

순식간에 밥공기를 비우고 밥을 더 청한다.

"여보, 나 밥 좀 더 줘."

"……."

은옥이 대답을 하지 않자 재용이 그녀를 본다. 그제야 은옥이 제대로 식사를 하지 못하고 있다는 것을 알아차렸다. 재용이 이마를 찌푸리고 은옥을 쳐다본다. 평소의 아내와 다르다. 많이 다르다. 뭔가에 심하게 놀란 것 같은데…….

그 사건이 그렇게 충격적인가? 하긴 나 역시 처음 사체를 봤을 때 충격받긴 했었지. 아마 여린 아내는 더 충격받았으리라. 여전히 얼굴빛이 하얗게 질려 있다. 몸도 떠는 것 같다. 추운 듯 두 팔을 교차해서 손으로 양팔을 천천히 비비고 있다.

재용이 자리에서 일어나 은옥에게로 가 손을 올려 그녀의 이마를 짚어 본다. 열이 있는 것 같다. 재용의 손이 이마에 닿자 은옥은 화들짝 놀라 얼른 손을 뿌리친다.

"여보!"

자신의 반응에 놀란 남편의 얼굴이 보인다. 그제야 은옥은 깊은 상념에서 빠져나왔다. 신문을 본 여파가 아직도 가라앉지 않아 속이 울렁거렸다. 기억하고 싶지 않았던 일들이 생각나서 미칠 것 같았다. 불안한 눈으로 남편을 보자 그의 눈빛에서 걱정이 읽혔다. 이런, 얼른 표정을 감추고 억지로 미소를 지으며 변명을 해 본다.

"미, 미안해요. 몸이 좀 안 좋아서."

"그래, 열도 있다. 병원 가자."

"병원 안 가도 돼요. 당신은 식사해요. 난 들어가서 좀 쉴게요."

"다 먹었어. 같이 병원 가."

재용이 단호하게 말했다. 아내가 아프다는 말에 갑자기 식욕이 뚝 떨어져 버렸다. 재용은 은옥을 부축해서 안방으로 데리고 들어갔다. 일단 준비를 할 동안이라도 침대에 눕혀야 할 것 같았다.

Rrrrr Rrrrrr.

휴대폰이 울렸다. 오래간만에 쉬는 날인데 누가 또 전화하는 거야? 재용이 휴대폰을 무시하고 은옥을 침대에 눕혔다. 그 와중에도 휴대폰은 계속 울렸다.

"전화받아요."

"괜찮아. 안 받아도 돼. 당신이 아픈데 무슨?"

남편의 말에 눈물이 왈칵 날 것 같다. 바보 같은 사람, 바보 같은 사람. 내가 뭐라고? 내가 도대체 뭐라고 나한테 이렇게 잘해 주는 걸까? 이래서 내가 남편과의 이혼을 두려워하는 것이다. 남편과 이혼하면 이런 따스함을 느낄 수 없게 될까 봐.

"씻고 나올게. 같이 병원 가는 거야."

남편의 다정한 목소리에 은옥은 그저 고개를 끄덕일 수밖에 없었다.

재용이 씻고 나오자 휴대폰 벨 소리가 끊겨 있었다. 다행이다 싶어 안도의 한숨을 내쉬는데 집 전화가 요란하게 울리기 시작했다. 이런 상황이면 백발백중 긴급 사태다. 액정을 보니 김 형사의 휴대전화 번호가 떠올라 있다. 재용의 이마에 굵은 주름이 생긴다. 집 전화기를 집어 들고 불만스런 목소리로 버럭 소리를 질렀다.

"뭐야? 오늘 나 쉬는 날인 거 몰라?"

〔미안혀요, 행님. 살인 사건이 났는디…….〕

평소라면 그냥 넘어갔을 호칭이 맘에 들지 않는다. 이놈의 자식은 내가 팀장 된 지가 언젠데 아직도 형님 타령이야? 파트너로 같이 근무했던 기간이 길다 보니 아무래도 형님이 입에 익은 것 같다. 팀장님 소리 들을 생각은 포기해야 한다. 사투리도 못 바꾸는데 호칭을 어떻게 바꿔?

〔……우천2지구 사건과 수법이 비슷합니더.〕

"뭐? 뭐라고?"

가슴이 철렁 내려앉는다. 우천2지구 사건이라면 가슴 절단 사건이다. 수법이 같다면 연쇄 살인이 시작되었다는 뜻인가? 검찰에 송치하면서 내내 찝찝하더니 또 이런 일이 생기고 말았다. 우리가 헛다리 짚고 죄 없는 사람을 검찰에 넘긴 것인가? 마음이 갑갑해졌다.

전화기 너머로 시끌시끌한 소리가 들려왔다. 아무래도 사건 현장인 것 같다.

〔암만 캐도 연쇄 살인인 것 같심니더. 행님이 와 봐야 것소.〕

"어디야?"

재용의 목소리가 가라앉는다. 표정도 심각하게 변한

다. 아내를 혼자 두고 나가긴 불안한데……. 그래도 가 봐야 한다. 정말로 연쇄 살인 사건이라면 정말 심각한 사 안이다.

전화를 끊은 재용은 조심스레 은옥에게 말한다.

"여보, 어떡하지? 사건이 터졌는데. 같이 병원 못 가겠다."

"괜찮아요. 조금 쉬면 돼요."

"내가 불안해서 그래. 장모님 오시라면 안 돼?"

"싫어요! 엄마 부르지 마요!"

은옥이 날카롭게 소리친다. 은옥의 반응에 재용의 이마 가 다시 찌푸려진다. 도대체 이해가 되지 않는다. 장모님 은 아내에게 최선을 다하는데 아내는 장모님 말도 못 꺼내 게 한다.

"참 나 이유를 모르겠네. 도대체 장모님이 왜 싫어? 당 신에게 죽을 죄 졌어? 나 지금 서에 가 봐야 해. 당신 혼 자 두고 내가 어떻게 나가?"

아무리 재용이 달래도 은옥은 끄떡도 하지 않는다.

"엄마 얘긴 꺼내지도 말랬잖아요! 내가 죽어 가도 엄마 는 부르지 마요!"

은옥이 침대에서 일어나 앉으며 재용을 노려보고 소리 를 지르자 재용은 답답한 한숨을 내쉰다. 결국 재용은 은옥만 집에 남겨 두고 현장으로 달려와야 했다. 걱정이 되었지만, 어쩔 수가 없었다. 아내의 고집을 당할 수가 없었다. 억지로 장모님을 불렀다가는 아내가 어떻게 나오리라는 걸 짐작하고 있었기 때문인지도 모른다.

빨리 사건을 마무리 짓고 귀가하는 수밖에 도리가 없었다.

김 형사가 알려 준 사건 현장은 커다란 단독주택의 반지하 방이었다. 서둘러 계단을 걸어내려 현장으로 들어가 보니 벌써 감식반들이 증거를 수집하고 있었다. 정 형사는 여전히 사진을 찍어 대고 있었고 김 형사는 뭐라도 하나 찾으려는 듯 주변을 살피고 있다.

재용은 얼른 김 형사에게 다가가 묻는다. 제발 아니길 바라는 마음에 말투가 따지듯 나간다.

"정말 연쇄 살인이야? 모방범죄일 수도 있잖아?"

"이거 보이소. 박쥐 모양의 목각 인형. 피해자의 가슴 위에 올려져 있었심니더."

김 형사가 비닐 백에 담은 증거물을 들어 보이며 재용에게 말했다. 재용은 비닐 백을 받아 들고 증거물을 들여다본다. 피가 묻은 박쥐 모양의 목각 인형이 보인다. 첫 번째 사건의 증거물과 똑같다. 아니, 손으로 깎아 만든 것이라 완벽하게 같지는 않지만 거의 비슷하다.

"뉴스엔 그 증거물에 대해가 암 소리도 안 나왔다 아닌
교? 증거물과 사체로만 보믄 완벽한 연쇄 살인이요. 사체
에 가심 절단 흔적도 똑같소. 한 번에 깔끔시럽게. 행님도
함 봐 보소. 노친네라 더 못 봐주겠습디다."

김 형사의 말투에 씁쓸한 기색이 담겨 있다. 감당하기
버거운 사건이 생길 때마다 나오는 말투다.

시트를 걷자 가슴이 절단된 노파의 사체가 재용의 눈에
들어왔다. 김 형사의 말대로 젊은 사체보다 보기가 더 불
편했다. 살이 없어 쭈글쭈글한 몸에 가슴까지 절단된 모
습이 눈살을 저절로 찌푸리게 만들었다.

시선을 올려 사체의 얼굴을 본 재용은 순간 의아함을 감
출 수가 없었다. 노파의 얼굴에는 고통스러운 표정이 없
었다. 오히려 평안해 보이기까지 했다. 이해할 수 없는 일
이다.

지난번 사건 때 검시관은 피해자가 죽기 전에 가슴을 절
단당했다고 했다. 살아 있는 상태에서 가슴을 절단했다
면 고통이 엄청났을 것이다. 이 표정만으로 본다면 이 피
해자는 살아 있는 상태에서 가슴이 절단되었다고 볼 수 없
다. 그게 아니면……. 그래, 어쩌면 연쇄 살인이 아닐 수

도 있다.

"검시관님, 사체 표정을 보셨습니까? 고통스러운 표정이 아닌데요. 혹시……."

"예. 저도 이상해서 약물검사 해 보려고요. 환각제 같은 걸 썼을 수도 있으니까요."

검시관 역시 사체의 표정이 마음에 걸렸나 보다. 사실 환각제를 썼다고 해도 칼에 찔리면 고통을 느끼는데 이번 피해자의 표정엔 고통이 없었다. 기이한 일이었다.

"정액은 나왔습니까?"

재용이 다시 묻자 검시관이 대답한다.

"성추행 흔적은 없습니다."

"저런 노친네하고 하고 싶겠는교? 돈 준다 캐도 나는 싫겠구만."

옆에서 듣고 있던 김 형사가 고개를 절레절레 흔들며 끼어들었다.

"가족은?"

재용은 이제 김 형사에게 묻기 시작한다. 사건이 시작되었으니 빨리 수사를 진행해야 한다.

"혼자 산다 카네요."

"그럼 누가 신고한 거야?"

"2층에서 월세 주러 내려왔다가 봤다 카데요. 하루만 늦어져도 난리 난리를 쳤다 안 캅니꺼. 출근 전에 주고 간다고 들렀다가 기함을 했다 캅디다."

"목격자는?"

"집으로 올라갔소. 여는 무서봐서 한시도 더 못 있겠다 카데요. 201호라 캅디다."

재용의 머리가 지끈지끈 아파져 왔다. 아무래도 사건을 처음부터 재조사해야 할 것 같다. 두 피해자 사이에 무슨 연관이 있는 건지, 아니면 대상에 관계없이 살인을 하고 다니는 묻지 마 살인인지 그것부터 알아봐야 할 것 같았다.

계단을 올라가 201호의 벨을 누르자 곧 문이 열렸다. 주인 대신 상우가 문고리를 잡고 있었다.

"오셨습니까?"

상우의 질문에 고개를 끄덕이고는 목격자를 찾아 집 안을 둘러보았다. 식탁 위에 웅크리고 앉아 덜덜 떨고 있는 여자가 보였다. 출근 차림의 여자는 화장을 했음에도 핏기가 없어 보였다. 백지장처럼 하얗다. 많이 놀라긴 했나 보다. 하긴 안 놀라면 비정상이겠지?

"들은 거 있어?"

재용이 상우에게 물었다.

"어젯밤엔 조용했다는데요."

재용은 다시 고개를 끄덕이고는 여자에게로 다가갔다. 발걸음 소리에 여자가 고개를 들었다. 여자의 겁먹은 얼굴이 재용의 눈에 들어왔다. 눈동자에도 불안한 기색이 역력했다. 눈동자가 초점 없이 계속 흔들리고 있었다.

"어제 낮이나 그제 밤엔 뭐 들은 것 없어요?"

피해자 사망 추정 시간은 어젯밤이 아닌 것 같다고 했다. 자세한 건 검시를 해 봐야 하겠지만 어제 낮이나 그제 밤 정도가 아닐까 추정한다고.

"낮엔 출근하느라 집에 없어요. 그리고 그제 밤엔……."

여자가 뭔가를 기억해 내려는 듯 얼굴을 찌푸리더니 약간의 시간이 흐른 후 아무것도 듣지 못했노라고 말했다. 결국, 아무것도 건지지 못하고 201호를 나왔다.

밖을 나오자 맞은편 202호에서 30대로 보이는 여자가 아기 띠에 아기를 메고 나오는 것이 보였다. 여행 가방도 들고 있었다. 도망이라도 가려는 듯 다급해 보였다. 재용은 여자에게로 다가가 경찰공무원증을 보이며 질문을 던졌다.

"여기 사십니까?"

"예."

"어디 가시나 봅니다?"

마치 도망가는 것 아니냐는 듯한 재용의 질문에 여자가
파르르 화를 내었다.

"그럼 아랫집에서 시체가 나왔는데 아저씨 같으면 이 집
에서 살고 싶겠어요? 그것도 어린애를 데리고?"

맞는 말이다. 아랫집에서 시체가 나왔으면 무서운 게
당연하다. 201호 여자도 당분간 친구네 집에 가 있겠다고
했다. 그래서 휴대폰 번호만 따서 나오는 길이었다.

"가시기 전에 뭐 좀 물어볼게요."

"뭔데요?"

여자의 목소리에는 경계심이 가득했다. 경계심부터 풀
어야 제대로 된 대답을 들을 수 있을 것 같다. 무엇으로
풀어야 하지? 여자를 훑어보고는 가슴에 안겨 있는 아이
를 보았다. 제법 귀엽게 생긴 아기였다.

"아이가 예쁘네요. 딸인가 봐요?"

"……예."

엄마들의 마음을 푸는 데 아이 칭찬만 한 게 없다. 재용
의 칭찬에 여자의 말투에서 뾰족함이 조금 가시었다. 재

용은 그제야 본격적인 탐문 수사를 진행했다.

"혹시 그제 저녁부터 어젯밤 사이에 아랫집에서 무슨 소리 들은 것 없나요? 아무 소리나 괜찮습니다. 벽에 부딪히는 소리도 좋고. 뭐 다투는 소리는 더 좋고요. 범인을 빨리 잡아야 어머님도 집으로 돌아오시지 않겠어요?"

재용의 말에 여자가 무언가를 기억해 보려는 듯 생각에 잠긴 표정을 지었다. 그러더니 표정이 밝아지며 대답을 하기 시작했다.

"아, 맞아요. 휘파람 소리를 들었어요. 노친네가……아 아니, 죄, 죄송해요. 워낙에, 워낙에 지독한 할머니라……. 저뿐 아니라 이 동네 사람들 다 그렇게 불러요. 지독한 노친네라고."

노친네라는 호칭에 당황하여 여자는 재용의 눈치를 보며 버벅거렸다. 혹시라도 자기에게 혐의가 돌아올까 봐 불안해서 그런 것 같았다. 여자가 재용의 눈치를 보면서 말을 이었다.

"이 동네에서 주인 할머니랑 싸우지 않은 사람 없어요. 물려줄 자식도 없으면서 돈에는 얼마나 악착을 떠는지. 월세가 밀리면 밀린 날짜만큼 사채이자 챙겨 받는 사람이에요. 이 큰 집의 주인이면서도 자기는 제일 작은 지하방

에 살면서 아직도 폐지 주우러 다녀요. 이 더위에도 에어
컨은 고사하고 선풍기 한 번 안 돌려요. 창문만 열어 놓고
살아요. 그래서 그날 휘파람 소리도 들을 수 있었어요.”

재용은 여자의 말에서 핵심을 집어냈다. 원한을 가질
만한 사람이 많다는 이야기군. 그건 좀 더 조사하면 알 일
이다.

“휘파람 소리라니요? 어떤?”

재용이 수사 수첩에 메모하며 여자에게 다시 물었다.

“그건 잘……. 제가 모르는 가락이었어요.”

“그때가 몇 시쯤 되었습니까?”

재용이 본격적으로 질문하기 시작했다.

* * *

202호 여자의 말이 맞았다. 주변을 탐색한 결과 피해자
에게 원한을 가진 사람이 한둘이 아니었다. 그 많은 사람
을 조사하려면 시간 꽤나 걸리겠지만 한 명이라도 쉽게 넘
길 수가 없었다. 그 한 명이 범인일 수도 있기 때문에.

사무실로 돌아온 재용은 피해자에게 원한을 산 사람들
에 대한 조사에 들어갔다. 주변 인물들을 조사하면 할수

록 피해자에 대해서 동정보다는 안타까운 생각이 들었다.

악독하기로 원성이 높은 노파라고 했다. 돈에 원한이 사무친 사람처럼 돈이라면 벌벌 떨면서 돈을 끌어모았다고 했다. 그렇게 처참한 상태로 죽었는데도 피해자의 죽음에 대해 슬퍼하는 사람이 아무도 없었다. 천벌을 받은 거라는 사람도 있었다. 이렇게 욕을 먹어 가며 돈을 모은 이유가 무엇일까? 천년만년 살 줄 알았던 것일까?

상속받을 사람이 없으면 재산은 국고로 귀속된다. 국고를 튼튼하게 해 주려고 아등바등 살아온 것 같지는 않았다.

"피해자 이름 김순자. 나이 78세. 직접적인 사인은 자상에 의한 과다출혈. 우천 사건과 마찬가지로 살아 있는 상태로 가슴을 절단당했음. 성추행의 흔적은 없음. 약물의 흔적도 없음. 사체의 상태와 사체의 가슴에 놓여 있던 증거물로 보아 우천 사건과 동일범의 소행으로 추정됨."

검시관의 결과 보고를 들으며 강력2팀 형사들은 한숨을 내쉬고 말았다. 우려대로 연쇄 살인임이 드러났다. 연쇄 살인이라면 처음부터 다시 조사해야 한다. 조그마한 흔적 하나라도 놓치면 안 된다. 아무래도 첫 번째 피해자의 주변부터 다시 살펴봐야 할 것 같다. 피해자의 짐은 고시원에서 그날로 다 빼 버렸으니 그 딸이 있던 보육원부터 가

봐야겠다.

김순자 주변 인물들을 더 조사하라는 명령을 내리고 재용이 자리에서 일어나자 김 형사가 재용을 올려다보고 묻는다.

"어데 갑니꺼?"

"보육원에 가 보려고. 주소가 어떻게 되지?"

"거 간다고 뭐 건질 게 있겠소?"

이 자식이? 지금 가만히 앉아서 증거가 나오길 바라는 거야? 건질 게 없어도 가 봐야 한다. 조그마한 단서 하나라도 아쉬운 판국이다.

"나올 때까지 찾아야지. 탐문수사가 수사의 왕이다, 몰라? 너도 가만히 있지 말고 오연수가 도우미 뛰었던 노래방 다시 가 봐. 혹시 알아? 중요한 단서라도 찾을지?"

재용이 눈을 부라리며 김 형사를 노려보고 말하자 김 형사도 어쩔 수 없다는 듯 자리에서 일어난다.

오후가 되었는데도 여름 해는 뜨거웠다. 에어컨을 돌렸음에도 차창을 통해 들어오는 햇볕은 따갑다.

김 형사가 적어 준 보육원으로 가던 재용은 차를 돌려 잠시 집에 들렀다. 전화로 괜찮다는 은옥의 말을 듣긴 했지만, 걱정이 되어서 도무지 견딜 수가 없었다. 이 도시에 연쇄 살인범이 돌아다닌다고 생각하니 불안하기도 했다.

집에 고양이 냄새가 배는 걸 싫어하는 아내는 수시로 문을 열고 환기를 시켰다. 지금도 베란다 문은 열어 놓은 채 아무것도 먹지 않고 침대에 누워 있을 것이다.

근처 죽 집에서 죽을 산 다음 재용은 집으로 향했다. 비밀번호를 누르고 집에 들어가니 거실이 썰렁했다. 고양이들조차 보이지 않았다. 재용은 식탁 위에 죽이 담긴 쇼핑백을 내려놓고 곧장 안방으로 들어갔다.

문을 열자 어두컴컴한 방 안에서 침대에 누워 있는 아내의 형상이 보였다. 대낮이지만 두꺼운 커튼을 친 방은 여전히 어두웠다. 아내의 옆에는 고양이들이 웅크리고 앉아 있었다. 마치 아내를 지키고 있는 것처럼. 재용이 들어오자 고양이 한 마리가 야아옹하며 이빨을 드러낸다. 그 소리를 듣고는 다른 고양이들까지 몸을 세우고는 재용을 향해 이빨을 드러내며 운다.

아내가 눈을 뜬다. 고양이 울음소리에 잠을 깼나 보다.

"몇 시예요?"

은옥의 목소리는 여전히 잠겨 있다. 안방 문이 열리면서 빛이 들어온 탓인지 은옥은 재용을 알아보았다.

"세 시. 점심은?"

"……."

물으나 마나다. 챙겨 먹을 사람이 아니다. 재용은 스탠드를 켜고 고양이들을 밀친 후 침대에 걸터앉아 은옥의 이마를 짚어 본다. 아직도 열이 있다. 벌써 며칠째인지 모른다. 왜 이리 낫지를 않는 거지?

은옥이 침대에서 몸을 일으키려고 하자 재용이 은옥의 등에 손을 대고 일어나기 쉽도록 도와주었다.

"어쩐 일이에요? 못 들어온다면서요?"

어쩐 일은. 당신이 걱정돼서 왔지. 하지만 재용은 그 말을 입 밖으로 내지 않는다. 그런 말을 한다고 해서 좋아할 여자도 아니다. 오히려 더 불편해할 것이다. 대답 대신 재용은 다시 은옥에게 물었다.

"아무것도 안 먹었지? 죽 사 왔어. 방으로 가져다줄까?"

"아니요. 나가서 먹을게요."

깔끔한 성격의 아내가 방에서 밥을 먹을 리가 없다. 아플 땐 침대에 앉아서 먹어도 되련만. 더 권해 봤자 씨알도 먹히지 않을 일이라 재용은 은옥을 부축해서 주방으로 데리고 나온다.

은옥을 식탁 의자에 앉힌 다음 재용은 그릇을 꺼내 죽을 덜어 주었다. 일회용 용기에 담긴 물김치와 젓갈도 뚜껑을 열어서 은옥 앞에 밀어 주었다. 은옥이 죽을 먹는 동안 재용은 집 안 문단속을 하기 시작했다. 앞뒤 베란다로 가서 베란다 문을 닫고 걸쇠까지 걸었다.

그 모습을 보고 은옥이 의아해하며 묻자 재용이 사실을 이야기해 주었다. 연쇄 살인범이 돌아다닌다고. 며칠 전 신문을 보고 벌벌 떨던 모습이 생각나 말을 안 하려고 했으나 얘기를 하지 않는다면 또 필시 베란다 문을 열어 둘 것이 뻔해서 얘기할 수밖에 없었다.

"연쇄 살인범이요?"

"그래, 며칠 전 신문에서 봤지? 살인 사건. 비슷한 사건이 또 발생했어. 그러니까 범인 잡힐 때까지 베란다 문 열어 두지 마. 누가 와도 현관문 열어 주지 말고. 그런데 범인은 왜 박쥐 모양의 목각 인형을 사체의 가슴 위에 놓아두었을까?"

"……박쥐 모양의 목각 인형이요?"

은옥이 관심을 보이며 묻는다. 흔한 일이 아니라 재용이 얼른 대답한다.

"그래, 박쥐 모양의 목각 인형."

"볼 수 있어요?"

은옥의 조심스러운 물음에 재용이 휴대폰을 꺼내 손가락으로 톡톡 친다. 사진을 열어서 은옥에게 보여 준다.

"이거 말이야, 분명히 어디서 봤는데 기억이 나지 않아. 혹시 당신 본 적 없어?"

은옥이 얼른 휴대폰을 들여다본다. 박쥐 모양의 목각 인형이 보인다. 은옥의 눈이 동그래지더니 가까이 들여다본다. 대답도 없이 다른 사진들을 열어 본다. 그러더니 은옥이 부들부들 몸을 떨기 시작한다. 손도 떨고 몸도 떨고. 얼굴은 아예 하얗게 질려 버렸다.

이런 제길. 잔인한 사진도 있는데, 그걸 봤구먼. 쓸데없이 박쥐 인형 이야기는 왜 해서 아내를 불안하게 만들었나 후회가 되었다.

차를 달려 보육원으로 가자 아이들이 보육원 마당에서 뛰어놀고 있었다. 아이들만 보면 눈이 가는 재용이었다. 재용 역시 외롭게 자라 결혼만 하면 아이들을 여럿 낳고 싶었다. 그 아이들에게 자기는 못 받아 본 아버지의 사랑을 듬뿍 주고 싶었다. 하지만 아이라면 질색하는 아내 때문에 자식은 꿈도 꿀 수 없었다. 재용은 아이들에게 가는 시선을 거두고 건물 안으로 들어갔다.

지나가는 보육교사에게 경찰공무원증을 보여 주고 재용은 원장실로 안내를 받았다. 원장은 나이가 지긋이 든 50대 여자였다. 푸짐한 몸집과 온화한 인상으로 보아 아이들에게 사랑을 듬뿍 줄 것 같았다.

"어떻게 오셨습니까?"

재용은 다시 경찰공무원증을 보여 주고는 입을 열었다.

"김민아 어머니 사건 담당 형사입니다."

"범인은 잡혔나요?"

"아뇨. 그래서 민아 소지품을 좀 볼 수 있을까 해서 왔는데요. 혹시라도 민아 어머님께서 민아에게 편지 보낸 건 없을까요?"

"그럼 절 따라오시겠어요? 민아 소지품은 민아 친구가 가지고 있겠다고 했거든요."

원장의 말에 재용은 원장실을 따라 나와 원장의 뒤를 따랐다. 양쪽으로 쭉 늘어선 방 중에서 한 방 앞에 멈추고는 원장이 노크했다.

"예."

안에서 대답이 들렸다. 원장이 문을 열고 먼저 들어가고 재용도 따라 들어갔다. 방 안에는 야무져 보이는 10살

정도로 보이는 여자아이가 있었다. 울었는지 눈동자가 빨
갰고 눈두덩이도 부어 있었다.

"민아랑 단짝이라 아직 많이 슬퍼해요. 정아야, 너 민아
소지품 가지고 있지? 이 아저씨 좀 보여 줄래?"

원장이 아이의 상태에 대해 재용에게 설명한 다음 정아
라는 아이에게 말했다.

"왜요?"

"민아 엄마……."

"싫어요! 보여 주기 싫어요! 어떻게 민아 엄마는 민아가
죽었는데도 안 와 볼 수가 있어요? 전 민아 엄마한테 절대
로 민아 물건 못 줘요!"

원장의 말이 떨어지기도 전에 아이는 원망이 가득 담긴
눈으로 재용을 쏘아보았다. 마치 재용이 민아의 엄마인
것처럼.

"정아야……."

원장은 난감했다. 정아가 저렇게 나올 줄은 몰랐다. 저
렇게 민아 엄마를 원망할 줄은 몰랐다. 어쩌면 자기를 찾
으러 오지 않는 엄마를 원망하는 마음이 그렇게 표출된 것
일지도 모르겠다. 정아에게 굳이 민아 엄마가 죽었다는
것을 말하고 싶지 않았는데 저렇게 원망하는 마음을 가지

는 것보다는 얘기해 주는 게 나을 것 같았다.

"정아야, 사실은, 사실은 말이지……. 민아 엄마 돌아가셨어. 그래서 못 오신 거야. 살아 계셨으면 당연히 오셨겠지. 민아 엄마 죽인 범인 잡으려고 이 아저씨가 민아의 소지품을 보고 싶다고 한 거야……."

"예? 정말이요? 정말로 민아 엄마가 돌아가셨어요? 언제요?"

아이가 연달아 질문을 퍼부어 댔다. 도저히 믿을 수 없다는 듯.

"아마 민아와 민아 엄마는 하늘나라에서 만났을 거야. 비슷한 시기에 죽었거든."

"다행이다. 다행이야. 죽어서라도 엄마를 만나서."

재용의 말에 정아는 안도의 한숨을 내쉬었다. 친구 민아가 죽어서는 엄마와 함께할 수 있어 다행이라고 생각했다. 자기도 엄마만 만날 수 있다면 죽어도 상관없다는 생각마저 들었다.

민아의 소지품에서는 별로 특별한 것이 없었다. 엄마로부터 받은 편지도 없었다. 가끔 쓴 일기장과 학용품, 그리고 민아가 엄마에게서 선물 받았다는 인형 정도뿐이었다. 일기장을 펼쳐 보았다.

《오늘도 엄마는 오지 않았다. 엄마가 너무 보고 싶다.》

《버스 정류장에서 엄마를 기다리다가 아저씨를 만났다. 아저씨가 나를 업어서 보육원까지 데려다주었다. 아저씨 등에 업히면 아빠가 생각난다. 아빠가 살아 계셨으면 아저씨처럼 날 업어 주시겠지?》

《심장이 점점 아파져 온다. 죽기 전에 엄마 얼굴 한 번 더 보고 싶은데…….》

일기장엔 대체로 엄마가 보고 싶다는 내용이 들어 있었다. 그런데 가끔 아저씨가 등장하였다. 누굴까? 이 남자는? 혹시나 하는 마음에 정아에게 물어보았다.

"정아야, 혹시 이 일기장에 나오는 아저씨 너도 아니?"

"예, 알아요. 킹왕짱 아저씨."

"킹왕짱?"

"최고라는 뜻이에요. 대따, 대따 좋은 아저씨에요."

"같이 가서 그 아저씨 좀 만나 줄래? 난 얼굴을 모르잖아."

정아는 어떡해야 할지 묻는 듯 원장의 얼굴을 보았다. 원장이 고개를 끄덕이자 정아가 "예."라고 대답했다.

"이거 제가 가져가도 되겠죠?"

재용의 말에 이번엔 원장이 정아를 보았다. 정아는 재용을 가만히 보더니 고개를 끄덕이고는 허락을 표했다.

그까짓 것들은 다 가져가도 상관없다. 민아가 소중하게 간직하던 것은 정아가 이미 따로 챙겨 놓았다.

* * *

어둠이 내린 연희동 고급 주택가에 자동차가 멈추었다. 차가 멈추자마자 조수석 문이 열리고 깔끔한 정장 차림을 한 남자가 내린다. 얼른 뒷좌석을 열어 준다.

먼저 지팡이가 나오고 다리가 나온다. 정장 차림의 남자가 뒷좌석에 앉은 남자가 나오기 쉽도록 남자의 몸을 부축한다. 곧이어 남자의 몸이 고급자동차에서 빠져나온다. 그 뒤로 우아하게 차려입은, 남자와는 20살 정도 차이가 나 보이는 여자가 나온다. 무척 아름답긴 하지만 어쩐지 싼티가 난다.

남자는 지팡이를 짚고는 집을 올려다본다. 개기름이 줄줄 흐르는 남자의 얼굴에서 흐뭇한 미소가 흐른다. 절뚝거리며 걷고 있는 남자의 한 발짝 뒤로 정장을 입은 남자가 따른다.

절뚝거리며 걷는 남자는 현 국회의원 최철민이고 그 옆에서 우아한 사모님 행세를 하는 여자는 철민의 아내 김화숙이다. 철민의 뒤를 따르는 남자는 철민의 보좌관 박성욱.

철민이 대문 앞으로 오자 어느새 대문이 열려 있다. 조명도 환하게 밝아져 있다. 운전기사가 벌써 초인종을 눌러 집주인의 귀환을 알린 덕분이다.

운전기사는 철민에게 깊이 고개 숙여 인사를 한다. 철민은 인사도 받지 않고 거드름을 피우며 대문 안으로 들어간다. 그러자 운전기사의 표정이 대번에 바뀐다. 재수 없다는 기색이 역력하다.

절뚝거리는 걸음으로 철민이 집 안에 들어서자 환한 조명 아래 푸른 잔디가 깔린 정원이 먼저 눈에 들어왔다. 뒤이어 정원의 군데군데 심어진 값비싼 정원수들도 눈에 들어왔다. 다시 흐뭇해진다. 이게 다 한쪽 다리를 절게 되면서 얻게 된 부수입들이다. 아직도 비가 올라치면 다친 다리가 쑥쑥 아려 오지만 얻은 것에 비하면 그렇게 억울하지는 않다.

정원을 지나 집 안으로 들어오자 가사 도우미가 현관에 서서 철민을 향해 90도 각도로 인사한다.

"다녀오셨습니까?"

가사 도우미를 하기엔 너무 젊은 얼굴이다. 마음이야 어쩔지 모르지만 예쁜 미소까지 짓고 있다.

집 안 내부는 돈으로 바른 냄새가 난다. 고급스럽긴 하지만 어쩐지 전체적인 조화가 어울리지 않는 집. 뭔가 다따로 노는 느낌. 현대적인 인테리어에 골동품 느낌의 장식장이라니?

철민이 안방으로 들어간다. 일단은 이 불편한 옷을 벗어버려야 했다. 갑갑해 죽을 것 같다. 그 뒤를 그의 아내 화숙이 따른다. 철민이 재킷을 벗고 넥타이를 풀어 버리자화숙이 그것을 받아서 드레스 룸으로 가지고 들어간다.

철민은 침대에 벌렁 드러누워 버렸다. 힘들다. 사람들앞에서 가식적인 미소를 짓는 것도 쉬운 일이 아니다. 게다가 오늘은 조금 많이 걸었다. 국회의원 부부 동반 모임에 다녀오는 길이었다.

열린 드레스 룸엔 명품으로 보이는 옷들과 가방이 그득했다. 홈드레스로 갈아입은 화숙은 화장을 지우기 위해 화장대에 앉았다가 화장대 위에 놓인 종이 박스를 보았다.

"어머, 이게 뭐야?"

화숙이 기대에 찬 목소리로 말하며 벌써 박스를 개봉하기 시작했다. 매스컴의 힘이란 대단하다. 《평생을 고아들을 위해 헌신한 최철민 드디어 국회에 입성하다》란 제목으로 신문기사가 나온 다음 축하인사와 선물들이 줄을 이었다.

국회의원이 되자마자 신문사에서 연락이 왔었다. 기사를 싣고 싶다는 이야기였다. 사실 철민으로서도 바라던 바였다. 겸양의 미덕을 발휘해서 한 번 거절한 다음 철민은 인터뷰 장소를 희망 보육원으로 정했다. 아무래도 자신의 선행을 돋보이게 하려면 그 장소가 최고였기 때문이다.

사진 촬영을 하기 위해 아이들은 예쁜 옷으로 갈아입고 마당에 나와 있었다. 철민이 절뚝거리면서 걸어오자 여자아이들의 표정이 굳어져 갔다. 몸을 움츠리며 표정이 급격하게 어두워졌다. 철민이 마침내 아이들 옆에 서자 사진기자가 철민에게 말했다.

"의원님, 아이를 안아 보세요."

철민이 지팡이를 내려놓고 옆에 있는 여자아이를 안으려 하자 아이가 얼른 뒤로 몸을 피한다. 또 다른 여자아이를 안으려 하자 그 아이 역시 몸을 피한다. 철민이 눈을 부라리며 아이들을 노려보자 눈치 빠른 화숙이 남자아이를 안아 철민의 품에 안긴다.

사진기자는 그제야 손가락으로 동그라미를 만들며 사진을 찍었다. 찰칵.

"이번 당선엔 사회복지를 내세운 것이 주효했다고 볼 수 있습니다. 의원님께서 생각하는 가장 중요한 사회복지 문제는 무엇이라고 생각하십니까?"

사진 촬영을 마친 다음 철민과 기자들은 원장실로 들어와서 인터뷰를 시작했다. 기자의 물음에 철민은 따스한 미소를 지으며 대답했다.

"무엇보다 버려진 아이들에 관한 문제겠지요. 내가 이 보육원에서 봉사를 시작한 지도 벌써 40년이 다 되어 갑니다. 중간중간 고비도 많았지만, 지금껏 이 일을 해 올 수 있었던 것은 버려진 아이들에 대한 사랑 때문입니다."

철민의 말에 화숙은 콧방귀를 뀌었다. 하! 버려진 아이들에 대한 사랑? 하긴 사랑이긴 하지. 자기 역시 그 사랑을 듬뿍 받았었다. 화숙은 철민의 행동에 가타부타 불평하고 싶지 않았다. 이제는 돈맛을 알았고 그까짓 것 때문에 마음 상하고 싶지 않았다. 그저 자기는 사치만 하며 살수 있으면 족했다. 남편의 사생활 같은 건 신경 쓰고 싶지 않았다.

마음을 정한 화숙은 철민의 말에 동의한다는 듯 고개를 끄덕이며 기자들을 향해 더없이 아름다운 미소를 지었다.

"뭐 아쉬운 놈이 가져다 놨겠지. 의원 되자마자 이러니 몇 번씩 해 먹은 놈들은 금고가 얼마나 쌓이겠어? 이번엔 얼마나 넣어 왔으려나?"

철민 역시 현금다발을 기대하며 말했다. 표정엔 거드름이 그득했다.

"아악!!!"

웃으며 박스를 개봉하던 화숙이 비명을 지르며 바닥에 주저앉았다. 화숙의 눈에는 두려움이 그득했다. 무릎을 세우고 웅크리고 앉아 온몸을 덜덜 떨었다.

"뭐야? 뭔데 그래?"

철민이 절뚝거리며 다가와서 박스를 들여다보고는 못 볼 걸 봤다는 듯 얼른 몸을 뒤로 뺀다.

갑자기 화숙이 자리에서 일어나더니 휴대폰을 집어 든다. 버튼을 누르긴 하는데 너무 놀라서 무얼 눌러야 할지 알 수가 없다.

"……몇 번이지? 몇 번을 눌러야 하지?"

"뭐 하는 거야, 지금?"

"경찰에 알려야지."

철민이 얼른 전화기를 빼앗으며 소리친다.

"미쳤어, 지금? 경찰에 신고하면? 경찰에 신고하면 우리보고 뭐라 할 것 같아? 다 된 밥에 코 뿌리겠다는 거야 뭐야? 내가 어떻게 얻은 배지인데, 모른 척하고 가만히 있어!"

"그럼 빨리 치우든지."

"날 협박하겠다고? 이까짓 것에 손들면 최철민이가 아니지."

철민은 이제 현실로 돌아와 뒤처리를 빠르게 하기 시작했다. 박스를 포장하는 철민을 보고 화숙이 빈정거린다.

"좋겠네. 좋아하는 걸 선물 받아서. 사이즈 마음에 들어?"

부창부수라고 언제 놀랐느냐는 듯 화숙도 평상시의 상태로 돌아왔다. 박스를 들고 정원으로 나간 철민은 주위를 둘러보다가 삽으로 땅을 판다. 철민이 땅을 파는 것을 본 정원사가 황송하다는 얼굴을 하고는 철민에게 다가와 고개를 주억거린다.

"아이고, 의원님. 절 시키지 않으시고요."

"귀한 거라 내 손으로 키우고 싶어 그러니 자네는 그냥 가 봐."

정원사의 말에 가슴이 철렁 내려앉았지만, 철민은 표정 관리를 하며 서둘러 답했다.

"땀까지 흘리시는데 어찌 땅을 파시겠다고. 제가……."

"어허, 가 보라니까!"

정원사가 삽을 빼앗아 들고 땅을 파려 하자 철민이 급기야 화를 냈다. 철민의 기색에 정원사는 머뭇거리다가 그의 표정을 다시 살피고는 자리를 떠났다.

정원사가 떠나고 나자 철민은 나무 아래를 파 종이 박스를 묻고 흙을 덮는다. 드디어 해결했다. 한숨을 후 내쉰다.

4

미궁에 빠지다

두 번째 사건으로 인해 첫 번째 용의자는 혐의를 벗었다. 하지만 아직 풀려나진 못했다. 두 사건에서 아무런 합일점을 찾지 못하자 살인청부를 의심받고 있었기 때문이다.

피해자 두 사람 다 원한이 많은 사람이기 때문에 수사의 가닥이 그쪽으로 잡혔다. 김순자의 집에서 나온 차용증을 근거로 김순자의 채무자들은 모두 다 수사의 대상이 되었다. 수사 결과 청부살인을 할 정도로 거액의 채무자는 없었다.

그러던 중 김순자의 계좌에서 거액의 금액이 이체된 사실을 알게 되었고 수사팀은 활기를 찾았다. 통장주의 주소를 확인한 재용은 온 수사팀을 이끌고 통장주의 집으로 출동했다. 통장주가 살인범일 수도 있다는 가능성 때문에 다른 팀의 지원까지 받았다. 혹시 있을지 모를 불상사를 막기 위해 모두에게 총기를 지급하고 방탄복도 입게 했다.

경광등이 번쩍거리며 도착한 곳은 일정 외곽의 오래된 주택. 논밭 사이에 드문드문 보이는 집들 중 하나였다. 집 주위로는 온통 초록이었다. 여름이라 논에는 초록의 벼가, 밭에는 초록의 푸성귀들이 그득했다. 낡고 무너지고 찌그러진 집은 초록과 전혀 어울리지 않았다. 허름한 대문에, 마당에 굴러다니는 녹슨 농기구까지 폐가와 다름없었다.

 살인범이 살기에 적당한 음침한 집 같아서 다들 권총을 잡은 손에 힘을 주었다. 재용의 손짓에 수사팀들이 순식간에 차에서 내려 각자의 위치에 자리를 잡았다. 대문 양옆에서 총을 겨눈 채 한 명씩 지키고 서 있었고, 대문을 뛰쳐나올 것에 대비해서 대문에서 조금 떨어진 곳에도 한 명이 배치되었다. 수사팀들과 눈을 맞추고 신호를 한 다음 재용은 크게 심호흡을 하고 초인종을 눌렀다.

 어이없게도 대문을 열어 준 사람은 6살 정도로 보이는 남자아이였다. 제대로 먹지도 못하는지 얼굴에는 마른버짐이 피어 있었다. 옷차림도 지저분하기 이를 데가 없었다. 이 낡은 집에 아이라니? 기대감이 사라지고 허탈해졌지만 재용은 실망하지 않고 아이를 데리고 집 안으로 들어갔다. 총을 보면 아이가 놀랄 것 같았기 때문이다.

 "누구세요?"

 낯선 남자의 방문에 아이의 눈이 불안으로 흔들렸다. 재용은 한쪽 무릎을 꿇고 아이와 눈높이를 맞춘 다음에 경찰공무원증을 보여 주며 아이를 안심시켰다.

 "아저씬 경찰."

 경찰공무원증을 확인한 아이는 진짜냐는 눈으로 재용의

얼굴을 빤히 쳐다보았다. 아직도 눈에는 불안이 담겨 있다. 믿어야 하나 말아야 하나 갈등 중인 것 같았다.

"밖에 경찰차도 있어. 아저씨 경찰 맞아."

재용이 다시 확인해 주고 자리에서 일어나자 아이는 담 너머로 경찰차를 보았다. 그제야 믿을 수 있다는 듯 고개를 끄덕였다.

"집에 어른 안 계시니? 박경우 씨 주소가 여기로 되어 있던데?"

"……박…경우 씨요? 왜, 왜요? 왜 찾는데요? 우리 아빠 잡아가요?"

아이의 목소리가 떨려 왔다. 금방이라도 울 것 같았다. 할 수 없이 재용은 아이를 안심시켜 주려고 거짓말을 해야 했다.

"아니, 잡아가기는 왜 잡아가? 아빠가 지은 죄가 없는데. 뭐 좀 물어봐야 하는데 연락처를 몰라서 집으로 왔어. 그냥 몇 가지 물어보기만 하면 돼."

"정말? 정말이요?"

"그럼. 아빠 계셔?"

"일하러 갔어요."

"그럼 다른 어른들은?"

재용의 물음에 아이가 고개를 좌우로 흔들었다. 표정도 시무룩해졌다.

"아빤 몇 시에 오셔?"

"…… ."

"아빠 안 오셔?"

"……매일은 못 오고 가끔씩 와요."

아이가 신코로 땅바닥을 탁탁, 치며 조그맣게 대답했다.

"그럼 여기서 너 혼자 산단 말이야?"

기가 막혔다. 집들이 모여 있는 곳도 아니고 뚝 떨어진 곳에 어린 꼬마 아이를 혼자 방치하다니? 아마도 얼굴에 마른버짐이 피어 있는 건 제대로 먹지 못해서인 것 같다. 요즘 세상에 마른버짐이라니? 집 주위를 둘러보아도 도움을 청할 어른 한 명 보이지 않았다. 아이에게는 아빠가 죄가 없다고 했지만, 그 남자는 분명히 죄가 있다. 아동 유기죄.

"아니요, 아빠 온다니까요! 저 보육원 안 가요! 여기서 아빠랑 살 거예요!"

믿을 수 없다는 듯한 재용의 질문에 아이의 대답이 다급하게 나왔다. 혹시라도 아빠랑 떨어뜨릴까 봐 불안해하는 것 같았다. 아이의 눈동자가 하릴없이 흔들렸다. 아빠와 같이 산다고 우기는 거 보니 그렇게 나쁜 아빠는 아닌가 보다.

"너 몇 살이야?"

"……일곱 살이요."

한숨이 절로 나왔다. 나이보다 체격이 작아 보이는 건 필히 제대로 먹질 못했기 때문이리라.

"방 좀 봐도 돼?"

아이는 잠시 생각하더니 고개를 끄덕였다. 방을 둘러보자 재용은 더 난감해졌다. 이 방에서 아이가 혼자 산다고 생각하자 가슴이 답답해져 왔다. 먹을 거라곤 컵라면과 콘플레이크밖에 보이지 않았다. 냉장고는 텅 비어 있었는데 그나마 냉동고에는 전자레인지에 돌려 먹을 수 있는 음식들이 몇 가지 보였다.

"밥은 먹었니?"

재용이 한숨을 내쉬고 묻자 아이가 또다시 고개를 가로저었다. 나쁜 인간들. 자식을 낳았으면 책임을 져야지. 이렇게 어린애를 보호자도 없이 혼자 내버려 두다니? 울화통이 치밀어 올랐다.

김 형사가 안으로 들어왔다. 재용은 지갑에서 돈을 꺼

내 김 형사에게 주며 먹을 것을 사 오라고 시켰다. 귀찮게 시킨다고 투덜거리던 김 형사도 아이의 상태를 보고는 알았다며 고개를 주억거렸다.

"다른 사람들 다 철수시키고 정 형사에게는 사회복지과에 전화 좀 넣어 달라고 해. 이 애는 도움이 필요해."

재용의 명령에 김 형사는 다시 고개를 끄덕이고는 대문을 나갔다. 곧이어 자동차 시동 걸리는 소리가 나고 자동차가 떠나는 소리가 들렸다.

"저 보육원 가기 싫어요! 안 가요! 여기서 아빠랑 살 거예요!"

보육원으로 가는 게 몹시도 싫은 듯 아이가 원망의 시선으로 재용을 노려보았다. 답답한 마음에 재용이 한숨을 내쉬었다. 아이 혼자 여기서 살게 내버려 둘 수는 없었다. 한쪽 무릎을 꿇고 앉아 아이와 눈을 맞추고는 아이를 설득하기 시작했다.

"너 혼자 여기 이렇게 둘 수는 없어. 넌 보호자의 도움이 필요해."

"아빠 온다니까요!"

"며칠에 한 번? 넌 매일매일, 매시간 도움이 필요한 어린애야. 아빠한테 거기로 보러 오시라고 하면 되잖아?"

"아니요! 그러면 아빠 절 잊어버릴 거예요. 보육원에 맡기고 나면 저 같은 건 잊어버릴 거라고요! 여기서 이렇게 혼자 기다리고 있으니까 가끔이라도 보러 오는 거예요!……엄마도 절 버렸는데, 아빠까지 버리면 전 어떻게 살아요."

결국, 아이가 눈물을 흘리고 말았다. 버림받는 것이 두려웠구나……. 버려질까 봐 무서웠구나……. 재용의 마음이 아파져 왔다. 부모에게 완전히 버려질까 봐 무서워 다 무너져 가는 폐가에서 혼자 사는 것을 선택한 아이의 마음에 가슴이 미어졌다.

"가기 싫으면 안 가도 돼. 하지만 가끔 누나가 들러서 널 챙겨 주는 건 괜찮지?"

재용의 말에 아이가 눈을 동그랗게 뜨고 재용을 보았다. 그래도 되냐는 듯이. 재용이 맞다는 듯 고개를 끄덕거렸다.

"그래, 복지사 누나가 잠깐씩 와서 널 돌봐 주는 방법도 있어. 그러니 걱정 안 해도 돼."

불안해하는 아이를 재용이 안심시켰다. 그제야 아이의 표정이 풀어졌다.

집을 둘러보는 사이 김 형사가 김밥과 빵, 우유를 사 가지고 왔다. 먹을 것을 본 아이는 허겁지겁 먹기 시작했다. 재용은 우유를 뜯어서 아이의 손에 쥐여 주고는 천천히 먹으라고 등을 두들겨 주었다. 음식을 삼킨 아이는 고개를 숙이며 고맙다고 인사했다. 인사성이 바른 아이 같았다.

집 안을 둘러보아도 박경우에 대해서 건질 것은 별로 없었다. 옷가지 몇 개와 책 몇 권이 전부였다. 그렇게 위험한 사람 같지는 않았다.

재용에 대해 경계심을 완전히 푼 아이는 재용에게 박경우의 명함을 건네주었다.

아이가 준 명함을 들고 찾아오니 허름한 심부름센터였다. 똑똑 노크를 하자 안에서 "들어오세요."라는 소리가 들렸다.

문을 열고 들어가자 홀아비 냄새를 풀풀 풍기는 40대 남자가 남방 단추를 잠그며 엉거주춤한 상태로 일어나고 있었다. 아마 남자는 더운 날씨에 속옷 차림으로 있다가 노크 소리에 옷을 껴입는 중인 것 같았다.

에어컨도 돌리지 않는지 실내는 더웠다. 털털거리는 선풍기 한 대가 돌아가고 있을 뿐이었다. 사무실 안에는 찌든 담배 냄새와 자장면 냄새가 풍겨 나왔다. 아이를 생각하면 주먹을 날리고 싶었지만, 남자의 상태도 좋아 보이진 않았다. 질문이 끝난 다음 경고는 해 주리라.

"어떻게 오셨습니까?"

반색하는 남자의 말에 재용은 경찰공무원증을 보여 주었다. 남자의 얼굴이 일그러지며 순식간에 경계심을 보였다.

"김순자 씨 아시죠? 며칠 전에 거액의 돈을 박경우 씨에게 송금하셨던데."

"김순자 씨요? 아, 알죠. 제 의뢰인입니다."

"의뢰인이요?"

"예. 아들을 찾아 달라고 하더군요. 그런데 김순자 씨에게 무슨 일이 생겼습니까? 연락이 안 되던데요."

"돌아가셨습니다."

"예에?"

남자의 얼굴엔 놀란 표정이 역력했다. 헛짚었다. 이 남자 역시 범인과는 거리가 멀다. 하지만 정보는 얻어 갈 수 있을 것 같았다. 주변 사람들도 모르는 정보. 서류 어디에도 아들의 존재는 없었고 주변 사람에게서도 아들에 대한 말은 없었다.

"그런데 아들이라뇨? 아들이 있다는 얘기는 못 들었는데요."

재용의 말에 남자가 자기가 의뢰받은 일을 얘기하기 시작했다.

* * *

날씨는 점점 더 더워졌다. 에어컨 아래에서도 시원함을 느낄 수 없었다. 아마도 사건의 실마리가 풀리지 않아서인지도 모른다. 아무런 성과도 얻지 못하고 시간은 잘도 흘러갔다. 동일범의 소행으로 추정되는 두 건의 살인 사건은 결국 미궁에 빠져 버렸다. 다리품을 팔고 컴퓨터 앞에 둘러앉아 증거를 찾아보려고 해도 흔적 하나 찾을 수가 없었다.

재용은 모니터에 떠 있는 박쥐 모양의 목각 인형을 눈이 뚫어져라 쳐다보았다. 어디서 봤을까? 분명히 봤는데⋯⋯. 아무리 기억을 더듬어 봐도 어디서 봤는지 생각이 나지 않는다. 그것만 알아내도 뭔가 풀릴 것 같은데⋯⋯.

답답한 마음에 재용은 두 팔꿈치를 책상 위에 올리고 고개를 아래로 처박은 채 두 손으로 머리를 감쌌다. 그래도 생각이 나지 않는다.

"와 그라고 있소? 어디 아퍼요?"

김 형사의 말에 재용은 머리에서 두 손을 떼어 내고 김 형사를 쳐다본다. 형사 생활 내내 거의 붙어 다니던 파트너다. 내가 봤다면 재도 봤을 수 있지 않을까? 혹시나 하는 마음에 손으로 모니터를 가리키며 김 형사에게 질문을 던져 본다.

"너 혹시 저 목각 인형 어디서 본 적 없어?"

재용의 말에 모니터를 들여다보던 김 형사가 말이 되는 소리를 하라는 듯한 말투로 대답했다.

"농담허요? 이거 이번 사건 증거물 아닌교? 두 피해자의 가슴에 올려져 있던 증거물. 내가 피해자의 가슴 위에 있던 그 인형을 집어서 증거물 봉투에 넣었소. 모르는 것처럼 와 이라요?"

"아니, 아니. 이번 사건 말고, 그 전에. 그 전에 어딘가에서 본 일 없냐고?"

재용의 말에 김 형사는 옆에 있던 의자를 끌어당겨 재용의 옆에 앉았다. 눈을 반짝이며 묻는다.

"행님은 어디서 본 것 같소?"

"그래, 분명히 봤어. 저 박쥐 모양의 목각 인형. 손으로 깎아 만든 거라 완전히 같지는 않지만 거의 비슷해. 그런데 생각이 안 난단 말이야. 답답해 미칠 것 같아."

정말로 답답해 미칠 것 같은지 재용이 머리를 움켜잡았다.

"퍼뜩 생각 좀 해 보소. 사건 좀 해결해 보거로. 위에서는 잡아 대지 매스컴은 떠들어 대지…… 참말로 미치것소. 마누라, 아 새끼 얼굴 본 지 일주일도 넘었소. 이러다 마누라한테 이혼당하면 우짜요?"

"이혼당하면 너만 당하냐? 나도 당하지?"

"아, 행수님이야 집에 안 들어가면 더 좋아한다 안 캤소? 우리 마누라쟁이는 욕구 불만 쌓이게 하면 안 된단 말이요. 나가서 사고 치면 우짜요?"

"이런 미친놈. 마누라도 못 믿냐?"

"행님도 참 순진허요. 맨날 천날 보고 듣는 게 불륜이고 간통인데 내 마누라는 안 그칸다고 우찌 믿소. 그러기 전에 풀어 주고 단속하고 하는 거지. 안 그렇소?"

맞는 말이다. 욕구 불만이 쌓이다 보면 엉뚱한 짓을 벌이게 된다. 자기 역시 산 경험자 아닌가? 대답하고 싶지도 않다. 재용이 슬쩍 화제를 돌린다.

"그러니까 넌 못 봤다는 거지? 저 목각 인형?"

"이번 사건 전엔 본 적 없소."

김 형사가 단정 지어 하는 말에 재용은 긴 한숨을 내쉬었다. 이제 어딜 뒤져야 손톱만 한 단서라도 찾아내려나.

"근데 왜 하필이면 박쥐일꼬? 행님, 박쥐는 무슨 뜻인 거 같소? 범인이 의미 없이 똑같은 걸 남기진 않았을 거 아니요?"

재용 역시 궁금하다. 박쥐는 도대체 무슨 의미인지. 똑같은 증거물을 남긴 걸 보면 분명히 무슨 메시지가 있을 텐데…….

첫 번째 피해자가 일하던 노래방도 여러 번 찾아보았고 두 번째 피해자의 주변도 샅샅이 뒤져 보았다. 기대했던 박경우에게서까지 아무것도 건질 게 없었다. 더는 찾아갈 곳도 없고 파헤칠 사람도 없다.

"다시 가 보자."

재용이 의자에서 벌떡 일어나며 말했다. 갑갑해서 사무실에 있을 수가 없었다.

"어데요?"

"첫 번째 사건 발생 장소. 탐문수사 좀 더 해 보자고."

"가 봤잖소? 그것도 세 번씩이나."

"못 만나 본 집 있잖아. 근처 고시원에 가서 못 만난 사람들 전화번호라도 따서 오자고. 이렇게 앉아 있어 봤자 범인이 나 잡아가라고 와 주지 않을 거 아니야?"

재용의 말에 김 형사도 별 이견이 없는지 자리를 털고 일어났다. 이 뙤약볕에 또 얼마나 거리를 쏘다녀야 할지 벌써부터 온몸에서 땀 냄새가 나는 것 같다.

재용의 차를 타고 온 재용과 김 형사는 각기 다른 고시원으로 들어갔다. 고시원 총무에게 양해를 구하고 고시원 거주자들의 연락처를 받았다. 오늘 서로 돌아가면 혹시라도 모를 단서를 얻기 위해 직접 만나지 못한 사람들과 수없이 통화를 해야 하리라. 그렇게 해서라도 뭔가 하나 건질 수 있다면 좋으련만.

고시원을 나온 재용은 첫 번째 사건이 벌어진 모텔 주차장으로 걸어갔다. 건질 게 없겠지만, 혹시나 하는 마음에 또 거기로 향하는 것이다. 주차장을 향해 성큼성큼 걸어가던 재용의 걸음이 우뚝 멈추어 섰다. 모텔에서 걸어 나오는 여자의 모습이 눈에 익었던 것이다.

재용은 여자의 얼굴을 확인하려고 눈을 가늘게 떴다. 정면으로 본 것은 아니었지만 아내였다. 틀림없는 아내였다. 내가 아내를 모를 리가 없다. 입고 있는 옷도 작년에 그가 사 준 옷이었다. 여자가 모퉁이를 돌아 버렸다.

재용은 멍하니 여자가 사라지는 것을 보고 있었다. 재

용의 몸이 떨려 왔다. 그럴 리가 없다. 그럴 리가 없다. 이런 곳에 올 여자가 아니다. 그럴 여자가 아니다. 충격을 받아 꼼짝도 못 하던 재용은 얼른 정신을 차리고 여자가 사라진 곳으로 뛰어갔다.

그 잠깐 사이에 여자는 사라져 버렸다. 어디로 갔는지 보이지 않았다. 귀신이 곡할 노릇이었다. 한참을 주변을 살피던 재용은 주머니에서 휴대폰을 꺼내서 단축번호 1번을 길게 눌렀다. 예상대로 전화기는 꺼져 있었다. 다시 2번을 길게 눌렀다. 집 전화도 받지 않았다.

재용의 손이 덜덜 떨려 왔다. 이래서 살인이 나는 것인가? 아내의 부정을 보지 않았는데 모텔에서 나온 것만으로도 재용은 손끝이 덜덜 떨려 올 정도로 분노가 일었다. 당장 확인을 해야 했다. 자기가 조금 전에 본 사람이 아내가 맞는지 아닌지 확인하기 전에는 아무것도 할 수 없을 것 같았다.

"행님도 참 순진허요. 맨날 천날 보고 듣는 게 불륜이고 간통인데 내 마누라는 안 그칸다고 우찌 믿소. 그러기 전에 풀어 주고 단속하고 하는 거지. 안 그렇소?"

서에서 김 형사가 했던 말들이 자꾸만 귀에서 맴돌았다.

재용은 급하게 차를 몰아 집으로 향했다. 가는 내내 가

숨이 진정되지 않았다. 이러다 사고라도 나는 게 아닌가 싶었다. 그래도 속도를 줄일 수가 없었다. 핸즈프리를 꽂고 집으로 전화를 걸었다. 여전히 집에는 전화를 받지 않았다. 불안감이 커져 갔다. 자신이 본 것이 정말 아내였을 것만 같다.

휴대폰에서 전화 들어온다는 신호가 계속 들어왔다. 할 수 없이 전화를 끊고 휴대폰을 받자 김 형사의 사투리가 쏟아져 나왔다.

〔혼자 어디 가는 교?〕

"미, 미안. 내가 갑자기 급한 일이 생겨서. 이따 전화할게."

급하게 전화를 끊고 다시 집으로 전화를 걸었다. 여전히 전화는 받지 않는다.

차가 아파트에 도착했다. 아파트 주차장에 급하게 차를 세우고 재용은 한달음에 아파트 안으로 들어갔다. 엘리베이터 기다리는 시간도 너무 더뎠다. 생각 같아서는 뛰어 올라가고 싶었지만 뛰어가나 타고 가나 별다를 바가 없다는 것을 알고 있기에 초조하게 엘리베이터를 기다렸다.

엘리베이터에 내리자마자 비밀번호를 누르고 집으로 들어갔다.

"여보! 여보!"

급한 마음에 신발을 채 벗지도 않고 재용이 은옥을 불렀다. 대답이 없었다. 거실을 휘둘러봐도, 주방에도, 베란다에도 아내는 보이지 않았다. 반갑지 않은 고양이들만 재용을 보고 야옹거렸다.

"여보! 여보! 은옥아~"

다시 은옥을 부르며 재용은 안방 문을 열고 안으로 들어갔다. 안방도 비어 있었다. 온몸이 부들부들 떨렸다. 아내가 맞았구나. 아내가 그러고 다녔구나. 김 형사 말이 맞았다. 내 마누라라고 안 그런다는 보장은 없었다. 난 왜 그리 아내를 믿었을까? 왜 한 번도 의심해 보지 않았을까? 미칠 것 같았다. 나는 그렇게 거부하더니 다른 놈이랑은 그러고 다닌단 말이야? 남자를 싫어하는 게 아니라 내가 싫었던 거야?

주먹을 그러쥐고 천장을 올려보며 분노를 터트리고 있는데 딸각 소리가 났다. 화장실 쪽이었다. 얼른 고개를 돌리자 아내가 보였다. 목욕을 하고 나온 듯 수건으로 머리를 감싼 채 다른 수건으로 몸을 닦으며 나오고 있었다. 옷도 입지 않은 알몸이었다. 화장실 앞에 놓아둔 옷을 집어 들기 위해 고개를 숙이는 참이었다.

아내를 보자 안도의 마음과 더불어 화가 울컥 치밀었다. 집에 있으면서 전화를 안 받아 내 속을 그렇게 태웠나 싶으니 눈에도 힘이 들어갔다. 재용이 버럭 소리를 질렀다.

"왜 전화를 안 받아!"

"엄마야!"

재용의 고함 소리에 은옥이 비명을 지르며 바닥에 주저앉았다. 놀랐는지 두 손을 교차해 가슴에 얹고는 호흡을 가다듬으며 재용을 보았다. 은옥의 눈이 불안으로 흔들리고 있었다. 초점도 잡지 못하고 마냥 흔들렸다. 웬만해선 소리 지르지 않던 사람이 버럭 소리를 지르자 가슴이 진정되지 않아 은옥은 두 손으로 가슴을 계속 누른다.

그런 아내의 모습에 재용은 갑자기 미안해졌다. 목소리를 조금 낮추어서 다시 물었다.

"왜 전화 안 받았어? 계속 전화했는데."

"……목욕하느라 못 들었어요."

목욕했다고? 그럼 계속 집에 있었다는 건가? 안도의 마음에 재용의 목소리가 좀 더 부드러워졌다.

"오늘 어디 나가지 않았어?"

"예. 계속 집에 있었어요. 애들 목욕시키는 날이라……."

재용의 눈치를 보며 대답하던 은옥이 자기가 아직 옷도 입지 못한 상태임을 뒤늦게 알아차렸다. 몸을 돌려서 허겁지겁 옷을 껴입었다. 아직 마르지 않은 몸이라 옷이 잘 입어지지 않았다.

　'다행이다. 다행이야, 정말 다행이야. 당신을 의심하지 않게 해 줘서 너무 고마워. 나를 안심시켜 줘서 너무 고마워.'

　재용은 얼른 달려가 은옥을 와락 껴안았다. 아직 속옷도 제대로 입지 못한 그녀의 맨등이 그의 가슴에 닿았다. 그의 두 손이 자연스럽게 그녀의 맨가슴을 감쌌다.

　온몸에 소름이 끼쳐 왔다. 설마 이런 대낮에 무슨 일을 벌이진 않겠지? 은옥의 몸이 불안으로 긴장되었다. 혹시라도 있을 불상사를 피하기 위해 그녀는 그의 품에서 빠져나가려고 바동거렸다.

　하지만 재용은 은옥을 놓아주지 않았다. 오히려 더 힘을 주어 안았다. 그러곤 그녀의 목덜미에 코를 박고는 중얼거렸다.

　"고마워, 여보. 집에 있어 줘서…… 너무 고마워."

　'아무 데도 가지 마. 언제나 내 옆에 있어 줘.'

　아직은 두려움이 그득했지만 피할 수가 없었다. 남편의 말투에서, 행동에서 그의 안도하는 마음이 그대로 전달되어 몸을 뺄 수가 없었다. 이를 악물고 두려움을 참아 내며 은옥이 물었다.

"무슨 일 있어요?"

"전화를 안 받기에 무슨 일이 생긴 줄 알고 놀랐어."

사실대로 얘기할 수는 없었다. 모텔 앞에서 당신을 봤다고. 그래서 당신을 의심했다고. 당신이 혹시라도 나 몰래 다른 남자라도 만날까 봐 불안해서 죽을 것 같았다고.

"아무 일도 없었어요. 나 괜찮아요."

재용의 말에 은옥은 두려움을 감추고 자신의 손으로 재용의 손을 토닥거려 주었다.

재용의 심장이 덜컥거리기 시작했다. 아내가 변하고 있다. 아내가 나를 받아 주고 있다. 가슴속에서 따스한 기운이 온몸으로 퍼져 나갔다. 아니, 온몸으로 뜨거운 기운이 퍼져 나갔다. 이대로 아내를 안고 싶었다. 하지만 아까부터 계속 울려 대는 휴대폰을 무시할 수가 없었다. 아내의 몸을 돌려 이마에 입술을 맞추고는 억지로 몸을 떼었다.

"오늘도 못 들어올 거야. 문단속 잘해."

재용은 떨어지지 않는 발걸음을 떼어 내어 안방 문을 나섰다. 피식 웃음이 나왔다. 모텔 앞에서 아내를 닮은 여자를 보고는 미친 듯이 집으로 달려와 아내를 찾아 헤매던 시간이 한여름 밤의 악몽 같았다.

다시 휴대폰이 울리기 시작했다. 액정을 보니 김 형사였다. 현관문을 닫고 나오며 재용은 전화를 받았다.

"어? 왜?"

"어딘교? 와 전화도 안 받고 그라요? 지금 내가 을매나 기막힌 정보를 알아냈는디."

"뭐어?"

재용의 목소리가 올라가며 발걸음이 빨라졌다.

5

기
억
이
……

나
다

서둘러 사무실로 들어갔더니 강력2팀 식구들이 컴퓨터 앞에 모여 있었다. 컴퓨터에서 구슬픈 가락의 노래가 들려오고 있었다. 재용의 귀에도 익은 노래였다.

"뭐 하는 거야? 새로운 단서 찾았다며? 찾았으면 빨리빨리 움직여서 뭔가 찾아내야지. 왜 이러고 있어?"

재용의 다그침에 김 형사가 대답했다.

"그 단서가 바로 이거 아닌교? 첫 번째 살인 사건 때도 휘파람 소리가 났다카네요. 좀 전에 간 고시원에서 건졌십니더. 이거 녹음해서 두 번째 사건 증인에게 확인해 봐야 안 캤습니꺼? 이 노래가 맞는지."

"이 노래라고? 이거 요즘 노래 아닌데."

"행님은 아는 노랜교?"

"어, 알지. 내가 좋아하는 노랜데. 〈타박네〉맞지?"

사실은 그가 좋아하는 노래가 아니라 아내가 좋아하는 노래다. 아내가 즐겨 듣던 노래다 보니 그도 좋아하게 됐다는 것이 맞을 것이다.

〔타박 타박 타박네야……〕

컴퓨터에서 계속 노래가 흘러나왔다. 녹음을 마쳤는데도 상우는 반복해서 노래를 듣고 있었다.

"이 노래 들을수록 중독성이 있는데요. 근데 〈타박네〉

가 무슨 뜻이지?"

나이에 어울리지 않게 상우가 노래가 맘에 든다며 중얼거리자 재용이 대답했다.

"타박을 받는 사람이란 뜻이라던데."

아내가 얘기해 줬다. 하도 그 노래를 즐겨 듣기에 〈타박네〉가 무슨 뜻이냐고 물었더니 아내가 작은 목소리로 그렇게 대답해 주었다. 타박을 받는 사람이라고. 남들보다 뒤처지고 모자란 자식이 안타까워 어머니가 다복하라는 기원을 가지고 다복이라고 불렀고, 다복이가 시집을 가서 다복네라고 불리다가 타복네로 바뀌고 다시 타박네로 바뀌었다고.

노래의 내용을 듣고 나니 가슴 절단 사건이 변태 행위가 아닌 게 아닐까 하는 생각이 잠시 들었다. 저런 노래를 휘파람으로 부르면서 변태 행위를 할 수는 없을 것 같았다. 하긴 이런 미친놈들에게 상식이 통하던가?

괜한 소리를 해서 수사의 방향이 어긋날 수도 있기에 재용은 그 부분에 대해서는 입을 다물었다.

"어? 팀장님 그런 것도 아세요? 우와, 우리 팀장님 의외로 상식이 풍부하네. 이제 단서는 세 가지라. 박쥐 모양의 목각 인형과 〈타박네〉 휘파람 소리, 젖가슴 절단. 그 세

가지가 도대체 무슨 연관이 있을까요? 전혀 매치가 안 되는데. 아으, 미치겠다, 정말."

정말 매치가 안 되는 단서들이다. 그것들을 연결해서 어떻게 범인을 잡냐고! 상우는 머리가 터질 것 같다는 듯 머리칼을 잡아 뜯었다.

"그걸 찾는 건 이 형사가 할 일이지. 과학수사팀이 괜히 생겼겠어? 뭐든지 찾아내 봐. 공통적인 것을. 박쥐에 대한 건 좀 찾아봤어?"

"찾아볼 수 있는 건 다 찾아봤어요. 근데 공통적인 것이 없어요."

상우가 울상을 짓는다. 사건이 터지고 나서부터 박쥐에 대해 검색할 것은 다 해 봤다. 그 자료만 해도 책 한 권 분량이 넘친다.

《야행성이며 새처럼 날아다니는 유일한 포유류로 서양에서는 마녀의 상징이나 악마의 대명사로 불리기도 한다. 영화나 소설 속에서 박쥐는 어둠을 상징할 때가 많다. 남극과 북극을 제외한 전 세계에 분포한다. 둥지를 만들지 않은 것이 상례이며 대부분 겨울잠을 잔다. ……》

"좀 더 뒤져 봐. 분명히 공통적인 것이 있을 거야."

재용의 명령에 상우가 한숨을 내쉰다. 이젠 어딜 뒤져

봐야 하나?

"김 형사는 김순자 사건 목격자 찾아가서 저 노래가 맞는지 확인하고 와."

재용은 김 형사에게도 명령을 내린다.

"혼자는 안 갈 끼요. 행님 간다면 따라는 가 주께."

김 형사가 툴툴거리며 말한다. 뭔 소리냐는 듯 재용이 노려봤지만 김 형사는 끄떡도 안 했다. 아마 아까 자기를 버려두고 온 것에 대해서 나름 불만을 표하는 것 같았다. 어쩔 수 없다. 재용은 차키를 집어 들었다.

"아까는 무신 급한 일이 있어서 혼자 내뺐소?"

차에 올라타고 난 다음 김 형사가 재용에게 물었다. 근 20년을 붙어 다녔지만, 오늘처럼 사건 조사하다가 내뺀 적은 처음이다. 고시원에 전화번호 따려고 갔다가 우연찮게 그날 밤 목격자를 만나게 되었고 사건이 일어나던 새벽 휘파람 소리를 들었다고 했다. 두 번째 사건에서 역시 휘파람 소리를 들었다는 목격자의 증언이 있었기에 재용을 만나 전해 주려고 서둘러 주차된 곳으로 걸어갔다.

그런데 재용이 하얗게 질린 얼굴로 사방을 두리번거리더니 자기는 내버려 둔 채 차를 몰고 가 버렸다. 자기가 부르는 소리도 못 들은 것 같았다. 계속해서 전화를 걸었는데 받지 않았고 겨우 받는가 했더니 급한 일이라며 전화를 끊어 버렸다. 목소리도 제정신이 아닌 것 같았다.

돌아왔을 때는 아까와는 너무 다르게 편안한 표정이어서 안심했지만, 그냥 넘어가기엔 뭔가 꺼림칙했다. 개인적인 일인가 해서 두 사람만 있을 시간을 만들려고 같이 가자고 고집을 부린 것이다.

"별거 아냐."

"별거 아니라고? 급한 일이라 안 캤소."

"별거 아니라니까! 아까 뭘 좀 잘못 보고 착각했었어."

"바람난 마누라라도 봤소. 얼굴이 허옇게 질려서 달려가는 폼이 딱 바람난 마누라 잡으러 가던 폼입디다."

"이런 미친놈. 네 형수가 그럴 여자야?"

버럭 소리를 질렀지만 속으로는 뜨끔했다. 저 자식 앞에서는 행동 조심해야 한다. 얼마나 눈치가 빠른지 당할 자가 없다. 김 형사가 압박수사를 해 왔지만 재용은 꿋꿋하게 입을 열지 않았다. 입을 열었다가는 두고두고 놀림당할 것이다. 그렇잖아도 마누라바보라고 놀려 대는데 거기에 이번 일까지 합친다면 안 봐도 뻔하다.

예상대로 두 번째 사건의 휘파람 소리 역시 〈타박네〉가

맞았다. 202호 여자에게 녹음한 것을 들려줬더니 맞다고
했다. 이 노래가 틀림없다고.

근데 노래 제목을 안다고 무슨 뾰족한 수가 생기는 것도
아니고 아직도 갈 길이 너무 멀다.

* * *

강력계는 하루가 멀다 하고 사건 사고가 터지는 곳이
다. 증거가 보이는 다른 사건들 때문에 가슴 절단 사건은
우선순위가 뒤로 밀렸다. 파헤쳐 봤자 건져지는 게 없는
사건 때문에 당장 눈에 보이는 사건을 외면할 순 없었다.

한 달 사이에 살인 사건 한 건, 성폭행 사건이 3건이나
벌어졌다. 요즘따라 성범죄가 기승을 부린다. 노출이 심
한 계절이라 그런 걸까? 아니면 성욕을 해결하지 못하는
남자들이 욕구를 절제치 못하고 짐승이 되어 버린 탓일
까? 이러다 온 세상이 성범죄자로 넘쳐나는 건 아닐까 하
는 걱정까지 되었다.

벌써 아침 8시. 재용은 결국 밤을 꼴딱 새우고 아침을
맞이했다. 살인용의자를 잡기 위해 며칠째 잠복해서 범인
을 잡은 게 어젯밤이었다. 한밤중에 여자 혼자 사는 집에

잠입해서 여자를 성폭행하고 살해까지 한 놈이다. 밤새 취조하고 증거를 들이밀어 겨우 자백을 받고 나오는 길이다. CCTV 덕분이다.

피로가 몰려왔다. 의자에 깊숙이 등을 기대고 앉아 머리에 손을 얹었다. 빨리 교대를 하고 집에 들어가서 쉬고 싶다. 샤워하고 한숨 푹 자고 싶다. 아내를 안고 잘 수 있다면 금상첨화겠지. 재용은 슬며시 미소를 지어 본다. 요즘 많이 부드러워진 아내가 생각났기 때문이다.

* * *

Rrrrrr Rrrrrr.

휴대폰 벨 소리에 재용은 번쩍 눈을 떴다. 분명 잠이 들 때는 아내가 옆에 있었는데 그 사이 아내의 자리는 비어 있었다. 섭섭한 생각이 들었다가 이내 접었다. 이게 뭐가 섭섭해? 얼마 전까지만 해도 강간범 취급하던 아내가 살이 닿아도 몸서리치지 않고 자기를 받아들여 주는데…….

요즘 들어 아내가 부쩍 살가워졌다. 사건에 대해서도 이런저런 질문까지 해 온다. 전에 없던 일이다. 그런데도 그것으로 만족치 못하고 또 욕심을 내다니 사람의 욕심은

한이 없다. 스스로 생각해도 우스운 일이다.

두터운 커튼 덕분에 안방은 낮잠 자기에 최적의 장소다. 마치 밤처럼 느껴진다. 평소라면 침대에 드러누워 여유를 즐기고 있을 고양이들도 다 사라졌다. 아마 아내가 있는 거실 쪽에 모여 있겠지.

재용은 손을 뻗어 협탁에 놓인 휴대폰을 집어 들었다. 비번인데도 전화가 왔다는 건 좋은 징조가 아니다. 아내와 살면서 재용의 인간관계도 점점 좁아지고 있었다. 결혼 전의, 사람 만나기 좋아하고 놀기 좋아하던 재용은 이제 없다. 사람들을 만나면 만날수록 자신의 상황이 우울하게만 느껴져 사람들을 피하다 보니 비번에도 같이 놀자고 전화하는 사람 한 명 없다.

그러니 아마 사건 때문에 온 전화일 확률이 높다. 이제 막 잠에서 깨어나 가라앉은 목소리로 재용이 전화를 받았다.

"강재용입니다."

[양수 경찰서 최민식 형사라고 합니다. 가슴 절단 사건 담당 팀장님이시죠?]

30대 중반 정도의 남자 목소리였다. 양수 경찰서라고? 양수 경찰서에서 무슨 일이지? 가슴 절단 사건 담당 팀장은 또 왜 찾는 거야? 의아한 생각이 들었다.

"네, 그렇습니다만……."

〔아무래도 여기 다녀가셔야 할 것 같습니다. 여기서도 사건이 터졌습니다. 가슴이 절단되고 박쥐 모양의 목각 인형이 나왔습니다. 동일범의 소행인지 모방범죄인지 확인이 필요합니다.〕

자리에서 벌떡 일어나 앉았다. 잠이 확 깼다. 뭐라고? 설마? 설마 범인이 또 살인을 저지르고 다닌단 말인가? 한 달 동안 잠잠하기에 범인이 잠복기에 들어갔다고 생각했다. 그런데 아니란 말인가?

"알겠습니다. 바로 내려가겠습니다."

휴대폰을 끊은 재용은 침대에서 내려와 화장실로 들어가 서둘러 씻었다. 머리도 채 말리지 못하고 옷을 입은 다음 거실로 나가자 예상대로 은옥은 거실에 앉아 고양이들을 쓰다듬고 있었다.

은옥은 문 열리는 소리에 고개를 들었다. 남편이 예상보다 일찍 일어나 옷까지 차려입고 거실로 나온다. 무슨 일이지? 오늘은 하루 종일 잘 테니까 깨우지 말라고 했었는데? 은옥이 자리에서 일어나며 무슨 일이냐는 듯한 표정으로 물었다.

"무슨 일이에요? 어디 가요?"

"또 사건이 터졌어. 박쥐 사건."

"…… 어디……서요?"

아내의 얼굴이 순식간에 하얗게 질려 갔다. 제길, 괜히 얘기했다. 이래서 가슴 절단 사건이 아니라 박쥐 사건이라고 했는데, 아내는 알아들었나 보다. 정말 아내는 형사 마누라로 살기엔 너무 여리다. 현장을 본 것도 아닌데 저렇게 하얗게 질려 가는 걸 보면. 예전엔 저 정도는 아니었는데 갈수록 더 여려만 가니……. 혼자 두고 가기가 걱정스러웠다.

"양수."

재용의 대답에 은옥은 손까지 덜덜 떨었다. 떨리는 손을 숨기려고 손을 뒤로 감추었다. 그런 은옥을 재용이 가만히 안아서 안심하라는 듯 등을 토닥거려 주었다.

"괜찮아. 동일범의 소행이 아닐 수도 있어. 다녀올게. 문단속 잘하고 있어."

이마에 베이비 키스를 보내고 나가는 재용을 은옥은 멍한 눈으로 쳐다보았다. 재용이 나가자 은옥은 자리에 털썩 주저앉고 말았다.

이럴 수가? 이럴 수가 없다. 절대 있을 수 없는 일이라 자신에게 되뇌어 보지만 은옥의 눈동자는 불안으로 마냥 흔들린다.

남편의 휴대폰에서 박쥐 모양의 목각 인형을 보는 순간 은옥은 심장이 떨어지는 줄 알았다. 그건 아무나 깎아 만들 수 있는 솜씨가 아니니까. 눈으로 확인하면서도 외면하려고 했다. 그럴 리가 없다고. 그런 일은 일어날 수 없다고. 그런데도 무시할 수가 없어서 피해자와 수사 진행 과정을 남편에게 물어보기도 했었다.

그런데 양수라니? 양수라면 어쩌면 가능한 일이기도 하다. 양수는 은옥으로서는 다시는 가 보고 싶지 않은 장소였다. 양수란 지명을 떠올리자 은옥의 몸에 오소소 소름이 돋는다. 아무리 잊으려고 해도 잊을 수 없는 그 날이 생각났다.

아버지의 사업이 부도나고 그 충격으로 아버지가 돌아가시자 엄마는 은옥을 보육원에 잠시 맡겼었다. 공주처럼 자라던 은옥이 적응하기는 쉽지 않은 곳이었다. 적응만 쉽지 않은 것이 아니라 은옥은 그곳에서 지옥을 겪었다. 잊으라고 했지만 잊을 수가 없었다. 그 일은 은옥의 나머지 생을 좀먹어 버렸다.

"아니야! 아니야, 난 더럽지 않아! 난 깨끗해! 난 더럽지 않아! 난 깨끗해!"

은옥은 불안한 얼굴로 귀를 막고 소리를 지른다. 그러다 벌떡 일어나 화장실로 뛰어 들어가 옷을 벗고 샤워기 밑으로 들어간다.

쏴아아.

샤워기에서 물이 떨어진다. 온몸으로 차가운 물을 맞는다. 차가움도 느끼지 못하고 은옥은 때 타월로 온몸을 빡빡 세게 문지른다. 마치 몸에 붙은 오물을 떼어 내려는 듯이.

"난 더럽지 않아. 난 깨끗해! 난 더럽지 않아! 난 깨끗해!"

계속 되뇌면서 은옥은 자신의 몸을 닦는다. 은옥의 온몸이 발갛게 달아올랐다. 껍질이 벗겨질 듯 발갛게 부어올랐다. 그래도 은옥은 멈추지 않았다. 그러던 어느 순간 은옥의 시선이 무섭게 빛나기 시작했다. 은옥의 눈동자가 파란빛을 내며 독기를 뿜어냈다.

화장실에서 나온 은옥은 어느새 간편한 차림을 하고 집을 나서고 있었다.

* * *

민식이 가르쳐 준 주소에 도착해 차에서 내리자 한 남자가 재용을 향해 걸어오며 말을 걸었다.

"강재용 팀장님이십니까?"

"네, 그렇습니다만."

"제가 전화 드린 최민식입니다."

민식이 재용에게 손을 내밀며 악수를 청하자 재용도 손을 가볍게 맞잡았다.

"강재용입니다."

"이쪽으로 오시죠."

별다른 설명도 없이 남자가 앞장서자 재용은 남자를 뒤따라갔다.

살인 현장은 단독주택의 일 층 거실이었다. 흰머리가 희끗희끗한 남자가 장갑을 끼고 사체를 살피고 있었다.

"팀장님, 일정에서 오셨습니다."

민식의 말에 남자가 고개를 들었다. 나이가 상당히 들어 보였다. 아마 곧 정년을 맞을 것 같았다. 하지만 눈빛은 여전히 살아 있었다. 날카로운 매의 눈빛이었다.

"우리 강력팀 팀장님이십니다."

민식이 재용에게 남자를 소개하자 재용이 연장자에 대한 예의로 왼손으로 오른손을 받치고는 악수를 청했다.

"일정 경찰서 강재용입니다."

"이우현이요."

인사를 나눈 다음 우현이란 팀장은 누군가의 전화를 받고 현장을 나갔다.

재용은 사체를 살피기 시작했다. 절로 눈살이 찌푸려졌다. 오는 내내 아니길 바랐다. 동일범의 소행이 아니길 간절히 바랐다. 기대와는 달리 양수의 살인 사건도 일정에서 벌어진 두 건의 살인 사건과 유형이 똑같았다. 가슴이 절단된 형태와 박쥐 모양의 목각 인형까지. 동일범의 소행이 틀림없다.

이 미친놈은 이제 전국구로 놀려고 하는 걸까? 온몸에 전율이 몰려왔다.

보통의 연쇄 살인범들은 납치나 유인의 방법을 써서 피해자를 유혹하지만, 이 범인은 집에까지 찾아 들어가서 살인을 저지른다.

첫 번째 사건은 주차장에서 살해당했지만 두 번째, 세 번째 사건은 집 안에서 살해당했다. 세 번째 사건 역시 단독주택의 1층에서 벌어진 사건이다. 1층이라 방범창까지 꼭꼭 달아 놓은 집에 어떻게 잠입해서 살인을 하고 나갔는지 의아할 지경이다. 면식범이 아니라면 쉬운 일이 아니다.

보란 듯이 박쥐 모양의 목각 인형을 피해자의 가슴에 올려놓고 아무런 흔적도 남기지 않은 채 사라져 버렸다. 이렇게까지 증거가 없을 수는 없는데······. 하다못해 지문이나 머리카락이라도 하나 흘리고 가는데 지문감식을 해 봐도 건져지는 게 없다. 범인이 유령이 아닐까 하는 착각까지 든다.

"참 솜씨가 좋네요. 예술이지요?"

옆에서 민식이 증거물을 집어 들고 감탄하듯 말했다. 증거물을 들고 이렇게 감탄하는 걸 보니 강력계 경력이 길어 보이진 않았다. 길어야 5년 정도.

"보통 솜씨는 아니지요."

재용도 동의했다. 재용이 보기에도 범인이 남겨 놓은 박쥐 모양의 목각 인형은 아무나 만들 수 있는 게 아니었다. 거의 장인의 솜씨였다. 박쥐가 살아서 날아오를 듯했다.

잠깐, 살아서 날아오를 듯하다고? 날아오를 듯. 날아오를 듯······. 갑자기 재용의 모든 행동이 멈추었다. 드디어 기억이······ 났다. 박쥐 모양의 목각 인형. 사건을 처음 접하고서부터 내내 자신의 머리 한구석에서 찝찝함을 가져왔던 그 목각 인형.

그건, 그건, 아내의 보석함에서 보았었다. 결혼 후 아내에게 선물하려고 목걸이를 사 왔었다. 깜짝 선물을 하려고 화장대 위에 있던 아내의 보석함을 열어 몰래 넣어 두려다 그 목각 인형을 보았다. 손으로 만들었지만 정교하기가 이를 데 없었다. 당장이라도 살아서 날아오를 것 같았다.

목각 인형을 보고 있는 그를 본 아내는 그것을 낚아채고 자신을 무섭게 노려보았었다. 그 이후로 화장대 위에서 그 보석함을 볼 수 없었다. 그게 벌써 18년 전이다. 18년 전에 본 것이라 그렇게 기억이 나지 않았나 보다.

그렇다면? 그렇다면 아내가 살인을 저지르고 다닌단 말인가? 말도 안 된다. 그럴 리가 없다. 그럴 리가 없어. 아내는 잔인한 거라면 질색을 하는 여자다. 여리디여린 여자다. 그런데 어떻게 살인을 해?

"어때요? 동일범의 소행이 맞습니까?"

"……."

재용이 대답도 없이 멍하니 있자 최 형사는 자신의 손으로 재용의 팔을 툭 치며 다시 물었다.

"동일범의 소행 맞냐고요."

"……."

여전히 대답할 수가 없었다. 뭐라고 대답해야 할까? 동일범의 소행 맞습니다. 그런데 그 증거물은 내 아내가 가지고 있는 것과 꼭 같네요. 이렇게 대답해야 하는 걸까? 가슴이 막혀 말을 할 수가 없었다.

답답한 마음을 달래려 시선을 창밖으로 돌린 재용은 다시 한 번 가슴이 철렁 내려앉았다. 창문 틈으로 지나가는 사람들 중 한 사람이 재용의 눈에 들어왔던 것이다.

바로 아내였다. 아내가 집 앞을 지나가고 있었다. 어떻게 여기서 그녀를 볼 수 있지? 어떻게? 가슴이 심하게 두방망이질 치기 시작했다. 아내가 여기 살인 현장에까지 올 이유는 없다. 자신이 범인이 아니라면. 범인은 반드시 살인 현장에 나타난다고 하지 않던가? 그럼 저번에 우천모텔에서 본 것도 아내가 맞을 수도 있다. 아내의 불륜을 의심했던 때와는 또 다른 충격이다.

모든 것이 의심스러웠다. 박쥐 사건에 대한 얘기가 나올 때마다 하얗게 질리며 떨고 있던 모습도 의심스러웠고 평소와 다르게 자신에게 나긋하게 굴며 사건에 대해서 꼬치꼬치 물어보던 것도 의심스러웠다.

순간 고양이들이 먹던 생고기가 떠올랐다. 고양이들이 뜯어 먹던 그 벌건 살덩어리. 혹시 그 생고기가 피해자들의 가슴은 아니었을까?

욱! 갑자기 욕지기가 치밀어 올랐다. 손으로 입을 막고 화장실로 달려가자 최 형사가 놀라서 쳐다보았다. 화장실에 들어가자마자 변기를 부여잡고 웩웩거리며 토했다. 속에 있는 것을 다 토해 냈다. 나중엔 쓴 물까지 올라왔다.

물을 내리고 차가운 물로 세수한 다음 재용은 거울을 들여다보았다. 거울 속에서 얼굴이 하얗게 질린 사내가 그를 바라보고 있었다. 정말 아내가 범인이라면 나는 어찌해야 하는가? 과연 아내를 잡아넣을 수 있는가? 아니다. 난 아내를 잡을 수가 없다.

일단 집으로 돌아가서 확인부터 해 봐야 할 것 같았다. 그 전에 저 증거물은 내 손에 넣어야지. 만약의 경우 아내가 가진 것과 같은 것이라면 저 증거물은 그의 손으로 없애 버려야 했다.

마음을 굳게 먹고 화장실을 나와서 최 형사에게 다가갔다. 최 형사가 걱정스러운 얼굴로 재용을 보았다.

"속이 안 좋습니까?"

"예, 음식을 잘못 먹은 것 같네요. 토하고 나니 괜찮습니다."

"다행이네요. 여름엔 특히 음식 조심해야지, 안 그럼 식중독 걸리기 십상입니다."

아직도 해쓱한 재용의 얼굴을 보며 최 형사가 걱정스레 말했다. 몸도 안 좋은 사람을 여기까지 불러서 더 미안해하는 것 같았다.

"참 아까, 일정 사건과 동일범의 소행이냐고 물으셨죠? 제가 보기엔 조금 다른 것 같습니다. 육안으로는 정확히 말씀드릴 수가 없네요. 이거 제가 가져가서 비교해 보고 돌려드려도 될까요?"

거짓말을 하는 바람에 재용의 가슴이 심하게 두근거렸다. 하지만 표정 관리는 되었는지 최 형사는 별다른 의심 없이 증거물을 넘겨주었다.

증거물을 받자 재용은 더는 그곳에 있을 수 없었다. 결과 나오는 대로 연락을 주겠다는 말을 남긴 채 현장을 떠났다. 당장 집에 가서 확인해야 했다.

집을 나서자 훅하고 후텁지근한 바람이 불어왔다. 피냄새가 섞인 것 같다. 어디서 불어오는 피 냄새일까? 고개를 둘러보았다. 어디에서도 피의 흔적은 없었다.

이젠 피 맛도 느껴졌다. 혓바닥으로 입술을 쓸자 피 맛이 짙어졌다. 내 입술에서 나는 피 냄새였다. 아니, 아니, 내 가슴속에서 나는, 내 가슴이 찢어져서 철철 흘리는 피냄새인 것 같다.

제발…… 제발…… 자신의 기억이 틀렸기를 기도하며 재용은 자동차에 올라 시동을 걸었다.

양수에서 일정까지 가는 시간이 더디게만 흘렀다. 카메라가 찍히든 말든 상관하지 않고 재용은 액셀을 밟았다. 계기판이 120을 넘어서 140을 넘나들었다. 수시로 추월을 해 가며 아파트 주차장에 도착한 재용은 한달음에 아파트 입구로 뛰어 들어갔다.

엘리베이터는 15층에서 내려오고 있었다. 초조해서 엘리베이터도 기다릴 수 없었다. 계단으로 뛰어 올라갔다. 온몸이 땀으로 범벅이 되었지만, 더위를 느낄 겨를이 없었다.

예상대로 아내는 집에 없었다. 재용은 얼른 안방으로 뛰어 들어갔다. 화장대도 열어 보고 서랍장도 열어 보았지만 아내의 보석함은 보이지 않았다. 재용은 온 장롱을 헤집기 시작했다. 장롱 안쪽에 상자 하나가 보였다.

그 상자를 끄집어내어 열어 보니 재용의 기억 속에 있던 그 보석함이 그 안에 들어 있었다. 보석함을 열자 박쥐 모양의 목각 인형이 그 속에 얌전히 놓여 있었다.

재용은 바닥에 털썩 주저앉아 두 손으로 머리를 감싸 쥐었다. 하늘이 무너지는 심정이다.

 '아내가, 아내가 범인이란 말인가? 내 아내가, 그 연약
한 아내가 사람을 죽이고 가슴을 도려냈단 말인가? 믿을
수가 없다. 믿을 수가 없어. 하늘이 무너지는 마음이 이
럴까?'

6

그
남자의
유희

세상에 쉬운 일은 없다. 오늘도 바쁜 국회의원의 일정을 소화하고 집에 들어오자 고용인들이 90도 각도로 인사하며 철민을 맞는다. 무척 힘든 하루였지만 이렇게 인사를 받을 때면 왕이라도 된 듯 뿌듯해지며 피로가 싹 가신다. 이래서 권력이란 좋은 건가 보다.

"냉수."

도우미에게 냉수를 청하고 철민은 절뚝거리는 걸음으로 거실 소파로 걸어온다. 냉방이 잘되어 있는 거실은 약간 썰렁하다.

철민이 재킷을 벗자 화숙이 그것을 받아 든다. 철민은 넥타이까지 풀어서 화숙에게 건네주고 비싸 보이는 가죽 소파에 털썩 앉는다. 화숙은 옷과 넥타이를 들고 안방으로 들어간다. 그 사이 도우미는 쟁반을 들고 와 냉수가 담긴 크리스털 컵을 철민에게 건넨다. 철민은 냉수를 받아 시원하게 마시고 컵을 내민다. 도우미가 컵을 받아들고 다시 주방으로 간다.

철민은 소파에 느긋하게 앉아 팔을 소파 위로 걸친다. 이젠 쉬고 싶다는 뜻이다.

"푹 쉬십시오, 의원님. 그럼, 다음 주에 뵙겠습니다."

눈치 빠르게 철민의 보좌관 성욱이 인사를 하고 나가자

철민은 리모컨을 집어 들고 버튼을 누른다. 순간 거실에 설치된 대형 TV에서 뉴스가 흘러나온다. 재미없다. 채널을 돌린다. 고리타분한 영화가 나온다. 다시 채널을 돌린다.

음, 이건 볼만하구먼. TV 화면엔 여자 아이돌 가수들이 온몸을 흔들어 대며 노래하고 있다. 몸매가 다 드러나는 옷을 입고 감질나는 포즈를 취하며 시청자들을 유혹한다.

철민의 눈이 탐욕으로 빛난다. 저절로 등이 소파에서 떨어지며 화면 속으로 빨려 들어갈 듯 몰입한다. 입맛이 쩝쩝 다셔진다. 국회의원이 되고 나서 딱 하나 불만스러운 것은 사십 년 가까이 즐겨 왔던 유희를 참아야 한다는 것이다. 하체가 묵직해져 오면서 자극을 요구하고 있다.

국회의원 선거가 시작되면서 철민은 자신의 은밀한 욕구를 참아야 했다. 선거가 끝나고 국회의원직을 수행하면서도 당분간 몸을 사려야 했다. 하지만 자신의 몸은 어리고 야들야들한 몸을 갖고 싶어 안달이 났다.

오랫동안 참아 왔던 차에 어린 여자애들의 반쯤 벗은 몸을 보자 발동이 걸린 욕망을 절제하기가 힘들었다. 도저히 못 참겠다. 휴대폰을 꺼내 들고 단축번호를 눌렀다.

* * *

정순은 문을 쾅 닫으며 자신의 사무실 안으로 들어왔다. 화를 추스르지 못하고 두 팔을 허리에 얹고 거칠게 숨을 내쉰다.

정말 피곤한 여자다. 월급 원장이면 월급만 받고 가만히 있을 것이지 감 놔라 배 놔라 간섭이 지나치다. 예전 원장이 있을 때도 보육원 살림은 정순이 다 알아서 했다. 그런데 새파랗게 젊은 것이 나보고 명령이라니? 애들에게 매 좀 들었다고 정색을 하고는 애들을 사랑으로 보살펴 달란다.

아직 어려서 보육원 애들을 어떻게 관리해야 하는지 모르니까 저런 소리를 하는 것이다. 이 아이들은 사랑만으로 다스릴 수 없다. 부모도 주지 못하는 사랑을 우리가 어떻게 주겠는가? 이 아이들은 대부분 이미 폭력에 길들여졌거나 죄가 일상사 된 상태다. 그런데 어떻게 사랑만 부르짖는다는 말인가?

조금만 더 있어 보라지? 자기가 먼저 매를 들고 설칠 것이다. 만약 앞으로도 정순에게 계속 태클을 걸어온다면 그땐 할 수 없다. 원장을 잘라 버리는 수밖에. 나이가 어려서 정순이 맘대로 요리할 수 있으리라는 판단하에 데려다 앉힌 원장이다. 맘대로 되지 않는다면 굳이 데리고 있을 필요가 없다.

자신에게 사회복지사 자격증만 있었다면 저런 애송이 원장을 데리고 올 필요도 없었다. 정순 자신이 원장이 되면 되었으니까. 안타깝게도 정순에게는 자격증이 없다.

Rrrrr Rrrrr.

정순의 휴대폰이 울린다. 정순의 속마음과는 너무나 다른 벨 소리. 당신은 사랑받기 위해 태어난 사람. 아직도 원장 때문에 받은 열을 식히지 못한 정순이 다시 한 번 거칠게 숨을 내쉬고는 액정도 확인하지 않고 전화를 받는다.

"여보세요!"

〔나다.〕

휴대폰에서 들려오는 한마디에 정순의 날카로운 목소리는 금세 나긋해졌다.

"네, 의원님."

〔내일 애 한 명 보내.〕

"네, 의원님."

휴대폰이 끊겼다. 정순의 얼굴에 화색이 돌기 시작했다. 이 남자의 요구만 들어주면 이 보육원은 내 것이다. 이번엔 누구를 보내야 이 남자의 마음에 찰까 생각하며 정순은 아이들을 한 명씩 한 명씩 떠올리기 시작했다.

* * *

수민은 꿈에 부풀어 철민의 집에 들어섰다. 넓은 정원하며 으리으리하게 꾸며진 집 내부에 눈이 휘둥그레졌다.

아침 일찍 정순 선생님의 부름에 응해서 갔더니 선생님과 같이 갈 데가 있다며 차에 타라고 했다. 맨 처음 간 곳은 목욕탕이었다. 선생님은 어디 다녀올 데가 있으니 목욕하고 있으라고 했다. 목욕관리사에게 때밀이와 마사지까지 부탁하고 나갔다. 보육원생에게 마사지까지 시켜 주다니. 참 좋은 보육원이다 싶었다.

수민이 이 보육원으로 온 지는 두 달 되었다. 부모님이 교통사고로 갑자기 돌아가시자 돌봐 줄 일가친척 하나 없었던 수민은 보육원으로 올 수밖에 없었다. 중학교 1학년인 수민으로서는 보육원 생활이 쉽지 않았다. 원장님은 다정하게 대해 주셨지만 다른 선생님들은 솔직히 조금 무서웠다. 아이들도 은근히 자기를 '따'시키는 것 같았다. 그래서 아직 보육원 생활에 적응하지 못했다.

목욕하고 나오니 선생님이 수민에게 쇼핑백을 내밀었다. 속옷부터 겉옷까지 전부 다 새 옷이었다. 세트로 된 하얀색 브래지어와 팬티. 그리고 눈처럼 새하얀 원피스. 부모님이 살아 계실 때도 이런 비싼 옷을 입어 보지 못했다.

옷을 갈아입고 나자 머리도 손질해 주셨다. 거울을 보자 제법 예뻐 보였다. 새 신발까지 신고 나가자 정순 선생님은 수민을 다시 차에 태웠다.

차에 타고 가면서 정순 선생님은 오늘 의원님 말 잘 들으면 그 집에 입양될 수도 있다고 했다. 의원님은 고아들을 위해 오랫동안 애써 오신 분이고 자식 또한 없기에 의원님의 자식만 되면 행복해질 일만 남았다고 했다. 돌아가신 부모님께는 미안했지만, 보육원에서 계속 살고 싶진 않았다. 좋은 가정에 입양되어 부모님이 살아 계실 때처럼 사랑받으며 살고 싶었다.

소공녀 세라가 된 것 같았다. 고아가 된 세라에게 돌아가신 아버지의 동업자가 나타나 행복해진 것처럼 수민도 행복해질 수 있을 것 같았다. 정순 선생님이 이웃집 인도하인처럼 여겨졌다. 그녀의 말대로 오늘 말 잘 듣는 아이가 되자고 다짐했다.

정순 선생님과 같이 들어가 의원님께 인사를 드리자 그분은 푸근한 미소를 지으며 아빠라고 부르라고 했다. 아빠……. 오랫만에 불러 보는 호칭에 목이 메어 왔다. 눈물을 흘렸더니 손가락으로 눈물까지 닦아 주셨다. 감사의 말이 절로 나왔다.

"감사합니다."

그런데 왜 집 안에 사람들이 보이지 않지? 이렇게 넓은 집이라면 일하는 사람이 있을 텐데. 사모님이 보이지 않았다. 사모님께 잘 보여야 입양이 될 텐데…….

"……저, 사모님은……."

"잠시 어디 좀 보냈어. 이따 올 거야."

'아~ 사모님이 일하는 사람들을 데리고 나갔구나.'

수민은 마음속으로 그렇게 생각하며 고개를 끄덕였다.

"식사 준비되었습니다."

정순 선생님이 주방에서 나오며 그분에게 말씀하고는 수민에게로 시선을 돌렸다.

"수민아, 다 먹으면 랩 씌워서 냉장고에 넣어 둬."

랩 씌워서 냉장고에 넣는 일이 뭐 그리 힘들다고. 그때만 해도 행복했다. 이 집이 내 집이 되고, 앞에 앉아 있는 이 사람이 내 아빠가 될 수도 있다는 희망에 부풀었다.

"예, 선생님."

"의원님 시키는 대로 잘해."

"예, 선생님."

다시 수민이 대답하자 그녀는 의원님께 인사를 하고는

현관문을 나섰다. 정순 선생님이 나가고 나자 그분이 수민에게 웃으며 청했다.

"식사하러 갈까?"

앞장서서 걷는 그분이 약간 절룩거렸다. 다리를 왜 절까? 소아마비였을까? 아니면 다쳤을까? 궁금했지만 묻지는 못했다.

주방으로 들어갔더니 식탁 위에 음식이 그득했다. 부모님이 살아 계실 때도 잘 먹지 못했던 고급 음식들이었다. 스테이크, 갈비찜, 잡채, 초밥까지. 정순 선생님이 차려 놓은 음식이었다. 주방에 들어간 시간이 짧았던 것을 생각하면 아마 다른 사람이 준비해 놓은 음식을 차린 것 같았다.

그분이 자리에 앉으면서 맞은편에 앉으라고 손짓했다. 수민은 감사의 미소를 머금고는 맞은편 자리에 앉았다.

아이는 마음에 들었다. 뽀얀 얼굴에 단정하게 빗은 긴 머리. 쌍꺼풀진 동그란 눈. 수정처럼 맑은 눈동자. 기다란 목. 봉긋한 가슴. 하얀 원피스가 정말 잘 어울렸다. 순수하면서도 순결해 보였다. 온몸에 짜릿한 전율이 흐른다. 온몸의 세포들이 안달하기 시작한다.

이 유희를 위해 일하는 사람들을 모두 휴가 보냈다. 아내도 쇼핑 다녀오라며 홍콩으로 보내 버렸다.

아이는 음식도 잘 먹었다. 그럼, 그럼 잘 먹어야지. 유희를 즐기려면 체력이 필요하니까. 군침이 돌았다. 하지만 조금은 기다려 주자 싶었다. 원래 기다리는 순간이 더 짜릿한 법이니까. 잘 먹인 다음 잡아먹을 것이다.

식사가 끝나자 철민은 수민에게 방으로 물을 한 잔 가져다 달라고 하고 먼저 침실로 들어갔다. 미리 준비해야 할 것들이 있었다. 유희를 즐기려면 필요한 것들이다.

음식들을 랩을 씌워서 냉장고에 넣고 수민은 컵에 시원한 물을 한 잔 따랐다. 그것을 쟁반에 담아 들고 침실로 향했다.

똑똑.

"들어와."

노크 소리에 철민이 대답했다. 이제 파티가 시작되는구나. 기대감에 손바닥에서 땀이 차올랐다.

수민은 아무런 의심도 없이 침실 문을 열고 안으로 들어갔다. 침실도 호화로웠다. 하지만 그 방과는 전혀 어울리지 않게 하얀 시트가 침대에 깔려 있었다. 어울리지 않게 웬 하얀 시트?

그 사이 그분은 가운으로 갈아입고 계셨다. 낮잠을 주무시려나? 이제 오전 11시밖에 안 되었는데. 그럼 빨리 나가야겠다고 생각하며 쟁반을 테이블에 내려놓았다.

그때 그분이 수민의 손을 잡고는 물었다.

"정순 선생님이 뭐라고 했지?"

손이 뜨겁다고 느끼며 수민이 대답했다.

"시키는 대로 잘하라고요."

"그럼, 시키는 대로 잘하겠네?"

"예……."

수민은 그게 무슨 뜻인지 모르고 고개를 끄덕이며 대답했다. 그 순간 그분의 표정이 변했다. 눈동자도 풀린 것처럼 느껴졌다. 잠시 사이에 사람이 변한 것 같았다. 소름이 오소소 돋았다. 도망가고 싶었다. 하지만 말 잘 들으면 입양될 수도 있다는 말이 자꾸만 맴돌았다.

잠시 망설이는 사이 수민의 옷이 거칠게 벗겨지고 입안으로 물컹한 살덩어리가 들어왔다. 뱀이 기어들어와 또아리를 트는 것 같았다. 수민은 그때부터 지옥이 무엇인지 실감했다.

지금 수민을 만지고 있는 이 사람은 고아들을 위해 오랫동안 애써 왔다는 사람과는 거리가 멀었다. 벌거벗은 몸으로 수민의 몸을 농락하는 짐승에 불과했다. 도망도 치지 못하게 침대에 묶어 놓고서는 이틀을 꼬박 수민에게 달라붙었다.

소리치고 발버둥 쳤지만, 집 안에는 자신을 도와줄 사람 하나 없었다. 이 집에 너와 나 단둘밖에 없다는 말에 저항을 포기했다. 짐승이 따로 없었다. 그 무자비한 행위를 감당하지 못하고 수민이 까무룩 정신을 잃자 입에다 무언가를 흘려 넣어 주었다. 온몸이 풀리고 정신이 몽롱해져 갔다.

이제야 살 것 같다. 그동안 참아 왔던 유희가 이제 시작되었다.

아까 먹은 최음제의 영향인지 아니면 너무 오래 참아 왔던 영향인지 여린 살을 뚫고 들어가는 순간 미칠 만큼 좋았다. 하얀 시트를 적시는 혈흔이 철민을 더욱 만족시켰다.

아무래도 이 유희는 포기하기 힘들 것 같다. 자신이 그 구질구질한 보육원을 놓지 못하는 것도 그곳이 아니면 자신의 유희를 즐길 대상을 찾기 힘들기 때문이다.

이틀 동안은 천국을 맛볼 것 같다.

7

지붕

없는 집

며칠째 수민이 보이지 않는다. 정순 선생님은 심부름 보냈다는 말만 하고 있다. 아무리 심부름을 보내도 그렇지, 학교는 보내야 할 거 아니야?

수민인 얼마 전에 들어온 정말 예쁘게 생긴 중학교 1학년 여자아이다. 공부도 잘하고 무엇보다 반듯해 보였다. 부모의 보호 아래 살다가 부모가 교통사고로 한꺼번에 돌아가시자 이곳 보육원으로 들어왔다. 맡아 줄 만한 친척도 없는 것 같았다.

그 아이의 불안해하던 눈동자가 떠오른다. 갑작스러운 부모님의 죽음과 보육원이란 새로운 환경에 아직 적응도 못 하고 있는 아인데……. 그런 아이를 정순 선생님은 도대체 어디로 심부름을 보낸 것일까?

부모의 보호막에서 버려진 아이들은 지붕 없는 집에 사는 것과 같다. 비가 오면 그대로 비를 맞아야 하고 바람이 불면 추위에 떨어야 한다. 뚫린 지붕으로 쏟아져 내리는 위험에 무방비로 노출되고 만다.

민지는 그 아이들에게 최소한의 방패가 되어 주고 싶다. 비가 오면 우산이 되어 비를 막아 주고 바람이 불면 이불로 감싸서 추위를 덜어 주고 싶다. 부모처럼 완벽하게 보호해 줄 순 없어도 최소한의 보호는 해 주고 싶었다.

게다가 수민은 그녀가 원장으로 부임하고 나서 처음 입소한 아이라 더 신경 쓰이고 안타까웠다. 이래서 첫정이 무섭다고 하나 보다. 민지는 할 수 없이 정순 선생님을 찾아 나섰다. 아마 자신의 집무실에 있을 것이다.

그것도 이해할 수 없다. 자격증도 없는 일개 생활지도 교사가 개별집무실이라니? 하긴 이 보육원은 그녀 없으면 꾸려지지가 않는다. 어찌 된 영문인지 그녀 말고는 오래된 근속자가 없었다. 자연 모든 것은 그녀를 통해서 이루어졌다.

민지가 여기 보육원의 월급 원장으로 온 지 두 달이 지났다. 경력으로 보자면 아직 원장을 하기엔 어린 27살의 나이지만 민지는 흔쾌히 받아들였다. 민지의 꿈은 보육원 원장이 되는 것이기에.

한데 여기 보육원의 분위기는 민지가 적응하기 힘들었다. 그 전에 근무했던 다른 원과는 달리 아이들의 표정이 너무 우울했고 부모들의 방문도 드물었다. 조만간 연락 가능한 부모님들에게 전화라도 돌려 봐야 할 것 같다.

똑똑.

노크를 하자 "예."라는 대답이 들려왔다. 민지는 문을 열고 정순의 집무실로 들어갔다. 내부는 원장실보다 더

화려했다. 가구도 비품도 모두 고급이었다. 그것 역시 마음에 들지 않았다. 아이들을 위해 써야 할 돈이 다른 곳으로 새고 있다는 생각이 들었다.

"무슨 일이에요?"

의자에 앉아서 고개를 비스듬히 올려 민지를 보며 그녀가 물었다. 사람이 왔으면 최소한 일어나기라도 해야 하는데 마치 자신이 왕인 양 거드름을 피운다.

"수민이는 언제 와요?"

"원장님이 신경 쓰실 일 아니에요."

정순이 신경 끄라는 말투로 대답했다. 원장이 원생 신경을 안 쓰면 무얼 신경 써? 지금 어리다고 날 무시하는 거야? 월급 원장이라 날 무시하는 거야?

잠시 화가 났지만 민지는 호흡을 한 번 가다듬고 좋은 목소리로 말했다. 그래도 근 30년을 이 보육원에서 봉사해 온 사람이고 그녀를 통하지 않으면 아무 일도 할 수 없다는 것도 인정해야 했다.

"수민이가 벌써 일주일째 결석이잖아요. 특별한 이유도 없이 결석하는 거 바람직하지 않다고 생각해요. 선생님도 그렇게 생각시 않나요?"

"내일 데리고 올 거예요. 걱정 마세요."

여전히 고깝다는 목소리로 정순이 대답했다. 실질적으로 이 보육원을 꾸려 가는 것은 이곳의 터줏대감인 정순이었다. 전 원장으로부터 비공식적으로 위임받은 사항이었다. 그런데 어린것이 꼴랑 자격증 하나 믿고 자기의 영역을 건드리려고 한다.

그런 민지가 정순에게는 당연히 눈엣가시였다. 조만간 저 원장도 잘라 버려야 할 것 같다.

* * *

그렇게 이틀이 지나 깨어 보니 낯선 장소였다. 바깥이 조금씩 밝아지고 있었다. 내부를 알아볼 수 있을 정도의 밝기였다. 주위를 둘러보니 처음 보는 침대에 누워 있었다. 소박한 방이었다. 침대와 작은 옷장 말고는 아무것도 없었다.

여기가 어디지? 내가 왜 여기에 누워 있는 거지? 생각을 더듬던 수민은 심한 요의에 생각을 멈추었다. 화장실이 급했다. 아마 화장실에 가고 싶어서 잠이 깬 것 같았다. 몸을 일으키는데 꽃닢이 찢어진 듯 아파 왔다. 너무 고통스러워서 숨을 헉 내쉬었다. 앉을 수가 없어 다시 누워 버렸다.

그제야 아픈 곳이 꽃님이뿐만 아닌 것을 알았다. 온몸
이 두들겨 맞은 것처럼 아팠다. 그래도 일어나야 했다. 화
장실을 가야만 했다. 여기서 볼일을 볼 수는 없으니까. 제
대로 걸을 수도 없어 기다시피 방에서 나오자 넓은 거실이
었다. 고급스럽게 꾸며져 있었지만, 주변을 돌아볼 여유
는 없었다. 그저 화장실만 찾았다.

볼일을 보고 휴지로 꽃님일 닦자 피가 묻어 나왔다. 웬
피? 생리할 때도 아닌데? 생리가 터진 건가? 팬티 안에
있는 생리대에도 피가 묻어 있었다. 순간 온몸에 소름이
돋기 시작했다. 털이 곤두서면서 몸이 사시나무 떨리듯
떨려 왔다.

지난 이틀이 기억났다. 그 짐승이 자기에게 달려들어
무슨 짓을 했는지 기억이 나 버렸다. 끔찍했다. 엄마가 남
자들에게 함부로 몸을 보여 주면 안 된다고 했는데…….
꽃님이도 보여 주면 안 된다고 했는데……. 꽃님이는 소
중히 지켜야 한다고 했는데……. 그랬는데 자신의 꽃님이
는 이제 짓이겨져 버렸다. 난 이제 어떻게 살아야 하나?
더는 예전처럼 살 수 없을 것 같았다.

엄마, 아빠 왜 나 혼자 두고 갔어? 나도 데리고 가

지……. 차라리 나도 같이 데리고 가지……. 이 무서운 세상에 나 혼자 두고는 가지 말지……. 수민의 눈에서 하염없이 눈물이 흘러내렸다.

혹시 씻고 나면 괜찮아질까? 그 더러움이 씻길까? 수민은 서둘러 옷을 벗었다. 옷을 벗자 온몸에 울긋불긋 피멍이 들어 있었다. 그 짐승의 입술이, 손길이 닿은 곳이었다. 얼른 샤워기를 틀었다. 샤워 볼에 보디 샴푸를 짜서는 온몸을 씻어 내렸다.

그렇게 씻었는데도 그 느낌이 지워지지 않았다. 자기에게 달려들어 괴롭히던 그 순간이 지워지지 않는다. 짐승처럼 자신을 짓이겨 대던 그 모습이 지워지지 않는다. 온몸에 그 끈적끈적한 기운이 그대로 남아 있는 것 같다. 그래서 온몸을 씻고 또 씻었다.

그때 화장실 문이 벌컥 열렸다. 노크도 없이 벌컥 열렸다. 가슴이 철렁 내려앉았다. 그 짐승이 또 달려들면 어떡하지? 두려움에 온몸이 덜덜 떨려 왔다. 두 손으로 몸을 가리고 덜덜 떨면서 문 쪽을 보자 정순 선생님이 보였다.

다행이다. 그 지옥에서 나온 것이구나. 선생님이 구해 주셨구나. 안도감에 눈물이 왈칵 쏟아졌다.

"선생님……."

"그만 씻고 나와! 하루 종일 씻을 거니?"

정순 선생님의 말투는 냉정했다. 차가운 시선으로 수민의 몸을 훑어 내렸다. 그 시선에는 질책이 담겨 있었다. 수민은 자신이 큰 죄를 지은 것 같아 얼른 수건으로 몸을 가렸다. 옷을 챙겨 입고 나오자 정순 선생님의 목소리가 날아왔다.

"이쪽으로 와!"

소리 나는 쪽을 보자 주방이었다. 정순 선생님이 식탁 앞에 앉아 있었다. 수민이 다가가자 손으로 맞은편에 앉으라고 지시했다. 식탁 앞 의자에 앉자 또 꽃님이가 아파 왔다. 쓰라렸다. 칼로 찌른 듯 아파 왔다. 제대로 앉을 수가 없었다. 엉덩이를 겨우 걸치고 앉았더니 정순 선생님이 싸늘한 목소리로 물어왔다.

"거기서 무슨 일이 있었지?"

"그, 그게…… 의원님이 저, 저를…….."

"너를 어떻게 했는데? 혹시 너를 성폭행했니?"

차마 대답도 하지 못하고 수민이 고개를 끄덕였다. 수치심이 몰려와 고개를 들 수 없었다.

"말도 안 돼! 의원님은 그럴 분이 아니야. 네가 스스로 옷을 벗었지? 의원님에게 입양되려고 네가 의원님을 유혹했지?"

"아, 아니에요. 억지로…… 억지로 저를……."

억울해서, 너무 분해서 말을 이을 수가 없었다. 어떻
게, 어떻게 그런 말을 할 수가 있지? 어떻게 사람을 이렇
게까지 억울하게 몰아갈 수 있지? 그 시간이 얼마나 끔찍
했는데? 벗어나려고 얼마나 발버둥 쳤는데? 그랬는데 나
보고 유혹했다고 몰아붙일 수가 있어?

자신의 편이 되어 줄 것이라고 믿었던 선생님께서 입양
되기 위해 할아버지뻘 되는 의원님을 억지로 유혹했다며
몰아붙이자 수민은 고개를 들고 정순을 원망스럽게 바라
보았다.

"그래? 그렇다면 넌 보육원으로 돌아갈 수 없겠구나.
몸이 더럽혀진 것만 해도 끔찍한데 고매하신 의원님을 유
혹해 놓고 발뺌하다니. 너 같은 애들이 좋아할 만한 곳으
로 보내 줄게. 남자와 즐기면서 돈도 벌 수 있는 곳이야.
어때? 좋지?"

아주 담담한 목소리로 판결을 내리듯 정순이 말했다.

"서, 선생님……."

수민의 눈이 동그랗게 커지며 눈물조차 들어가 버렸다.
남자와 즐기면서 돈도 벌 수 있는 곳이라니? 설마, 설마

나를 창녀로 만들려는 거야? 여자들을 가둬 두고 남자들에게 몸을 팔게 하는 곳이 있다는 말을 얼핏 들은 것도 같다. 그런 곳에 갇혀 평생 남자들의 노리개가 되어 살아야 한다면 수민은 살 수 없을 것 같았다.

"거기로 보내 줄까? 말만 해."

정순이 다시 물었다. 원하는 대로 해 주겠다며 담담하게 얘기했지만, 그 속에 들어 있는 의미를 모를 만큼 수민은 머리가 나쁘진 않았다. 이 여자와 의원이라는 그 짐승은 한패였다. 둘이 한패가 되어 수민을 협박하고 있었다.

내가 끝까지 성폭행을 당했다고 우긴다면 쥐도 새도 모르게 그런 곳으로 보내고도 남을 것 같았다. 무서웠다. 그런 곳에 끌려갈까 봐 너무 무서웠다. 그런 곳으로 갈 수는 없다. 매일매일 남자들에게 몸을 더럽힐 수는 없다. 나 스스로 옷을 벗어 고매하신 의원님을 유혹했다는 오명을 뒤집어쓰더라도 그런 곳으로 갈 수는 없었다.

"아니요! 가기 싫어요! 그런 곳에 가기 싫어요!"

수민이 다급하게 소리쳤다.

"그래? 그렇다면 다시 질문할게."

정순은 슛제 손을 뻗어 식탁 위에 있는 보이스펜을 눌러 녹음 버튼을 눌렀다. 이렇게 몰아가려고 이미 준비해 두고 있었던 것 같다.

"의원님과 무슨 일이 있었지?"

"제가…… 제가…… 입양되고 싶어…… 의원님을 유혹했어요."

"의원님이 옷을 벗겼니?"

그 짐승이 옷을 억지로 벗어 내고 달려들었다고 하고 싶었지만, 그 말은 속으로 눌렀다. 그랬다간 이상한 곳으로 끌려갈 테니까. 억울함에 주먹이 부들부들 떨리고 목소리도 떨려 나왔지만, 수민은 입술을 질끈 깨물고 억지로 맘에도 없는 거짓 대답을 해야 했다.

"……아니요. 제가…… 제가…… 벗었어요."

"그래서 의원님이 널 안았어?"

"…… ."

뭐라고 대답을 해야 하는지 알 수 없었다. 뭐라고 대답을 해야 그런 곳으로 끌려가지 않을 수 있는지 알 수가 없었다. 수민이 정순의 얼굴을 보고 뭐라고 대답해야 하나 묻는 시선을 보내자 정순이 다시 질문했다.

"아니면 싫다고 하는데 네가 매달렸니? 안아 달라고?"

저 대답을 원했구나. 속에서부터 원망이 올라왔지만 참을 수밖에 없었다.

"……예…… ."

"그러니까 의원님은 싫다고 하는데 네가 의원님에게 매달렸다는 거지?"

"……예."

정순이 보이스펜의 녹음 기능을 끄고 재생 버튼을 누르자 수민과 정순의 목소리가 흘러나왔다.

〔의원님과 무슨 일이 있었지?〕

〔제가……제가…… 입양되고 싶어…… 의원님을 유혹했어요.〕

보이스펜에서 수민과 정순의 대화가 흘러나왔다. 수민은 그 내용과 목소리가 듣기 싫어 두 손으로 귀를 막았다. 정순은 그런 수민의 손을 내려 억지로 녹음 내용을 다 듣게 했다. 담담한 정순의 목소리와 떨리는 수민의 목소리가 계속 이어졌다.

〔의원님이 옷을 벗겼니?〕

〔……아니요. 제가…… 제가…… 벗었어요.〕

〔그래서 의원님이 널 안았어?〕

〔……. 〕

〔아니면 싫다고 하는데 네가 매달렸니? 안아 달라고?〕

〔……예…… .〕

〔그러니까 의원님은 싫다고 하는데 네가 의원님에게 매달렸다는 거지?〕

〔……예.〕

녹음 내용이 끝나자 정순이 정지 버튼을 누르고 마지막 단속을 하셨다.

"사람들이 이 내용을 듣게 할 수도 있어. 하지만 그건 너도 싫지?"

수민이 대답도 못 하고 고개를 끄덕였다. 사람들이 알게 될까 봐 두려웠다. 그것이 알려지면 사람들은 다들 나만 손가락질할 것이다.

"너만 문제를 일으키지 않으면 나도 이걸 쓰고 싶지 않아. 무슨 뜻인지 알지?"

이해한다는 듯 수민이 고개를 더 크게 끄덕이자 정순은 만족스러운 듯 미소를 지었다. 이로써 이 아이도 문제를 일으키지는 못할 것이다. 아직 어린아이들이다. 그것도 도와줄 어른 한 명 없는 어린아이. 이 아이의 입만 막으면 문제 될 것이 없다.

"배고프지? 이제 밥 먹자."

정순의 목소리가 다정하게 바뀌었다. 사람은 자고로 당근과 채찍을 골고루 잘 써야 한다. 지금까지 채찍을 몰아

댔으니 당근을 줄 차례다.

정순이 식탁 위에 맛있는 요리를 내어놓았다. 순식간에 식탁 위는 음식들로 채워졌다. 내가 좋아하는 음식들. 정말 나는 인간도 아닌 것 같다. 음식 냄새를 맡자 배가 너무 고파 왔다. 먹을 수 없을 것 같았지만, 음식이 넘어갔다. 게다가 맛있었다. 어떻게 이럴 수가 있지? 이런 상황에 어떻게 음식이 넘어가? 그것도 맛있게? 그것이 수민을 더욱 비참하게 만들었다.

수민이 잘 먹자 정순은 다행이라는 생각이 들었다. 개중에는 밥도 먹지 않고 버티는 아이들도 많았다. 그래 봤자 이삼 일 후면 다들 백기를 들었지만. 그것이 맘에 들어 정순은 수민에게 충고했다.

"지난 이틀은 잊어버려. 그게 너에게도 좋아. 넌 거기서 아무 일도 없었던 거야. 네가 얘기하지 않으면 사람들은 아무도 몰라. 그냥 심부름 다녀온 줄 알아. 가끔 의원님이 부르시면 가서 용돈이나 받아 쓰고. 약게 살아, 약게. 이제 이 세상엔 너 혼자야. 널 도와줄 사람은 없다고. 혹시 알아? 네가 정말 마음에 들면 지금 의원님 옆에 있는 그 여자를 몰아내고 널 아내로 삼아 줄지?"

정순은 알고 있다. 지금 철민의 아내가 어떻게 본처를

154

몰아내고 철민의 아내 자리를 꿰찼는지. 결혼해 주지 않는다면 어린애들을 희롱한 죄를 죄다 고발해 버린다고 길길이 날뛰는 바람에 철민은 어리숙한 본처와 이혼하고 그 여자를 아내로 받아들인 것이다. 자기 역시 그렇게 할 수도 있었지만, 그 인간과 결혼하는 것보다는 이 보육원의 권리를 넘겨받는 쪽을 택했다.

그 인간이 갖고 논 여자 중 가장 약게 산 두 여자가 의원의 현 아내와 자기였다. 그리고 정순은 자기가 더 약았다고 생각한다. 그런 짐승 같은 놈하고 한 침대를 쓰는 건 사절이니까. 자기 역시 그 여자만큼 풍족한 돈이 있으니까. 서류를 조작하고 돈을 빼돌리는 건 정순에게 일도 아니었다.

그 인간이 얼마나 애를 몰아대었는지 아이의 온몸에 흔적이 남아 있었다. 적어도 흔적들이 사라질 때까지는 여기서 데리고 있어야 할 것 같았다. 그 골치 아픈 원장이 이 아이의 상처를 보게 된다면 그냥 넘어가지 않을 것이다.

"그래도 몸이 회복될 때까지는 여기 있어야 해. 누가 보고 문제 삼으면 골치 아프니까."

수민이 다시 고개를 끄덕였다.

수민의 상처가 낫는 데는 꼬박 일주일이 걸렸다. 수민의 몸을 벗겨 놓고 상처를 확인한 다음 정순은 그녀를 보육원으로 데리고 왔다.

해님은 여전히 쨍쨍 내려쬐며 세상을 밝히고 있었지만 수민의 세상은 예전처럼 환하지 않았다. 보육원의 겉모습은 예전과 똑같았지만 수민에게는 다르게 다가왔다. 보육원 주위론 여전히 짙은 초록의 나무들과 꽃들이 피어 있었지만 수민에겐 아무런 감흥도 주지 못했다. 온통 두려움뿐이었다. 사람도 나무도 꽃도 심지어 무생물인 건물까지도.

정순과 함께 수민이 보육원으로 돌아오자 아이들이 수민을 보며 자기들끼리 속닥거렸다. 그 눈길이, 그 행동들이 우린 네가 당한 일을 다 알고 있다는 듯 보여 수민은 고개를 들 수 없었다. 고개가 점점 수그러들었다.

엄마, 아빠가 없는 세상을 산다는 것이 이렇게 무서운지 몰랐다. 부자는 아니었지만 완벽하게 자신을 보호해 주던 부모님은 이제 없다. 이제 오롯이 세상에 혼자 버려진 것이다. 바로 그때 원장선생님의 목소리가 들렸다.

"수민아, 무슨 일이야? 어디 아파?"

따뜻한 그녀의 목소리에 수민은 고개를 번쩍 들었다. 걱정이 가득 담긴 원장선생님이 보였다. 내가 오는 걸 보셨나 보다. 급하게 나온 티가 역력했다. 반가웠다. 엄마라도 본 듯 반가웠다. 원장선생님을 보자 괜히 눈물이 흘러내렸다. 차마 말을 잇지 못하고 수민이 울먹거렸다.

"워, 원장님……."

"왜, 왜 그래, 수민아? 무슨 일이야? 왜 울어?"

수민이 대답도 못하고 눈물만 흘리자 민지가 수민을 가슴에 품어 안고 안심하라는 듯 토닥토닥 등을 두들겨 주었다. 민지의 앞섶이 눈물로 젖어들었다. 도대체 이 아이에게 무슨 일이 생긴 걸까? 정순의 말대로 돌아오긴 했지만 수민의 얼굴엔 절망만이 가득했다. 얼마나 울었는지 얼굴이 퉁퉁 부어 있었다. 걸음걸이도 조금 이상한 것 같았다. 너무 걱정이 되어 한달음에 수민에게 달려왔던 것이다.

원장선생님의 따스함에 마음이 열린 수민은 그만 모든 것을 털어놓고 싶었다. 하지만 자신의 음성이 녹음된 보이스펜이 생각나 차마 입을 열 수가 없었다. 그것이 있는 한 아무도 자신을 믿어 주지 않을 테니까. 이 따뜻한 원장선생님까지도.

바로 그때 누군가가 민지의 몸을 수민에게서 확 떼어 냈다. 놀라서 보니 정순이었다.

"수민인 내가 데려다줄게요."

미처 대답도 하기 전에 정순이 수민을 끌다시피 데리고 가 버렸다. 민지가 손을 뻗은 채 어어, 소리를 지르는 사이 수민과 정순은 벌써 사라지고 없었다. 어떤 행동도 취할 틈이 없었다.

주변을 둘러보자 일련의 사태를 지켜보는 원생들이 보였다. 우울한 얼굴로 수민이 들어가는 것을 보며 자기들끼리 시선을 주고받고 있었다. 저 애들은 무얼 아는 걸까? 혹시나 하는 마음에 민지가 원생들을 향해 걸어가자 원생들이 후다닥 자리를 피했다. 마치 민지를 피해 도망가는 것 같았다.

마음이 참 씁쓰름했다. 자기는 애들에게 마음을 주려고 하는데 아이들은 자기에게 전혀 마음을 열지 않았다. 생활지도원 선생님뿐 아니라 원생들, 사무국장을 비롯한 모든 직원들까지 자신을 왕따 시키고 있었다. 정말 이상한 보육원이다. 그래도 민지는 포기하고 싶지 않았다.

"원장에게 얘기하고 싶니? 원장은 널 믿어 줄 것 같아?"
정순에게 이끌려 방으로 들어온 수민에게 정순이 물었다. 눈빛이 너무 살벌해 보여서 말도 할 수 없었다. 그저 아니라고 고개만 절레절레 흔들었다.

"거기서 있었던 일은 잊어. 말해 봤자 너만 걸레 되는 거야. 네가 유혹한 거라고 네 입으로 녹음한 거 잊지 않았지? 설사 원장이 널 믿어 준다고 해도 널 도울 수 없어. 만약 네가 무슨 소리를 해서 원장이 설친다면 원장도 이 보육원에서 당장 잘라 버릴 거야. 알겠니?"

정순의 협박에 수민은 알았다고 고개를 연방 주억거렸다. 나 때문에 원장님까지 쫓겨나게 할 수는 없었다. 여기서 믿는 사람은 오로지 원장님밖에 없었다.

"그럼 쉬어. 내일부터는 학교도 나가야 하니 학교에서도 행동 조심하고."

자기 뜻을 확실히 알아들었다는 생각이 들었는지 정순은 그 말을 남기고 수민의 방을 나갔다.

정순이 나가자 수민은 쓰러지듯 침대로 무너졌다. 어깨가 들썩거리며 눈물이 흘러나왔다. 아직도 꽃님이가 쓰라려 왔지만 마음이 더 쓰라렸다. 견디기 힘든 만큼 쓰렸다.

8

도
피

"어디 다녀오는 거야?"

어질러진 집을 치우고 은옥이 돌아오기만을 기다리던 재용은 그녀가 돌아오자 아무렇지 않은 얼굴로 물었다. 아직은 믿고 싶은 마음이 컸다.

"……이 시간에 어쩐 일이에요? 양수 간다고 하지 않았어요?"

아내의 얼굴에 당황한 표정이 스쳤다. 목소리도 살짝 떨리는 것 같았다.

"다녀왔어. 당신은 어디 다녀오는 거야?"

"잠시 마트에."

마트에 다녀왔다고? 거짓말. 마트에 다녀오는 사람이 아무것도 안 사고 빈손으로 돌아와? 흥, 코웃음이 났다.

재용은 형사의 눈이 되어 은옥을 찬찬히 살폈다. 양수에서 본 여자는 아내가 맞았다. 옷도 똑같았다. 그에게 양수에 다녀왔다는 사실을 숨기고 싶은 것이다.

마지막 확인사살이 필요했다. 재용은 소파에 올려져 있던 비닐봉지를 은옥에게 내밀었다.

"자."

"이건 뭐예요?"

뜬금없이 재용이 무언가를 내밀자 은옥은 그것을 받아

들며 물었다.

"당신, 증거물 보고 싶다고 그랬잖아? 실물로. 양수 살인 사건 증거물이야. 박쥐 모양의 목각 인형."

그가 내민 것은 현장에서 수거한 박쥐 모양의 목각 인형이었다. 비닐봉투에서 목각 인형을 끄집어내는 은옥의 손이 덜덜 떨렸다. 아내의 떨리는 손이 자신이 범인이라고 얘기하는 것만 같아 재용은 절망스러웠다. 자신의 판단이 옳다는 생각이 확고해졌다.

'당신이야? 당신이 정말 살인을 하고 다니는 거야?'

당장에라도 따져 묻고 싶었지만 재용은 차마 물을 수가 없었다. 사실이라고 얘기하면 자신이 어떻게 행동할지 자신이 없었다. 미친년처럼 날뛰는 마음을 진정시키기 위해 재용은 크게 심호흡을 했다.

"휴가 가자."

재용은 사실을 확인하는 대신 도피를 결정했다. 아내와 함께 떠나는 방법을 선택한 것이다. 이 나라를 뜨고 싶었지만 은옥의 여권은 기간이 만료되어 있었다. 아내가 돌아오길 기다리면서 여러 가능성 중의 하나를 생각하며 찾았던 여권이었다.

하루 24시간 그녀를 감시하리라. 더 이상의 살인은 막으리라. 어차피 일어난 살인 사건은 증거가 없어서 아내를 찾아내진 못할 것이다. 더 이상의 살인만 막으면 된다.

재용의 말에 대답도 없이 은옥이 목각 인형만 살피고 있자 재용이 그녀의 팔을 잡고 목소리를 높였다.

"휴가 가자고!"

그제야 은옥이 재용을 보며 멍한 표정으로 되물었다.

"예에? 뭐, 뭐라고 했어요?"

"휴가 가자고. 우리 여름휴가 안 갔잖아?"

"아, 미, 미안해요, 여보. 휴가는…… 휴가는 다음에 가요. 나 어디 좀…… 어디 다녀와야 할 것 같아요."

"안 돼!"

비명처럼 대답이 튀어 나갔다. 이 판국에 여행이라니? 또 얼마나 살인을 저지르고 다니려고 그러는 거야? 안 된다. 한 시도 내 곁에서 떼어놓을 순 없다. 24시간 감시할 것이다.

재용은 자신이 이렇게까지 바닥인 줄 미처 몰랐다. 이래서 사람들이 죄의 굴레로 빠져드는가 싶었다. 인정에 끌려서 범인을 숨겨 주는 사람들을 어리석다고 비난해 왔다. 하지만 지금 재용은 그런 사람들의 마음을 충분히 이해한다. 자신은 하물며 자신이 쫓고 있는 연쇄 살인범을 숨겨 주고 있으니까. 아무리 살인을 저질렀다 해도 아내를 감방에 넣을 수는 없었다.

재용은 은옥을 안방으로 떠밀며 단호하게 명령했다.

"어서 가방 싸."

집으로 돌아올 때만 해도 은옥은 남편이 집에 있을 거라고는 생각도 하지 못했다. 양수에 가면 오빠의 흔적을 찾을 수 있을 줄 알았지만, 오빠의 흔적은 어디에도 없었다. 오빠라는 확신도 없었다. 좀 더 준비해서 오빠를 찾아 나서야 할 것 같았다. 집을 오래 비워야 할 것 같아서 고양이들을 동물병원에 맡기고 챙겨야 할 것들을 챙기려고 집으로 돌아온 길이었다.

문을 열고 들어오는 순간 어디 다녀오는 거냐고 묻는 남편의 모습에 얼마나 놀랐는지. 사실대로 얘기할 수가 없어서 마트에 다녀왔다고 거짓말을 하고 말았다. 남편은 거기에 대해서는 별다른 말이 없이 무언가를 내밀었다. 살인 사건 증거물이라고 했다. 박쥐 모양의 목각 인형.

비닐봉지에서 그것을 꺼내는 데 손이 덜덜 떨렸다. 자신의 반응이 그의 눈에 어떻게 보일지 신경 쓸 겨를이 없었다. 어서 빨리 그것이 오빠의 인형인지 확인해야만 했다.

맞다…… 맞다……. 이건 오빠의 솜씨다. 오빠의 사인

까지 새겨져 있었다. 아무도 모르지만 은옥은 안다. 날개
에 교묘하게 새겨 놓은 오빠의 이니셜을. 30년이 지났지
만 은옥은 한눈에 알아볼 수 있었다.

오빠가 살아 있어……. 오빠가 살아 있어……. 죽은 줄
알았던 오빠가 살아 있다니? 다행이다…… 정말 다행이
다……. 그런데 어떻게 그런 일이 있을 수 있지? 분명히
죽었다고 했는데……. 오빠가 죽으면서 남긴 물건까지 내
가 보관하고 있는데……. 믿을 수 없지만, 또한 믿을 수밖
에 없는 현실이 너무 혼란스러웠다.

너무 큰 충격에 멍하니 있는데 남편이 자신의 팔을 잡으
며 뭐라고 했다. 무슨 뜻인지 알아들을 수 없어 되물었더
니 휴가를 가자고 했다. 휴가라니? 내가 지금 휴가를 어
떻게 가? 난 지금 오빠를 찾아야만 하는데…….

"아, 미, 미안해요, 여보. 휴가는…… 휴가는 다음에 가
요. 나 어디 좀…… 어디 다녀와야 할 것 같아요."

떨리는 목소리로 휴가를 못 간다고 얘기했지만, 남편은
단호한 목소리로 휴가를 가야 한다며 가방을 싸라고 은옥
을 안방으로 밀어 넣었다. 재용에게 밀려 안방으로 들어
온 은옥은 서둘러 장롱을 열었다. 어쨌든 은옥도 여행 가
방을 싸야 했다.

남편과 함께 한가하게 휴가 갈 생각은 전혀 없었다. 설득이 안 된다면 도망을 쳐서라도 오빠를 찾아 떠날 것이다. 근데 남편은 왜 저리 휴가를 가자고 강요하는 것일까? 한 번도 강압적으로 무언가를 시키는 적이 없던 남편이었다.

은옥의 의문은 잠시 후에 풀렸다. 여행 가방을 꺼내려던 은옥은 자신의 비밀 상자의 위치가 조금 달라진 것을 알아챘다. 비밀 상자를 열어 보자 보석함의 위치도 달라져 있었다. 보통 사람이라면 못 알아챘겠지만 은옥은 알아챌 수 있었다. 유달리 결벽증이 심한 탓이다.

보석함을 열어 보자 박쥐 인형이 보였다. 그랬구나. 남편이 기억해 냈구나. 기억해 내고 말았구나. 어디선가 본 것 같다는 남편의 말에 많이 불안했는데……. 워낙 오래전의 일이라 기억 못 할 수도 있다고 애써 자위했었는데…….

그런데 왜 물어보지 않는 거지? 이 박쥐 인형을 왜 갖고 있는 거냐고 묻지 않는 거지? 살인 사건 증거물이라며 나에게 박쥐 인형을 보여 준 건 어떤 의미일까? 아까 남편이 내게 했던 말들은 또 무슨 의미일까? 박쥐 사건은 모두 다 아무런 증거가 없다고. 그러니 더 이상 사건만 터지지 않으면 미제 사건이 되고 말 거라고.

은옥의 머릿속에는 수많은 질문들이 맴돌고 있었다. 그리고 마침내 답을 알아냈다. 그렇구나. 남편이 날 의심하는구나. 나를 범인으로 알고 데리고 도망치려는 거구나. 일이 이상하게 꼬이고 있다.

아니, 어쩌면 다행인지도 모른다. 이번엔 내가 오빠를 구할 차례다. 나 때문에 오빠의 인생이 끝장나 버렸으니까 이번엔 내가 오빠 대신 죄를 뒤집어쓸 것이다. 오빠를 찾아 살인을 멈추게 하고 내가 자수한다면 오빠는 안전하다.

다행이다…… 다행이야……. 이렇게라도 해서 오빠에게 진 마음의 빚을 갚을 수가 있다니……. 아무도 나를 막을 수는 없다. 그것이 설사 내가 사랑하는 남편이라고 할지라도. 각오를 새기는 은옥의 주먹에 힘이 들어갔다.

은옥이 가방을 들고 나오자 재용은 은옥을 데리고 차에 올라탔다. 차를 출발하기 전 재용은 김 형사에게 간단하게 문자를 보내고 전원을 꺼 버렸다.

《나 내일부터 여름휴가 쓸 테니까 김 형사가 처리해 줘.》

다행히 여름휴가를 아직 쓰지 않았다. 어디 시골로 들어갈 생각이다. 사람들이 잘 살지 않는 시골. 아무도 찾아낼 수 없는 시골.

재용은 현금지급기 앞에 차를 세우고 가능한 한 많은 현금을 뽑았다. 도피 생활을 시작하면서 카드를 쓸 수는 없는 일이다.

이미 밖은 어둑어둑해지고 있었다. 어둠이 오면 오는 만큼 상가의 조명들이 불을 밝혀 그 어둠을 몰아내고 있었다. 은옥은 차창을 통해 재용이 현금지급기에서 돈 뽑는 것을 보고 있다. 불 켜진 은행 자동화 코너는 주변의 어둠으로 인해 실내가 더 환히 들여다보인다. 행동 하나하나 자세히 보인다.

재용이 현금지급기 앞에 서서 카드를 기계에 긁고는 버튼을 눌러 돈을 꺼낸다. 가방에 집어넣고 또 카드를 긁고 계속 반복적으로 돈을 뽑아내고 있었다. 옆에 서서 돈을 뽑던 사람이 재용을 슬쩍 쳐다본다. 수상하다는 눈으로.

남편은 도대체 어쩔 작정으로 저러는 것일까? 저렇게 계속 돈을 뽑는 것은 단순히 휴가만을 위한 건 아닌 것 같다. 정말 나 때문에 형사 생활도 때려치우려는 걸까? 그건 안 된다. 남편에게 형사라는 직업이 어떤 의민지 잘 알고 있다. 남편에게 형사는 천직이다. 죄지은 자들을 추적하고 잡아들이는 데에 생을 걸었다. 남편이 가장 멋있을 때도 그때다.

은옥 역시 남편의 도움으로 위험에서 벗어났었다. 집 안에만 틀어박혀 선보러 나가길 거부하자 엄마는 남자를 집으로 불러들여서 선을 보였다. 그 남자는 스토커처럼 은옥을 찾아와서 사랑을 구걸해 댔고 계속되는 은옥의 거절에 급기야 그녀를 인질로 잡고 자살 소동까지 벌였다.

그때 출동한 경찰이 남편이었다. 남편은 순식간에 그 남자를 제압했고 그 남자 대신 남편이 은옥에게 사랑을 구걸하기 시작했다. 하지만 어쩐지 은옥은 그 남자처럼 마냥 싫진 않았다. 아마 은옥도 남편에게 반했었는지도 모른다. 자기의 특수한 상황 때문에 마음을 죽이고 있어서 깨닫지를 못했던 건지.

어쨌든 남편에게서 형사라는 직업을 빼앗을 수 없다. 오빠에 이어서 남편 인생까지 망칠 순 없다. 남편 곁을 떠나야 한다. 내가 없어져야 남편의 삶이 정상으로 돌아가리라. 아직도 남편이 돈을 뽑아내고 있다. 지금이 기회다. 은옥은 최소한의 준비물을 챙긴 가방을 들고 자동차 문을 열었다. 그 순간 경보음이 시끄럽게 울리기 시작했다.

삑삑삑삑 삑삑삑삑.

낭패다. 남편은 내가 도망칠 거라는 예상을 했던 것일까? 그래서 도망칠 경우 울리도록 자동차 문을 잠그고 갔던 것일까? 놀란 가슴을 누르며 남편을 향해 시선을 돌리자 벌써 차를 향해 뛰어오는 남편이 보였다. 무서운 얼굴을 하고는 달려오고 있었다. 눈을 질끈 감았다.

지금 도망간다면 잡히고 말리라. 지금은 도망칠 때가 아니다. 은옥은 문고리를 잡은 손을 슬며시 놓고 말았다.

재용은 현금 지급기에서 돈을 꺼내 가방에 집어넣고 다시 카드를 그었다. 바로 그 순간 자동차 경보음이 울렸다. 반사적으로 몸을 돌려 차로 향해 달려갔다.

아내가 도망치려고 한다. 아내가 날 두고 도망치려고 한다. 미친다는 게 이런 느낌이구나 싶었다. 어쩌면 이럴 경우를 예상했는지도 모른다. 그렇지 않다면 사람이 안에 있는데 경보기를 누를 필요가 없었으니까.

한달음에 차로 달려갔다. 현금지급기 바로 앞에 차를 세워 두었던 고로 몇 발짝 걸리지 않았다. 리모컨을 눌러 경보를 해제하고는 운전석을 벌컥 열었다. 화난 얼굴로 아내를 노려보았다. 아내는 자신을 외면한 채 눈을 감고 있었다.

한참 동안 은옥을 노려보던 재용은 그래도 은옥이 자신을 외면하자 거칠게 운전석에 앉았다. 시동을 켜고는 급하게 액셀을 밟았다.

은색의 SUV 차량이 도로를 질주하기 시작했다. 차량의 빠른 속도에 은옥은 겁이 났다. 마치 사고를 내려고 작정한 것 같았다. 양쪽으로 달리던 차들도 재용의 차를 피하는 듯했다.

"여, 여보, 천천히…… 천천히……."

두려움에 은옥이 재용을 보며 간절히 부탁했지만 재용은 차의 속도를 늦추지 않았다. 분노로 들끓는 재용의 가슴을 식히기엔 아직 멀었다. 내가 어떤 마음으로 도피를 결정했는데……. 내가 어떤 마음으로 너를 선택했는데…….

한참을 달리던 차가 속도를 늦추더니 재용이 갓길에 차를 세웠다. 주변은 깜깜했다. 온통 어둠뿐이었다. 은옥으로서는 어딘지 알 수조차 없는 곳이었다. 지나가는 차들도 별로 보이지 않았다.

재용은 고개를 등 뒤로 젖히고 팔을 올려 이마에 대었다. 그리고 낮은 목소리로 은옥에게 경고했다.

"당신 도망 못 가. 포기해."

촉촉이 젖은 눈으로 재용을 보며 은옥이 애원했다.

"……나를 버려요, 여보. 그래야 당신이 살아요."

은옥의 말에 재용은 가슴이 무너지는 것 같았다. 자신의 죄를 다 인정한다는 말투였다. 자신은 죄인이니 자기를 포기하라는 뜻이었다. 버릴 수 있었으면 벌써 버렸을 것이다. 포기할 수 있었으면 벌써 포기했을 것이다.

　"아니, 나 당신 못 버려. 설사 당신이 내가 쫓는 살인범이라도 난 당신 못 버려. 당신 손에 내가 죽더라도 당신 못 버려. 그러니 더 이상 죄짓지 마. 더 이상 죄짓지 않으면 돼. 그러면 돼."

　암울한 목소리였다. 아무런 희망도 없는 어두운 목소리. 은옥은 재용의 절망을 모두 느낄 수 있었다. 내가 이 남자를 절망에 빠뜨렸구나. 이 남자까지 망가뜨리고 있구나. 재용의 가슴이 무너지는 만큼 은옥의 가슴도 무너지고 있었다.

9

쫓는 자,
쫓기는 자

여름이 막바지로 치닫고 있다. 습기까지 잔뜩 머금은 공기로 인해 불쾌지수는 한없이 올라갔다. 여름 태양이 너무 눈부셔서 살인을 저질렀다는 말이 이해될 정도로 뜨거운 햇볕은 사람의 정신을 산란하게 만든다. 에어컨이 켜지지 않은 곳으로 한 발만 내밀면 옷이 금세 땀으로 축축하게 젖어든다. 너무 덥다. 정말 살인적인 날씨다.

살인 사건이 난 지 이틀이 지났지만, 범인의 흔적은 어디에도 없었다. 피해자는 전형적인 가정주부로 남들에게 원한을 살 만한 사람이 아니라고 했다. 남편과 자식만 아는 현모양처였다고 다들 입을 모았다.

이런 여자를 죽이고 가슴을 도려내어 간 범인은 도대체 어떤 사람일까? 범죄자들은 점점 더 흉포해지고 살인수법은 잔인해진다.

우현은 답답한 한숨만 내쉬며 증거물을 담아 둔 폴더를 열어 본다. 그중 하나의 사진을 클릭해서 확대한다. 박쥐 모양의 목각 인형이 모니터를 채운다. 박쥐는 날아오를 듯 생생하다. 분명히 비슷하다. 다시 한 번 실물을 보고 확인하고 싶다. 현장에서 피해자의 가슴 위에 놓여 있던 증거물을 보고는 너무 놀라 뒤로 주저앉을 뻔했다.

마음을 가다듬고 그때 사건의 기록을 찾아 달라는 부탁

을 하고 돌아오니 이미 증거물은 사라지고 없었다. 일정 경찰서에서 왔다는 팀장이 동일범의 소행인지 확인하기 위해 가져갔다고 했다. 남의 관할 사건 증거물을 가지고 간 것이 이해가 되지 않았지만, 워낙 중차대한 사건이라 이해하고 넘어가기로 했다. 그런데…….

"그 팀장 아직도 연락 안 돼?"

짜증 섞인 목소리로 우현이 민식에게 물었다. 민식이 머리를 긁적거리며 대답했다.

"예. 휴대폰을 아예 꺼 놨나 봐요."

일정의 사건과 동일범의 소행인지 확인한다며 증거물을 가지고 간 형사에게서는 연락도 없고 전화도 받지 않았다. 증거물을 내돌렸다고 민식은 우현으로부터 잔소리를 들어야만 했다.

"그럼 서로 해 봐. 휴대폰을 잃어버렸을 수도 있잖아."

저 자식은 입에 넣어 줘야만 밥을 먹을 줄 아는 놈이다. 저 머리로 경찰시험엔 어떻게 붙었는지 알 수가 없다.

우현의 말에 민식은 아차 하는 표정을 짓고는 휴대폰을 열어 검색한다. 포털사이트를 열어 번호를 검색한 민식이 전화를 걸자 통화가 바로 연결된다.

〔감사합니더. 강력2팀 김경숩니더.〕

억센 경상도 사투리가 들려왔다.

"강재용 팀장님 부탁드립니다."

〔오데십니꺼? 팀장님 휴가 가싰십니더.〕

아니, 이 인간이 미쳤나? 남의 사건 증거물을 가지고 가 놓고선 휴가를 가? 분통이 터졌다.

"아니, 남의 증거물을 가지고 가서는 휴가를 가요? 휴가를 가면 갔지 휴대폰은 왜 꺼 놓는답니까? 그런 사람이 팀장 자리에 앉아 있으니 사건이 해결되겠습니까?"

그렇잖아도 날씨는 덥고 사건은 해결될 기미가 보이지 않아 답답하던 차에 민식은 전화기에 대고 버럭버럭 소리를 질렀다.

〔팀장님이 증거물을 갖고 가씸니꺼?〕

남의 관할 사건 증거물은 함부로 가지고 올 수 없다. 그런데 그걸 아는 사람이 왜 증거물을 들고 왔을까? 김 형사는 의아한 생각이 들었다.

"동일범의 소행인지 확인한다고 가져가고는 연락 두절입니다. 의뢰는 하고 갔겠지요? 결과나 빨리 좀 가르쳐 주세요."

〔저…… 그게…….〕

"증거물 서에 없습니까? 그 인간 팀장 맞아요?"

김 형사가 제대로 대답을 못하고 버벅거리자 민식은 소리를 버럭 질렀다.

　민식의 통화를 듣고 있던 우현이 휴대폰을 달라는 듯 손을 내밀었다. 민식이 휴대폰을 건네고는 열을 식히려는 듯 거칠게 숨을 내 쉬었다.

　"나 양수 경찰서 강력팀장 이우현입니다. 강재용 팀장과는 연락할 방법이 없습니까?"

　〔예. 갑작시럽게 휴가를 가서 저희도 좀 얼떨떨합니더.〕

　"혹시 그 팀장 그 사건과 관련이 있는 거 아닙니까?"

　〔무신 소리를 그리합니까? 우리 팀장님을 우찌 보고 그라십니꺼?〕

　김 형사가 화를 벌컥 냈다. 물론 사모님 때문이긴 하지만 거의 사무실에서 살다시피 하며 범인을 잡아들이는 존경하는 팀장인데 살인 사건 관련자로 몰아가다니?

　"이상하지 않습니까? 알 만한 사람이 남의 사건 증거물을 들고 사라져 버리니까 하는 말입니다. 빨리 연락해서 의심받기 싫으면 증거물을 돌려 달라고 해 주세요."

　형사는 모든 사람을 범인으로 의심해 보아야 한다. 의심하고 조사는 하되 또한 섣불리 판단해서도 안 된다. 우현 역시 한때의 실수로 죄 없는 사람을 희생시킨 전력이

179

있다.

〔증거물을 가지고 간 것이 언젭니꺼?〕

"그젭니다."

그제라면 휴가 간다는 그날이다. 솔직히 말하면 김 형
사도 많이 의아하긴 했다. 비번일 때도 집에서 쉬기보다
는 사무실에서 죽치는 사람이 자신의 팀장이다. 당연히
휴가도 몰랐다. 그런 사람이 갑자기 휴가 간다며 문자 하
나 딸랑 보내고는 연락 두절이다. 남의 영역까지 휘저으
면서 일을 하는 스타일도 아니고 일을 두고 휴가를 가는
스타일도 아니다. 도대체 무슨 일이야?

일단 알아보겠으니 조금만 기다려 달라 부탁을 하고 김
형사는 차를 몰아 재용의 집으로 향했다. 뭔가 초조했다.
전에 박쥐 모양의 목각 인형을 어디선가 본 적이 있다던
말이 자꾸만 떠올랐다.

재용의 집에 도착한 김 형사가 초인종을 연거푸 눌렀지
만, 안에서는 아무런 답이 없었다. 할 수 없이 내려와 경
비실로 갔다. 흰머리가 희끗희끗한 경비아저씨가 경비실
에 앉아 있었다.

"수고 만씁니더. 혹시 여기 807호 사람들 요 근래 못 보
셨십니꺼?"

"807호? 아, 그 형사 양반? 그제 여행 가방 들고 나가던데. 부부가 같이."

눈이 번쩍 뜨였다. 정말 형수님이랑 휴가를 갔단 말이야? 형님이? 거참. 요즘 형님 얼굴이 좋아졌다 했더니 정말 형수님이랑 사이가 좋아진 건가? 그렇다면 정말 다행한 일이다.

하지만 아무리 형수님과의 사이가 좋아졌다고 해도 증거물을 들고 휴가를 갈 사람은 아닌데. 다시 재용에게 전화를 걸었지만 여전히 휴대폰은 꺼져 있었다. 할 수 없이 김 형사는 재용에게 문자를 보냈다.

《행님, 경찰서 발칵 뒤집어졌소. 증거물 빨리 갖고 오소. 양수 경찰서에서 전화 오고 난리 났소.》

* * *

자동차에서 내린 우현은 보육원 앞에 서서 크게 심호흡을 했다. 이곳은 우현에게 아픈 기억이 있는 곳이다.

형사 발령을 받고 첫 사건이 이 보육원에서 일어난 살인 미수 및 강간 사건이었다. 범인으로 이제 갓 19살이 된 보육원생이 지목되었다. 성적 충동을 이기지 못한 아이가 같은 보육원생을 성폭행하다 원장에게 들켰고 그것을 숨기기 위해 원장을 살해하려다 미수에 그친 사건이었다.

피의자는 살인이 미수에 그치자 여학생을 인질로 잡고 도주했었다. 모든 상황과 증거와 증언들이 그 아이를 범인으로 몰아갔다. 그 아이는 아니라고 우겼지만 아무도 그 아이의 말을 들어 주지 않았다. 재판은 순식간에 진행되었고, 키워 준 원장을 살해하려는 했다는 것과 가족과도 같은 보육원생을 성폭행했다는 것 때문에 재판에서 아무런 동정도 받지 못했다.

피해자였던 아이가 경찰서에 나타나 경찰의 무능을 탓하며 원망을 퍼부었을 때에야 무언가 이상하다는 생각이 들었다. 하지만 교도소로 그 아이를 찾았을 때는 이미 늦었다. 아이가 이미 스스로 목숨을 끊은 후였다.

우현으로서는 돌이킬 수가 없었다. 죄 없는 사람을 죽음으로 이르게 했다는 자책감 때문에 우현은 그 이후로 강압수사를 하지 않았다. 강압수사를 하지 않을뿐더러 확실하지 않으면 용의자를 놓아주기도 했다. 더는 억울한 사람이 생기는 것을 원치 않았기 때문이다.

그래서 성과가 적었고 진급도 늦었다. 하지만 죄책감을 느끼며 사는 것보다는 나았다. 가끔 진범을 놓아주었다가 다시 죄를 짓고 들어오면 그것 때문에 다시 죄의식을 느끼 긴 했지만.

똑똑.

원장실 앞까지 걸어온 우현은 노크를 했다. "예."라는 대답에 그는 문을 열고 원장실로 들어섰다. 생각보다 어린 여자가 원장실 책상에 앉아 있다가 문을 열고 들어오는 우현을 맞았다.

"누구신지?"

"아, 예. 양수 경찰서에서 나왔습니다."

우현은 경찰공무원증을 보여 주며 자신의 신분을 밝혔다. 경찰이라는 말에 여자의 얼굴이 미미하게 구겨지며 조심스럽게 물었다.

"무슨 일이신지……."

"여기 이경철이라고 있습니까?"

경찰서에서 왔다는 남자가 경철을 찾자 민지의 얼굴은 더 일그러졌다. 경철이가 또 사고를 친 건가?

경철인 이 보육원 최고의 트러블 메이커다. 수시로 학교도 빠져서 수업일수도 간당간당했고 폭력과 절도로 인해 수시로 상담교사가 학교로 불려 가야만 했다. 중학교가 의무교육이었기에 망정이지 고등학교였으면 퇴학될 상황이었다.

지금도 경철 때문에 담임선생님의 호출을 받고 학교에 다녀오는 길이었다. 대체로 상담교사들이 가지만 경철이 굳이 원장을 보호자로 불렀다고 해서 민지가 학교까지 다녀왔다. 상담실에 들어가니 경철이가 반성문을 쓰고 있었다. 담임선생님 말이 친구들에게 삥을 뜯었다고 했다. 여러 명이 같이했는데 경철이 주동자라고.

"선생님 말씀이 정말이니?"

민지가 묻자 경철은 대답도 없이 고개만 으쓱했다. 아무렇게나 생각하라는 뜻이 역력했다. 민지는 답답한 한숨을 내쉬고 담임선생님께 질문을 던졌다. 여러 명이 같이했는데 경철 혼자만 상담실에 있는 것이 이해되지 않았다.

"다른 아이들은요?"

민지의 말에 담임선생님은 무슨 뜻이냐는 듯 민지를 쳐다보았다.

"다른 아이들도 같이했다면서요? 그런데 왜 다른 애들은 없어요?"

"그, 그거야 경철이가 주동자니까."

처음엔 당황해서 버벅거리던 담임이 당연하다는 듯 이유를 댔다.

"이해가 안 되네요. 잘못을 했으면 주동자든 똘마니든 같이 벌을 받아야 하는 거 아니에요? 전 그렇게 알고 있는데요?"

민지의 말에 담임의 얼굴이 일그러졌다. 이렇게 기세 좋은 원장은 처음이다. 아이가 잘못해서 불려 왔으면 용서해 달라고 싹싹 빌고 데려갈 것이지 어디서 따지길 따져? 나이 지긋한 담임의 얼굴이 벌겋게 달아올랐다.

"그 아이들은 부모님이 책임지신다고 해서 보냈습니다."

"그러니까 선생님 말씀은 경철이는 책임질 부모가 없어서 반성문을 쓰게 하고 있다는 건가요? 그럼 제가 경철인 책임진다고 하면 경철이도 집에 갈 수 있는 건가요?"

민지의 당당한 눈빛에 담임의 얼굴에 당황함이 스쳤다. 뭐라 해야 할지 고민 중인 것 같았다. 보나 마나 이 담임 선생님도 고아라는 이유로 경철이에게 색안경을 쓰고 지도하는 것이 틀림없다. 버려진 것은 아이의 잘못이 아닌데도 사람들은 마치 아이의 잘못인 양 더 코너로 몰아간다. 그것이 민지가 화가 나는 이유다.

"경철이가 아이들에게서 돈을 뺏은 것은 잘못입니다. 그건 제가 충분히 나무라겠습니다. 하지만 경철이 혼자만의 잘못은 아니지요. 같이한 다른 아이들도 다 반성문을 쓰면 그때 경철이도 같이 반성문을 쓰게 하겠습니다. 가자, 경철아."

민지의 말에 경철이 픽하며 비릿한 미소를 지었다. 저놈의 자식이? 민지가 충고를 할 때마다 경철은 비릿한 미소를 지으며 비아냥거리기 일쑤였다. 어디 할 만큼 해 보세요, 내가 당신 말을 듣나. 뭐 그런 표정 같았다. 담임은 경철의 표정을 보고는 민지에게 충고했다. 헛수고하지 말라는 듯한 뉘앙스를 풍기면서.

"그것 보세요. 원장님이 경철일 싸고돌아도 경철인 벌써 싹수가 노래요. 원장님이 책임진다고 하셨으니 뭐 오늘은 일단 데리고 가십시오. 하지만 다음엔 절대 용서치 않습니다."

담임의 경고를 뒤로하고 경철일 데리고 돌아온 것이 조금 전이었다. 그런데 이번엔 경찰에서 경철일 찾다니. 두려운 마음을 안고 조심스럽게 물었다.

"경철이를 왜 찾으시는데요?"

"어머니가 돌아가셨습니다."

사건을 조사하면서 피해자에게는 지금의 남편과 아이들 말고도 전 남편과의 사이에 자식이 한 명 더 있다는 것을 알게 되었고 그 남편의 입을 통해서 아이가 있는 보육원을 알게 되었다. 알려야 하지 않느냐고 물었더니 그 남자는 자기는 그 아이 얼굴을 보고 싶지 않다고 했다. 아내의 자식을 받아 주지 못하는 졸렬한 남자인 것 같았다.

민지는 얼마 전에 경철의 어머니와 통화를 했었다. 경철이를 한 번 만나러 와 달라는 부탁을 했지만, 그녀는 민지의 부탁을 일언지하에 거절했다. 지금 가정의 행복을 깨기 싫다며 다시는 연락하지 말라는 말까지 했었다. 그당시 그녀의 무정함에 속으로 욕을 내질렀던 생각이 나서 민지는 뜨끔 죄의식을 느꼈다.

그런데 그녀가 죽었으면 그 가족들이 와서 알려야 하는데 왜 경찰에서 온 거지? 이해할 수 없는 마음에 민지가 우현에게 물었다.

"그런데 왜 가족이 안 오고 경찰서에서 오셨죠?"

"살해당하셨습니다."

"예에?"

그녀가 살해당했다는 데 민지는 충격을 받았다. 그녀가 아무리 충격받았다 해도 경철보다는 못 하리라. 낮에 학교에서도 좋지 않은 일을 겪었는데 어머니까지 살해되어 얼마나 가슴이 무너질 것인가.

민지는 걱정스러운 마음을 안고 경철을 호출했다. 예상

외로 엄마의 죽음을 전해 들은 경철의 표정은 담담했다.
눈물 한 방울 흘리지 않았다. 아니, 오히려 고소하다는 표
정까지 지으며 싸늘하게 내뱉었다.

"고맙네요. 누가 죽여 줬는지."

"경철아!"

민지가 그만하라는 듯 경철을 불렀다.

"그래도 엄마한테 그렇게 말하면 안 되지. 널 낳아 주신
분인데."

"내가 낳아 달라고 했어요? 내가 태어나고 싶다고 했냐
고요! 자기들 좋아서 질러 놓고서 귀찮다고 버린 그 여자
를 내가 왜 그리워해야 해요? 날 정말로 생각했다면 그때
낙태를 했어야지요. 이렇게 질러 놓고 버릴 게 아니라!"

경철의 눈동자가 원망으로 형형하게 빛났다. 정말로 엄
마를 원망하는 것 같았다.

"경철아……."

"난요, 세상에서 엄마가 제일 싫어요. 부모 없다고 무조
건 색안경 끼고 보는 선생님도 싫고요, 날 위하는 척하며
위선 떠는 원장님도 싫어요. 하지만 제일 싫은 사람은 날
이 세상에 질러 놓고 버린 우리 엄마예요. 자기의 행복을
위해 자식 같은 건 쓰레기 버리듯 버린 우리 엄마가 세상

에서 제일 싫다고요!"

경철은 그 말을 하고는 원장실을 뛰쳐나갔다. 정말이다. 고아라고 주동자 취급부터 하고 드는 담임도 싫고 자기를 위하는 척 잔소리를 해대는 원장도 싫지만 제일 싫은 사람은 자신의 행복을 위해 자식을 보육원에 버린 엄마다. 그런 사람도 엄마라고 할 수 있을까?

지금껏 고아라는 이유로 얼마나 많은 핍박을 받고 살았는지 모른다. 교실에서도 무언가 없어지면 자기부터 의심해 왔고 그것이 반복되자 그렇다면 그렇게 살아 주자는 생각에 물건들을 손대기 시작했다.

오늘 담임이 보호자를 부르라는 말에 원장을 부른 것도 자기를 위하는 체 위선 떠는 원장에게 한 방 먹이고 싶은 마음 때문이었다. 그동안 많이 속았다. 유효 기간이 짧은 그들의 친절이 싫다. 다른 곳으로 발령이 났다는 이유로, 보육원에서 잘렸다는 이유로 자신들을 버리고 가는 그들의 가식적인 친절이 싫다. 내게 친절을 베풀어서 기대를 갖게 하고는 절망하게 하는 저 친절이 싫다.

무엇보다 자기를 이렇게 절망 속에서 살아가도록 만든 엄마가 너무 원망스러웠다. 이젠 죽어서 미워할 수도 없는 존재. 경철은 가슴이 터질 것 같아 '아! 아!' 소리를 질러 댔다. 그래도 속이 풀리지 않았다.

"자기의 행복을 위해 자식 같은 건 쓰레기 버리듯 버린 우리 엄마가 제일 싫다고요!"

경철의 말에 우현은 그 아이가 생각났다. 살인 미수범에 강간범이란 오명을 뒤집어쓰고 자살해 버린 그 아이. 그 아이도 그랬었다. 자기는 쓰레기처럼 버려졌다고. 지금 제일 아쉬운 건 엄마를 죽이지 못하는 거라고. 자식 버리는 엄마는 살 가치가 없다고.

씁쓸한 마음으로 보육원을 나오면서 우현은 보육원을 뒤돌아보았다. 가슴에 무거운 돌덩이가 얹힌 것 같았다. 의심이 갔음에도 선임 형사의 말에 따라 수사를 진행했고 결국은 아무런 죄도 없는 한 아이가 죽고 말았다.

처음 사건 현장에서 박쥐 모양의 목각 인형을 보고 얼마나 놀랐는지. 그것을 보는 순간 그 아이가 생각났다. 사건을 수사하기 위해 그 아이의 소지품을 거두는 과정에서 그 아이가 깎아 놓은 수많은 박쥐 모양의 목각 인형들을 보았기 때문이다.

그 인형들 하나하나가 너무 생생해서 박쥐가 날아오를 것 같다는 생각을 했었다. 정말 손재주가 뛰어난 아이였다. 부모를 잘 만났다면 조각가가 되었을 수도 있었다. 만

일 그 아이가 살아 있다면 그 아이가 범인이라고 오해할 수도 있을 만한 상황이었다. 하지만 죽은 사람이 살인을 저지르고 다닐 수는 없지 않겠는가? 그럼 도대체 누가 살인을 저지르고 다니는가?

그때 피해자였던 여자아이가 생각났다. 환자복을 입고 경찰서로 온 그 아이는 죄 없는 오빠를 죽게 만들었다고 원망을 퍼부어 댔었다. 잠시 후 그 아이의 엄마가 와서 아이를 데리고 갔다. 엄마에게 억지로 끌려가면서도 그 여자아이는 자신들을 원망의 눈빛으로 서늘하게 쏘아보았다.

그 여자아인 어떻게 살고 있을까? 갑자기 궁금해져서 우현은 그녀의 이력을 조사해 보았다. 거주지는 일정이었다. 처음 사건이 발생한 지역. 그리고 두 번째 사건이 발생한 지역. 이마가 찌푸려졌다.

뭔가 있다. 가족관계를 조사해 보았다. 남편이 있었다. 강재용. 이름이 익숙했다. 가만가만, 그때 그 팀장 이름이 뭐였지. 강 뭐라고 했던 것 같았는데. 우현의 가슴이 두근거렸다.

"최 형사! 일정 경찰서 팀장 이름이 뭐랬지?"

"강재용이요. 근데 왜요?"

"지금 당장 전화해 봐. 휴가 끝나고 복귀했는지. 아니다, 내가 직접 하지. 전화번호 불러 봐."

들뜬 듯한 우현의 목소리에 민식은 고개를 갸웃거리며 휴대폰을 꺼내 이름을 검색하기 시작했다. 강재용이란 이름을 검색하자 번호가 떴다.

"010-○○○○-○○○○."

민식이 숫자를 부르는 대로 우현은 휴대폰 버튼을 눌렀다. 신호가 가나 싶더니 녹음된 여자의 목소리가 들렸다.

〔전화기가 꺼져 있어 소리샘으로 연결하니…….〕

전화기 버튼을 누르고 다시 민식에게 물었다.

"같은 팀이라던 그 경상도 사투리 쓰는 형사 폰 번호 있어?"

"예. 잠시만요."

민식이 다시 휴대폰으로 전화번호를 검색하고는 불러 준다.

"010-○○○○-○○○○."

우현이 다시 버튼을 누르자 민식은 도대체 무슨 일인가 궁금함이 가득한 얼굴로 우현을 보고 있다. 지금 팀장의 행동으로 보아 뭔가 건진 것 같았다. 경쾌한 컬러링이 울리고 경상도 사투리가 들렸다.

〔김경숩니더.〕

"여기 양수 경찰서 이우현입니다. 강재용 팀장 연락 있었습니까?"

〔아직 없었심니더.〕

"그 이후로 한 번도요?"

〔……예…….〕

뭔가 있다. 뭔가 꼬리가 잡히고 있는 것 같다. 우현의 가슴이 두근거리기 시작했다.

"혹시, 혹시 말입니다. 강재용 팀장 부인 이름이 어떻게 되십니까?"

〔성은 모리겄고 이름은 은옥이라 카데예.〕

"혹시 덕일동 아이파크에 살고 있습니까?"

〔그걸 어떻게 아십니꺼?〕

"가서 말씀드리지요. 지금 출발하겠습니다."

휴대폰을 끊고 우현은 크게 심호흡을 했다. 예상대로 피해자의 남편이 그 팀장이었다. 증거물을 가지고 가서는 휴가 간다며 잠수 타 버린 일정 경찰서의 강력팀장. 분명히 그 팀장은 이 사건과 관련이 있다. 여자가 저질렀다 하기에는 무리가 있고 그럼 그 형사가 사건을 저지르고 다니는 건가? 그렇다면 증거가 남지 않은 것도 이해가 된다. 강력계 형사라면 증거를 어떻게 없애야 하는지 잘 알 테니까.

우현의 가슴이 서늘하게 내려앉았다. 아직은 우리나라 형사들이 다중인격을 지니며 살인 행각을 일으키는 사람이 없다지만 영화나 외국에서는 그런 경우가 있다는 말을 들었다. 조사해 볼 만한 가치가 있다. 잘못하면 죄 없는 사람을 피의자로 몰게 되겠지만, 우현의 예민한, 형사로서의 촉이 자꾸만 일정으로 가 보라고 쑤셔 댔다.

우현은 자리에서 벌떡 일어났다.

"팀장님, 무슨 일입니까?"

질문에는 답하지 않고 우현이 민식에게 명령했다.

"아직은 몰라. 가 보면 뭔가 알게 되겠지. 따라와."

우현은 책상 위의 예전 사건 기록을 챙겨서는 먼저 사무실을 나섰다. 민식은 여전히 어리둥절한 표정으로 우현을 따른다.

양수에서 일정으로 오는 도로는 평일이어서인지 한가했다. 일정으로 진입하니 이미 점심시간도 지나 있었다. 우현과 민식은 식당으로 들어가 늦은 점심을 먹은 다음 일정 경찰서 강력2팀 사무실로 향했다.

"누구십니까?"

갑작스럽게 들이닥친 우현과 민식을 보고 상우가 먼저

물었다.

"양수 경찰서에서 왔습니다. 강재용 팀장에 대해서 묻고 싶은 게 있어서 왔는데요."

우현의 말에 팀원들은 기분 나쁜 기색을 감추지 않았다. 다혈질인 김 형사는 언성을 높이며 따지고 들었다.

"지금 우리 팀장님 의심하는 겁니꺼?"

아까 전화 받을 때부터 기분 나빴다. 형수님 이름을 묻지 않나 사는 곳을 확인하지 않나 뭔가 의심하는 빛이 역력했다.

"그냥 확인차 묻는 겁니다. 지금으로서는 의심 가는 데가 많으니까요."

"뭐가 그렇게 의심스러운데요? 물어보이소. 증거물 가져간 거 말고 뭐가 또 수상하다는 겁니까?"

"강재용 팀장은 믿을 만한 사람입니까? 그 사람을 범인으로 볼 때 알리바이는 있는 겁니까?"

우현의 폭탄 발언에 일정 경찰서가 발칵 뒤집어졌다. 경력 20년도 넘는 베테랑 형사를 살인범으로 몰아가는 우현의 발언에 일정경찰서 강력2팀 팀원들은 눈에 쌍심지를 켰다.

"그게 무신 말인교? 사람을 그렇게 모함해도 되는교?

증거물 하나 가지고 갔다고."

"그럼 지금 강 팀장이 어디 있는지 아는 사람 있습니까? 증거물 가지고 잠수 탔다는 것도 이해가 되지 않아요."

"휴가 갔다 안 캄니꺼? 우리 팀장님 여름휴가도 결혼 후 처음 씁니더."

김 형사가 성질을 내며 재용의 역성을 들었다. 그게 더 이상하다. 한 번도 안 가던 휴가를 이 시점에서 가는 것도 이상하고, 휴가를 떠나자마자 휴대폰까지 꺼 놓은 것도 이상하다.

"강 팀장 평소에도 휴대폰을 잘 꺼 놓는 사람입니까? 휴가 간 지 벌써 사흘이 지났어요. 아무리 휴가라고 해도 보통의 팀장이라면 휴대폰을 꺼 놓지는 않지요. 거기다가 지금은 비상 아닙니까? 맡고 있던 사건의 용의자가 다른 장소에서 연쇄 살인을 저지르고 다녀요. 그런데 이렇게 무책임할 수 있어요? 어떻게 전화 한 통이 없어요? 강 팀장 평소에도 이런 사람이었습니까?"

구구절절 옳은 말이었다. 평소의 재용으로서는 있을 수 없는 일이었다. 그래도 김 형사는 재용을 의심하는 우현이 이해되지 않았다. 뭐라고 변명을 해야 하나 생각하는데 정 형사가 먼저 입을 열었다.

"휴대폰이 고장 났을 수도 있고 휴대폰이 통하지 않는 산간오지로 들어갔을 수도 있잖아요? 폭우로 발이 묶였을 수도 있고요."

우현은 그럴 수도 있다는 듯 고개를 끄덕이더니 다시 입을 열었다.

"그렇지요. 그럼 카드내역 한번 뽑아 봅시다. 휴대폰은 불통이라도 카드를 안 쓰고 살 수는 없을 테니까. 그 장소가 산간오지라면 제가 의심을 접지요."

우현의 말에 김 형사가 상우에게 말했다. 컴퓨터 쪽으로는 상우를 당할 자가 없었다. 상우는 컴퓨터 앞으로 가서는 재용의 카드명세서를 뽑아 보았다. 그때까지만 해도 강력2팀 팀원들은 재용을 하늘처럼 믿었다.

절대 그런 사람이 아니라는 걸 증명하려는 듯 빠르게 카드사로 접속한 상우는 뒤통수를 맞은 듯한 충격을 받았다. 없다. 팀장님이 휴가 간다며 사라진 그날 이후로 카드를 사용한 내역이 하나도 없었다. 다른 카드사도 마찬가지였다.

상우가 키보드를 두드리며 당황해하는 모습을 우현은 놓치지 않았다.

"카드 사용 내역이 없습니까?"

"예, 없네요. 하나도……."

기가 막힐 일이다. 요즘 같은 세상에 현금 쓰는 사람은 없다. 거의가 카드로 해결한다.

"그럼 하나만 더 알아봐 주세요. 강재용 팀장의 통장 내역을 한번 뽑아 주십시오."

상우가 어떡해야 하냐는 듯 김 형사의 얼굴을 보자 김 형사는 고개를 끄덕일 수밖에 없었다. 거부한다고 해도 포기할 사람처럼 보이지 않았다. 양수에서 온 강력팀장은.

김 형사의 허락이 떨어지자 은행 홈페이지에 접속한 상우는 재용의 통장 내역을 불러왔다. 통장잔고는 텅 비어 있었다. 그날 현금지급기에서 통잔 잔고를 몽땅 현금으로 뽑아서 재용이 사라져 버렸다.

강력2팀 식구들은 다들 낭패감에 빠져 버렸다.

* * *

국과수 검시 결과, 일정 사건과 양수 사건은 동일범의 소행으로 밝혀졌다. 피해자의 살해수법이 똑같았고 박쥐 모양의 목각 인형을 만든 솜씨도 같다고 했다.

결국, 합동 수사팀이 꾸려졌고 일정 경찰서 강력2팀 식구들과 양수 경찰서 강력팀 두 개의 팀이 양수 경찰서에 모였다. 지금 사건이 벌어지고 있는 곳이 양수이기에 양수에 합동수사팀이 꾸려져야 한다는 말에 무게가 실렸다.

일정팀의 팀장인 재용이 사라졌기에 자연히 우현이 수사팀을 지휘하게 되었다. 하지만 두 팀은 서로에 대한 감정이 좋지 않았다. 자기의 팀장을 범인으로 몰아가는 양수팀이 일정팀은 불만스러웠고 양수팀은 양수팀대로 의심이 가는 사람을 수배해서라도 찾아야 한다는 주장이 일정팀에 의해 막혔기 때문이다.

김 형사는 슬그머니 밖으로 나와서 또다시 휴대폰을 눌렀다. 여전히 휴대폰은 꺼져 있었다.

"행님, 지금 어디 있는교? 빨리 연락 좀 주소. 이러다 행님, 수배 뜨게 생겼소."

김 형사는 발만 동동 구르는 것 말고는 더 이상 할 일이 없었다.

10

별에게
배신당하다

살아 있는 닭 모가지를 잡아 거침없이 목을 비튼다. 버둥거리는 힘이 느껴진다. 순식간에 칼로 닭의 멱을 딴다. 닭 모가지에서 피가 줄줄 흐른다.

재용은 무감한 얼굴로 축 늘어진 닭을 보고 있다. 이제 얼추 피도 다 빠졌다. 물이 끓고 있는 솥에 닭을 넣고 털만 뽑으면 된다.

"어윽! 어윽!"

옆에서 구경하던 은옥이 갑자기 헛구역질을 한다. 무감했던 재용의 얼굴에 표정이 실린다. 놀란 얼굴로 재용이 고개를 들자 하얗게 질린 은옥의 얼굴이 보인다.

왜 그러지? 설마 임신을 한 건가? 그렇다면 얼마나 좋을까? 아이라면 질겁을 하지만 아이가 생기면 아내의 성정으로 보아 낙태 같은 건 하지 않을 것이다. 아니, 못할 것이다. 희망이 솟는다. 재용은 닭을 내려놓고 벌떡 일어나 은옥을 보며 조심스레 묻는다.

"왜 그래? 속이 안 좋아?"

아내의 손을 잡으려 하자 아내가 얼른 몸을 빼고는 고개를 절레절레 젓는다. 손대지 말라는 듯. 그러고는 끔찍하다는 눈으로 피 흘리는 닭을 보고는 얼굴을 찡그린다. 얼른 시선을 돌린다.

이런…… 그런 거였어? 닭 잡는 거 보고 놀란 거였어?
기대가 실망으로 바뀐다.

그래도 속이 진정되지 않는 듯 아내는 입을 막으며 화장
실 쪽으로 뛰어간다. 사방이 풀밭이고 사람들도 많지 않
은데 아내는 여전히 깔끔을 떤다.

아내는 여전히 여리다. 살아 있는 건 생선 한 마리도 죽
이지 못하는 사람이 아내였다. 저렇게 닭 한 마리 죽이는
것도 끔찍해하는데 어떻게 살인을 하는 것일까? 혹시 아
내의 몸속에 다른 인격이 살고 있는 것일까? 생각이 깊어
지자 재용은 고개를 절레절레 흔든다.

아내와 함께 여기로 숨어든 지도 벌써 5일이 지났다. 사
람들이 별로 살지 않는 동네다. 젊은이들은 모두 도시로
나가고 나이 드신 몇몇 분들만 고향을 지키고 계신다. 20
년도 넘은 형사 생활에서 건진 전과자 동생이 여기서 살고
있다.

안타까운 사람이었다. 든든한 부모가 있었다면 집행유
예로 풀려났을 일이었는데 결국 형을 살고 말았다. 이 세
상에 혈혈단신 버려진 것이 남 같지 않아 동생처럼 챙겨
주었다. 변호사도 알아봐 주고 교도소로 간간이 면회를
가서 사식도 넣어 주곤 했다.

형이 끝나는 날 교도소 앞에서 두부를 사 들고 기다렸더니 시골로 내려간다며 언제든지 쉬고 싶으면 오라고 그랬었다. 한밤중에 들이닥친 재용 부부에게 그는 아무런 말도 없이 방을 내어주었다.

밤이 오고 있다. 또 하루가 지나간다. 시골의 밤은 적막하기 이를 데 없다. 몇몇 집에서 새어 나오던 TV의 소음도 일찌감치 끊긴다.

은옥은 평상에 앉아 재용이 감자 굽는 것을 멀거니 보고 있다. 환하지 않은 조명으로 인해 형체가 뚜렷하지 않다. 결국, 은옥은 저녁으로 준비한 백숙을 먹지 못했다. 닭을 잡는 모습을 직접 목격하고는 국물 한 모금 입에 넣을 수가 없었다.

은옥이 배고플 것을 염려한 재용이 맛있는 걸 해 주겠다며 은옥을 데리고 마당으로 나왔다. 재용이 불을 뒤적이더니 무언가를 골라낸다. 아마 감자일 것이다. 은박지에 싸인 감자를 들고 재용이 은옥에게로 걸어온다.

불을 지피느라 얼굴에 숯검정이 묻어 있다. 장갑 낀 손으로 은박지를 벗기더니 껍질까지 까서 은옥의 입에다 대어 준다. 애도 아니고. 민망한 마음에 은옥이 손으로 받으려고 하니까 재용이 고개를 절레절레 흔들며 말한다.

"뜨거워. 그냥 먹어."

뜨거운 감자가 입안으로 들어왔다. 너무 뜨겁다. 입천
장이 데일 것 같다. 그 뜨거움 때문인가? 마음이 따뜻해
져 온다. 남편이 자신을 아끼는 마음이 전해져 온다. 사랑
이 전해져 온다. 참 고마운 사람이다.

목이 멘다. 감자 때문인가? 아니면 이런 남자를 두고 떠
나야 하는 현실 때문인가? 눈물이 쏟아질 것 같아서 얼른
하늘을 올려다본다. 하늘엔 별들이 총총 떠 있다. 새카만
밤하늘이 별들로 반짝인다. 어둠이 깊어서 별들이 더 밝
아 보이는 걸까?

휘익~ 밤바람이 분다. 여름 바람인데도 가슴이 서늘하다.
산바람이란 그런 걸까? 또다시 입으로 감자가 들어온다.

"당신도 먹어요."

"난 백숙 먹었잖아."

은옥의 말에 재용이 짧게 대답하고는 다시 감자를 은옥
의 입에 넣어 준다. 뜨거운 감자가 또 은옥의 마음을 데워
준다. 가슴이 먹먹해진다. 여기서 남편과 이렇게 살고 싶
다. 다른 평범한 남편과 아낙처럼 소소한 행복을 느끼며
살고 싶다. 하지만⋯⋯.

답답한 마음에 은옥이 가슴을 두드리자 재용이 얼른 물 컵을 은옥의 입에 대어 준다. 감자 때문에 목이 멘다고 생각했나 보다. 은옥은 거절하지 않고 순순히 물을 받아 마셨다. 물과 함께 감자도, 흔들리는 마음도 내려간다.

오늘 밤은, 오늘 밤은 떠나야 한다. 더 이상 살인을 저지르기 전에 오빠를 찾아야 한다. 그러자면 남편의 마음에서 나에 대한 경계심을 풀어야 한다.

"등목해 줄까요?"

아내의 말에 재용의 눈이 크게 떠졌다. 한 번도 그런 말을 해 본 적이 없던 아내가 살가워지고 있다. 그의 눈이 의심으로 번득인다.

"여기 오니까 별세상 같아요. 여기서는 행복해질 수도 있을 것 같은데……."

"이제 여기서 살 거야. 아무 데도 안 가."

그녀의 말에 그는 의심을 풀고 단정적으로 말했다. 자신 역시 여기 들어온 다음 마음이 편안해지는 걸 느끼고 있다. 24시간 그녀가 도망치지 못하도록 감시의 눈길을 놓치지 않고 있지만. 그로 인해 재용은 부족한 잠에 시달리고 있었다. 밤이면 아내와 자신의 손목에 수갑을 채웠다. 그래도 깊은 잠을 잘 수 없었다. 깊은 잠에 빠지면 아

206

내가 수갑을 풀고 떠나 버릴 것만 같아서.

'당신 혼자 살게 되겠지요. 난 할 일이 있어요, 여보. 떠나기 전 당신에게 사랑한다는 말을 하고 싶은데 그 말조차해 주지 못할 것 같아요. 미안해요. 그리고 고마워요. 나같은 여자를 사랑해 줘서 정말 고마워요.'

그와 그녀의 시선이 허공에서 얽혔다. 그가 그녀에게손을 내밀었다. 그녀는 거부감 없이, 처음으로 순순히 남편의 손을 잡았다. 여기로 들어온 건 정말 잘한 것 같다. 재용은 행복감이 가슴 가득 차올랐다. 처음으로 부부는같이 샤워를 하고 뜨거운 밤을 가졌다.

관계가 끝나자 재용은 내려앉는 눈꺼풀을 저항할 수 없었다. 하루 24시간 사람을 지킨다는 건 보통 힘든 일이 아니다. 이제 한계에 다다랐다. 경계심도 풀렸고, 처음으로느낀 온전한 사랑에 체력도 완전히 소모되고 말았다. 샤워하러 들어간 그녀를 기다리지 못하고 그의 눈꺼풀은 서서히 감기고 말았다.

물소리가 멈추고 은옥이 화장실에서 나왔다. 남편은 잠들어 있었다. 이런 걸 원했던 것이다. 이 동네에 들어오면서, 아니 집을 나서면서부터 도망칠 기회를 엿보았지만 재용은 기회조차 주지 않았다. 24시간 내내 은옥을 지키며 감시했다. 기회가 쉽게 올 것 같지 않았다.

남편의 뜨거워진 눈빛을 보는 순간 오늘 밤이 기회임을 알았다. 그래서 남편을 유혹했다. 아니, 아니다. 그것 때문에 남편을 유혹한 건 아니다. 그녀도 남편과 온전한 사랑을 하고 싶었다. 마지막이라고 생각하니 더 아쉬웠다. 한 번만, 단 한 번만이라도 남편과 온 마음을 다해 사랑을 해 보고 싶었다.

항상 두려움을 안고 남편에게 안기었다. 오늘 밤은 그러고 싶지 않았다. 오늘 밤은 온 정성을 다해 사랑하고 싶었다. 마지막이니까……. 마지막이니까 온 마음을 보여 주어도 괜찮을 것 같았다. 버림받을 두려움을 버렸으니까.

은옥은 잠든 재용의 얼굴을 가만히 쓸어 본다. 참 남자다운 얼굴이었다. 만약에 자신이 그런 일을 겪지 않았다면 사랑에 빠지고 말았을 얼굴이었다. 아니, 그런 일을 당했어도 사랑한다. 다만 육체적인 사랑을 나누는 데 거부감이 심할 뿐이었다. 그 이면엔 남편이 그 사실을 알 경우 버림받을 수도 있다는 두려움 또한 있었다.

짙은 눈썹 아래 기다란 속눈썹을 가진 눈이 감겨 있다. 은옥은 검지를 들어 그 눈을 가만히 쓸어 본다. 남자답게

우뚝 솟은 코도 쓸어 본다. 도톰한 입술도 쓸어 본다. 그
것으로도 만족하지 못해서 남편의 입술에 자신의 입술을
대어 본다. 처음으로 욕망이 인다. 남편을 갖고 싶다. 남
편의 입술을 가만히 빨아 본다.

잠결에도 남편이 자신에게 반응한다. 자신의 입술을 빨
아들인다. 잠이 깬 건가? 잠을 깨우면 안 되는데……. 괜
한 짓을 했다 후회가 되었다. 다행히 남편은 금세 입술을
떼고는 다시 잠에 빠져들었다. 다행이다.

이대로 남편과 살고 싶다. 나도 이제 행복하게 살고 싶
다. 하지만 그건 욕망일 뿐이다. 나처럼 더러운 여자가 가
져서는 안 되는 욕망. 자동으로 지옥 같았던 그 옛날 일들
이 떠오른다.

엄마에게서 전화 왔으니 받으러 가자는 원장선생님의
말에 쪼르르 따라간 것이 화근이었다. 태수 오빠가 원장
과는 절대로 단둘이 있지 말라고 했지만, 엄마의 전화라
는 말에 다른 건 생각할 틈이 없었다. 빨리 엄마의 목소리
를 듣고 싶은 생각에 서둘러 원장실을 향했다. 원장실에
들어가 전화기를 들자 전화는 이미 끊겨 있었다.

"원장님, 엄마 전화……."

몸을 돌리고 원장에게 질문을 하려 했지만 은옥의 뒷말은 이어지지 못했다.

은옥이 원장실로 들어가자 뒤따라 들어온 원장이 버튼을 눌러 문을 딸깍 잠그더니 징그러운 미소를 지으며 은옥에게 다가오고 있었다. 중 1 어린 나이였지만 뭔가 불길했다. 무서웠다. 괜히 따라왔다 후회스러웠다.

"우리 은옥이 얼굴처럼 속도 이쁜가? 조금만 있어. 내가 여자로 만들어 줄게."

그 말만으로도 소름이 끼쳤다. 번들번들 개기름이 흐르는 얼굴에 숨이 막혔다. 원장이 손가락으로 은옥의 볼을 만지더니 성급하게 은옥의 옷을 벗기려 했다.

"왜, 왜 이러세요, 원장님. 보내 주세요. 나가게 해 주세요."

놀란 은옥이 앞가슴을 부여잡고 덜덜 떨면서 애원했지만 원장의 행동은 멈추지 않았다. 원장을 뿌리치고 도망치려 했지만 독 안에 갇힌 쥐였다. 순식간에 은옥의 옷을 잡아 뜯더니 뽀얀 속살을 보고 탐욕스런 미소를 지었다. 그리고 힘으로 은옥을 제압하기 시작했다.

"싫어! 싫어!"

더 이상 생각하고 싶지 않다. 떠올리기도 싫다. 은옥은 두 손으로 귀를 막고 고개를 좌우로 세게 흔든다. 온몸에 소름이 돋는다. 그때의 고통스럽던 기억들이 되살아나 뱀처럼 은옥의 생각을 휘감는다. 전신이 무기력해지며 축 늘어진다. 정해진 수순처럼 눈물이 흘러내린다.

아무리 세월이 흘러도 그때의 그 목소리와 느낌은 지워지지 않는다. 아무리 씻고 씻어내도 그 흔적은 지워지지 않는다. 30년이 다 되어 가는데 난 왜 그 순간에서 벗어나질 못하는 걸까? 왜 그 일 때문에 내가 사랑하는 남자가 고통을 받아야 하는 걸까? 그 일만 없었다면 나도 남편과 보통 부부들처럼 행복하게 살 수도 있었을 텐데……. 그놈을 죽이고 싶다. 날 이렇게 불행하게 만든 그놈을 죽이고 싶다.

"여보, 여보, 미안해요……. 이렇게 더러운 여자라서 미안해요. 모든 걸 숨기고 당신 여자로 살아서…… 너무 너무 미안해요. 그리고 사랑해요."

은옥의 눈에선 계속해서 눈물이 흘러나왔다. 이제 떠나야 하는데, 발길이 떨어지질 않는다. 눈길이 떨어지지 않는다. 남편 옆에서 살고 싶다는 욕망과 또다시 오빠를 외면할 수 없다는 양심 사이에서 은옥은 쉼 없이 흔들린다.

가로등도 없는 캄캄한 시골길을 헤드라이트 불빛에만 의존해서 운전하기란 쉽지 않았다. 가다 보면 덜컹하고 자체가 흔들렸다. 길도 곧지 않고 구불구불해서 더 힘들었다. 까딱 잘못하다간 논두렁에 빠질 수도 있었다. 시커먼 형체들이 스윽하고 자동차의 앞으로 다가왔다가 뒤로 사라지곤 한다. 그 형체들이 자신을 향해 달려들 것 같아 무섭다. 등 뒤에서 진땀이 주르륵 흘렀다.

어쩌면 무서운 것은 미숙한 운전과 시커먼 형체들 때문이 아닌지도 모른다. 남편이 지금이라도 당장 뒤쫓아 올 것 같은 두려움에 자꾸만 뒤를 돌아본다. 그러다 앞으로 고개를 돌리면 또 시커먼 형체들이 은옥을 향해 달려들고 있었다. 자동차의 속도만큼 딱 그만큼 빠르게 달려들었다.

동네를 빠져나오고 도시로 접어들어 가로등이 보이자 그제야 겨우 안도의 한숨이 나왔다. 재용에게서는 도망을 나왔지만 은옥은 어디로 가야 오빠를 찾을 수 있을지 알 수 없었다.

일단 양수로 가자. 연쇄 살인이 지금 벌어지고 있는 곳. 오빠와 나의 추억이 있는 곳. 은옥은 내비게이션을 눌러 양수를 검색하고는 목적지 설정을 눌렀다.

〔목적지가 설정되었습니다. 경로 안내를 시작하겠습니다.〕

낯익은 여자의 목소리가 흘러나왔다. 은옥은 여자의 목소리에 따라 운전을 하기 시작했다. 천천히. 가로등이 보이자 운전하기는 한결 쉬웠다.

한참을 달리자 주변이 조금씩 밝아 왔다. 새벽이 오는 것 같았다. 여름이라 아침이 빨리 오나 보다.

* * *

습관처럼 옆을 더듬거렸다. 며칠 동안 옆에서 체온을 전해 주던 존재가 없다. 언제 이렇게 잠이 들었지? 벌떡 일어나 불을 켜고는 주변을 둘러보았다. 벽에 걸린 시계를 보자 새벽 세 시가 조금 지났다. 네 시간쯤 잔 것 같다. 그렇지만 온몸의 피로가 가셔 있었다. 아내와의 진한 사랑이 그동안 쌓인 피로를 풀어 준 모양이다.

재용은 만족스러운 미소를 지으며 화장실 문을 노크했다. 대답이 없었다. 어딜 갔지? 이 밤에 어딜 가진 못했을 텐데. 별 타령을 하더니 또 마당으로 별을 보러 나갔나? 산속이라 그런지 유달리 별이 반짝였다.

아내는 밤이면 평상에서 하늘을 올려다보며 별을 보는 것을 좋아했다. 재용은 그런 그녀를 보는 것을 좋아했다.

하늘에 떠 있는 별들보다도 더 아름다워 보였다. 그가 아내의 옆에 슬그머니 다가가 앉으면 그녀는 그의 어깨에 머리를 기대곤 했다. 그럴 때면 재용의 가슴이 사춘기 소년처럼 두근거렸다.

밤하늘의 숱한 별들 중에서 가장 가냘프고 빛나는 별이 길을 잃고 내게 기대어 쉬는 것 같다는 어느 소설의 구절이 재용의 가슴이 절절하게 와 닿았다. 아니, 처음 볼 때부터 재용에게 은옥은 별이었다. 이제 그 별이 겨우 재용의 손에 잡혔다. 미소가 지어졌다.

재용은 옷을 걸치고 마당으로 나가 보았다. 평상이 비어 있었다. 섬뜩한 예감이 들었다. 아내가 자신을 떠났을 것 같은 불길한 예감. 집 앞에 세워져 있던 차도 보이지 않았다. 온몸의 피가 싸늘하게 식어 왔다.

일정을 벗어나면서 중고차 매장에 들러서 다른 사람 이름으로 중고차를 매입했다. 자신의 차를 몰고 다니는 건 너무 위험한 일이니까. 그런데 그 차가 사라지고 없었다. 집 안으로 뛰어 들어와 옷장을 열어 보자 아내의 가방이 보이지 않았다.

현금을 넣어 두었던 가방을 열어 보자 그곳도 텅 비어 있었다. 고작 편지 한 장만 남아 있을 뿐이었다. 재용은 편지를 꺼내 얼른 읽었다.

《여보, 미안해요. 돈도 차도 다 가지고 가요. 날 용서치
말아요.》

그 말뿐이었다. 사랑한다는 말도 없었다. 그저 미안하다
는 말뿐이었다. 용서치 말라는 말뿐이었다. 내게서 도망
치려고 어젯밤 자기에게 웃어 주었던 것이다. 나에게서 경
계심을 풀어내려고 어젯밤 그렇게 날 유혹했던 것이다. 날
떠나려고 어젯밤 그렇게 뜨겁게 날 안아 주었던 것이다.

배신감이 몰려왔다. 분노가 솟아올랐다. 너를 지키
기 위해 내가 무엇을 포기했는데……. 이럴 수는 없다.
이렇게 버림받을 순 없다. 용서치 않아……. 용서치 않
아……. 너도 날 버린 엄마와 똑같아.

가슴속에서 짐승이 으르렁거리며 포효하기 시작했다.

11

나는
단죄할 뿐이다

"오늘은 누구를 사냥할까?"

먹잇감을 찾는 그의 목소리에는 주체할 수 없는 갈망이 서려 있었다. 마치 사랑하는 연인을 만나러 가는 것처럼 달콤하게 들렸다.

아무나 사냥할 수는 없다. 그에게도 규칙이 있다. 이 축제를 위해 그는 직접 보육원으로 들어가서 자료를 훔쳐 내었다. 그에게 그 정도의 일은 아무것도 아니었다. 흔적도 없이 잠입해서 목표한 일을 해내는 것. 그것이야말로 그가 훈련받아 온 것들이었다.

보육원 아이들의 입소서류를 넘기던 그는 마침내 멈추고, 손가락으로 종이를 튀기며 중얼거렸다.

"그래, 이 여자가 좋겠어."

먹잇감을 정했다. 이 여자는 죽을죄를 지었어. 어떻게 자기 자식을 버리고도 찾지를 않아? 자식 한 번 만나러 와 달라는데 싫다고 거부해? 자기의 행복을 위해 자식을 희생시키는 엄마는 살아 있을 가치가 없다.

그는 자리를 털고 일어났다. 거사를 앞둔 그의 몸에는 엔도르핀이 마구 솟는다. 사명감을 느낀다. 나는 죄를 짓는 게 아니다. 나는 단죄할 뿐이다. 엄마에게 버림받아 상처받은 자식들을 대신해 행동해 줄 뿐이다. 죄의식 같은 건 느낄 필요가 없다.

목표가 정해지면 그는 유달리 예민해진다. 동물처럼 예민해진다. 모든 촉이 목표물을 향한다. 목표물 주변을 배회하며 목표물을 살피다 최적의 시간을 선택한다. 들킬 염려 따윈 하지 않는다. 왜냐하면, 그는 철저히 훈련받은 사람이기 때문이다.

근데 이번엔 쉽지 않다. 매스컴의 영향인지 집 안에서 나오질 않는다. 문도 이중삼중으로 잠가 두었다. 그런다고 포기할 그가 아니다. 그 정도 난관은 그에게 일도 아니다. 때를 기다리니 어느 순간 목표물은 그의 손안에 있었다.

이제 제물을 구했으니 신성한 의식을 거행해 볼까? 순식간에 여자의 목을 찔러 숨통을 끊어 놓는다. 고통 없이 죽이기엔 그녀의 죄가 너무 크다. 그녀는 고통을 받아야 한다. 회복 불능의 상태로 만들되 고통을 길게 느끼도록 숨은 붙여 둔다. 여자가 숨을 헐떡인다.

"……살려……살려 주세요……."

네 자식도 너에게 그렇게 매달렸을 것이다. 살려 달라고. 버리지 말아 달라고. 네가 네 자식을 매몰차게 버린 것처럼 너 역시 매몰차게 버려져야 한다.

그는 안 된다는 듯 고개를 절레절레 흔든다.

"그건 안 되지. 너도 네 자식의 부탁을 들어주지 않았잖아? 한 번만 방문해 달라는 보육원장의 부탁도 한마디로 거절했잖아. 넌 자식의 부탁을 들어주지 않는데 내가 왜 네 부탁을 들어주어야 하지?"

여자의 눈빛에서 절망이 느껴진다. 그는 만족스럽게 씨익 웃고는 잔인하게 눈빛을 빛낸다. 그가 노래를 부르기 시작한다. 이젠 휘파람으로 만족할 수 없다.

"타박 타박 타박네야……."

살인범의 입에서 나오는 노래라고 하기엔 너무 애잔한 가락이다. 슬픈 음률이 여자와 그를 감싼다.

그는 칼을 꺼내 여자의 가슴을 도려낸다. 이 여자는 뭐하러 가슴을 달고 살까? 가슴이 왜 존재하는지 모르는 걸까? 가슴은 자녀의 수유를 위해 존재하는 부위다. 여자의 고통에 찬 신음 소리가 그의 귀를 자극한다.

"헉…… 헉…… 헉……."

짜릿하다. 버림받아서 힘들었던 어린 시절의 모든 고통이 보상되는 것 같다. 가슴을 도려낸 여자의 부위에서 피가 흘러나온다. 그는 무감한 얼굴로 비닐봉지를 열어 잘라 낸 여자의 젖가슴을 봉지에 담는다. 그에게 제물의 젖가슴은 트로피다. 이 트로피도 선물할 곳이 있다.

헐떡거리던 여자가 그예 숨이 끊어진다. 조울증 환자처럼, 좋았던 기분이 갑자기 나빠진다. 상실감을 느껴진다. 절망감까지 느낀다. 허탈하다. 허무하다. 누가 나를 좀 막아 줬으면……. 누가 나를 좀 멈춰 줬으면…….

하지만 그의 곁에는 이제 아무도 없다.

* * *

재용의 흔적은 어디에도 없었다. 신용카드는 물론이고 그 흔한 고속도로 CCTV에도 찍히지 않았다. 재용과 연락이 되어야만 연쇄 살인 용의자라는 이 말도 안 되는 의혹을 벗을 수 있을 텐데…….

김 형사의 기대와는 달리 재용의 휴대폰도, 신용카드도 깨어나지 않고 있다. 혹시라도 렌트카를 빌려서 움직이나 해서 김 형사는 아무도 몰래 렌트 차량 회사에 조회를 해보았지만 거기서도 재용의 흔적은 찾을 수가 없었다. 이렇게 답답할 수가 없었다.

그 와중에 양수에서 사건이 또 터졌다. 사건 현장에 도착한 팀원들은 눈살을 찌푸렸다. 기자들이 벌 떼처럼 몰려들어 사진을 찍어 대고 있었다. 사건 현장이 아파트 주차장이다 보니 막을 수가 없었다. 조용한 아파트 주차장은 한순간에 사람들이 북적거렸다. 기자들과 경찰, 그리고 호기심 가득한 주민들까지. 급기야 한 리포터가 카메라를 보며 현장의 상황을 전달하고 있다.

〔여자의 가슴을 도려내는 엽기적인 살인 사건이 계속하여 발생하고 있습니다. 피해자는 28세의 여자로 마트에 다녀오다가 변을 당한 것으로 알려졌습니다. 아파트 주민들은 자기 주변에서 이렇게 끔찍한 일들이 발생한 데 대해 불안을 감추지 못하고 있습니다. 다른 사건들과 마찬가지로 피해자의 가슴 위엔 박쥐 모양의 목각 인형이 남겨져 있었는데요, 지난번 사건들과의 차이점으로는 이번엔 휘파람 대신 노랫소리가 들렸다고 합니다. 경찰은 동일범의 소행이라는 것 말고는 범인에 대한 어떤 실마리도 찾아내지 못하고 있는데요, 목격자의 말을 들어 보겠습니다.〕

리포터가 마이크를 한 남자에게 내밀자 그 남자는 떨리는 목소리로 말을 시작했다. 40대 중반으로 보이는 그 남자는 아직도 무서운지 제대로 말을 잇지 못했다. 카메라는 이제 리포터가 아닌 목격자를 향해 초점을 맞추고 있다.

"주차하고 내리는데…… 노랫소리가, 노랫소리가…… 들렸어요. ……노랫소리가 너무 구슬퍼서…… 그쪽으로 고개를 돌렸는데……."

우현은 그들을 한 번 노려보고는 사건 현장으로 걸어갔다. 그 뒤를 다른 팀원들이 따른다. 이렇게 매스컴에서 떠들기 시작하면 수사는 그만큼 더 힘들어진다. 무능한 경찰이라는 질타와 함께 중요한 정보들이 마구마구 노출되고 만다.

주차장에 놓여 있는 사체를 보기 위해 시트를 젖힌 순간 우현과 팀원들은 확신했다. 동일범의 소행이다! 정말 미치고 폴짝 뛸 노릇이다. 박쥐 모양의 목각 인형 말고는 아무런 흔적도 남기지 않았다. 이렇게 완전범죄를 행하기는 쉽지 않은데…….

범인은 어떤 사람일까? 도대체 젖가슴은 왜 잘라 가는 것이며 박쥐 모양의 목각 인형은 또 무슨 의미일까? 같은 형사로서 최악의 경우는 생각하고 싶지 않았지만, 흔적도 없이 사라져 버린 재용에게 의심이 가는 건 당연하다.

"아직 강재용 연락 없어?"

우현의 질문에 김 형사는 등에서부터 땀이 흘러내렸다. 조금 전에도 전화를 걸어 보았지만, 여전히 받지 않았다. 애가 탔다.

"……그게, 그게 아직…… 좀만, 좀만 더 기다려 주소.

내 여저 연락허고 있심니더. 휴가 기간까지만 기다려 주이소. 그 이후엔 지도 말 안 캤심니더."

"또 사건이 터졌어. 언제까지 마냥 기다리라는 거야? 오늘 내로 연락되지 않으면 수배 내릴 테니까 그렇게 알아!"

우현의 목소리가 올라갔다. 지금 남의 사정 봐주고 있을 때가 아니었다. 언제 또 살인범이 칼을 들고 설칠지 모른다.

"그건 안 됩니더. 우리 팀장님은 절대로 그칼 사람이 아니라니까요! 분명히, 분명히 무슨 이유가 있을 깁니더. 좀만, 좀만 기다려 주이소."

김 형사는 재용을 포기할 수는 없었다. 근 20년을 붙어다니며 서로 알 것 모를 것 다 아는 처지였다. 아직은 재용을 믿고 싶었다.

"지금 사건이 계속 일어나고 있잖아! 진범이 아닐지 몰라도 강 팀장은 분명히 단서를 쥐고 있어. 마냥 기다릴 수만은 없다고!"

우현의 말에 일리가 있지만 김 형사 역시 물러날 수 없었다. 수배를 내린다면 사람들의 뇌리에서 재용이 범인이라고 각인되기가 쉽다. 한 번 각인된 이미지를 바꾸긴 쉽지 않다. 나중에 진범이 잡힌다 해도 사람들에게 재용의 이미지는 살인범일 것이다.

김 형사는 자신이 존경하는 재용이 연쇄 살인범의 용의
자로 전락하는 것을 지켜볼 수가 없었다. 김 형사는 우현
에게 조금만 기다려 달라고 거푸 사정해 댔다. 우현 역시
뚜렷한 증거도 없는 상태라 수배를 고집할 수 없었다.

"얼굴은 못 봤습니까?"

우현이 맞은편 의자에 앉아 있는 남자에게 물었다. 그
나마 다행인 것은 목격자가 있다는 것이다. 방송을 탔던
목격자가 경찰서로 불려 와 목격자 진술을 하고 있었다.
아직도 사건을 본 충격이 가시지 않았는지 여전히 떨고 있
다. 사람이 죽은 것만 봐도 기함을 할 판인데 끔찍한 사체
를 봤으니 저러는 것도 이상하지 않다.

"예. 모자를 깊게 눌러쓰고 있었어요."

"체격은 어땠습니까?"

"저보다는 컸던 것 같아요. 뚱뚱하지 않고 다부져 보였
어요."

"혹시 이 사람 아닙니까?"

우현은 재용의 사진을 들이밀었다. 목격자는 사진을 가
만히 들여다보다가 자신 없는 목소리로 대답했다.

"비슷한 것 같기도 한데요, 확실히는 모르겠습니다."

"다시 자세히 봐 주세요."

목격자는 다시 사진을 들여다보고는 여전히 확신 없는 목소리로 대답했다.

"비슷해 보이긴 해요. 하지만 정확히는 모르겠어요."

그래? 비슷하긴 하다고? 우현은 옳다구나 싶었다. 그 시간대의 주차장 CCTV를 분석하면 어디 한 군데라도 사진이 찍혔을 것이다. 어쩐지 잘 해결될 것 같은 기대로 우현은 가슴이 설렜다. 강재용이 CCTV에 찍힌다면 수배 내리는 데 아무런 문제가 없을 것이다.

"그때가 몇 시쯤이었습니까?"

"퇴근 후에 바로 집으로 왔으니까 7시쯤 되었을 겁니다."

정말 겁도 없는 놈이다. 7시라면 주차장에 사람들이 많이 다닐 수도 있는 시간이다. 언제 차들이 들이닥칠지도 모르는데 살인을 저지르다니. 미친놈이 틀림없다. 이 범인은 내가 반드시 잡고 말 것이다. 우현이 이를 바득바득 갈았다.

아파트 관리사무소에서 주차장 CCTV 자료를 넘겨받아 목격자에게 확인을 시켰지만, 그 어디에서도 살인범의 흔적은 발견할 수 없었다. CCTV의 위치를 정확히 알고 피해 갔거나 아니면 목격자가 거짓말을 하거나 둘 중 하나였다. 점점 더 머리가 복잡해져 갔다. 모두를 의심할 수도, 모두를 믿어 줄 수도 없는 상황이었다.

목격자 진술이 끝난 후 목격자는 집에 가기를 거부했다. 자신의 얼굴이 매스컴을 탔는데 범인이 자신을 죽이러 오면 어떡하느냐고 벌벌 떨었다. 자기뿐만 아니라 가족들도 보호해 달라고 했다. 어지간히 두려운 것 같았다.

하긴 집 안까지 잠입하여 살인을 행하는 놈인데 두렵지 않으면 오히려 이상한 거겠지? 신변안전조치를 발동하여 거주지를 옮겨 주고 경찰이 지키게 했다.

* * *

"혹시 강 형사 보육원 출신이야?"

뜬금없는 우현의 질문에 김 형사는 의아한 얼굴로 우현을 보며 고개를 끄덕였다.

"예, 그카데요. 근데 그게 와요?"

김 형사는 지금 시점에서 우현이 왜 이런 질문을 하는지 알 수가 없었다. 보육원 출신인지 아닌지 그게 무슨 소용인가?

김 형사와 우현의 대화에 사무실 사람들의 시선이 모두 두 사람을 향했다.

"이 형사, 강재용 이력 한번 뽑아 봐. 지금 당장!"

우현은 김 형사에게 대답도 하지 않고 상우에게 명령을 내렸다. 컴퓨터 전산망을 뚫고 들어가는 데 일가견이 있는 상우는 우현의 명령에 키보드 몇 개 두드리고는 재용의 이력을 다 뽑아낸다. 곧이어 프린터에서 출력되는 소리가 띠릭띠릭 하고 들린다.

"여기 있습니다."

상우가 출력된 재용의 이력은 우현에게 건넨다.

《1970년생, 어려서 부모에게 버려져 보육원을 전전함. 20세에 자진 입대. 해병대 특수부대 근무. 실전에서 특출한 능력을 보여서 국민훈장 수여. 제대 후 경찰에 투신…….》

프린터를 훑어보는 우현의 이마에 굵은 주름이 생겼다. 강 형사가 특수부대 출신이라면 강 형사가 연쇄 살인범일 가능성은 더 커진다. 그들이 받는 훈련이 어떠한지 우현도 대충은 안다. 아무도 모르게 잠입해서 흔적 없이 일을 처리하는 것. 더는 미룰 수가 없다. 수배를 내려야 한다. 더 이상 살인이 벌어지도록 내버려 둘 수는 없다.

"강 형사 수배 내려야겠어."

우현의 말에 모두들 올 것이 왔다는 표정이었다. 유독 김 형사만 길길이 날뛰었다.

"지금 찾고 있다 안 캤습니꺼. 휴가 끝날 때까지 기다려 줘야지예. 갑작시럽게 수배는 무신 수뱁니꺼!"

"강 형사가 특수부대 출신이라는 거 아나? 점점 더 강 형사가 범인일 가능성이 높아지고 있어. 지금도 누군가를 노리고 있을 수 있단 말이야!"

"형수님하고 휴가 갔다 안 캅니꺼. 결혼하고 처음 가는 휴갑니더."

"처음 가는 휴가라 카드 한 번 안 긋고 휴대폰 전원 한 번 안 켜. 작정한 거야. 숨으려고 작정한 거라니까! 평소의 강 형사와 같아, 달라? 그것만 얘기해!"

우현이 김 형사를 다그치자 김 형사 역시 더 말하지 못했다. 자기 역시도 이해되지 않으니까. 그래도 믿고 싶지 않다.

〔속보입니다. 연쇄 살인 용의자로 일정 경찰서 강재용 팀장이 지목되고 있습니다. 강재용은 세 번째 사건이 터지고 난 후 부인과 함께 사라졌다고 합니다. 용의자를 보

229

신 분은 가까운 경찰서나 아래 번호로 연락 바랍니다. 다시 한 번 말씀 드리겠습니다. 연쇄 살인 용의자로…….]

온 매스컴이 뜨겁게 달아오르고 있었다. 재용의 얼굴이 TV 화면을 가득 채웠다. 라디오에서도 연방 속보를 내보냈다.

인터넷 역시 강재용이 실시간 이슈 검색어 1위에 떠올랐다. 관련 검색어로 연쇄 살인 용의자, 김은옥, 박쥐, 특수 부대, 보육원 출신 등등이 있었다. 정말 대한민국 네티즌의 정보력은 세계 1위다. CIA를 능가한다. 어느새 재용이 보육원 출신이고 특수부대 출신인 것까지 다 파헤쳐졌다.

이번 피해자는 예전과는 달리 미스였다. 지금껏 피해자들에게 자녀가 있었던 것과는 달리 호적이 깨끗했다. 이제 살해 대상을 넓혀 가는 게 아닌가 걱정도 되었다.

피해자의 통화 내역을 뽑아 확인하는 과정에서 우현은 뭔가 수상한 번호를 하나 발견했다. 통화 내역이 별로 없는 피해자가 여러 번, 꽤 긴 시간 통화했던 번호를 찾아낸 것이다. 뭔가 수상하다는 생각에 우현은 통화 목록에서 그 번호를 길게 눌렀다. 경쾌한 벨 소리가 울리고 젊은 여자의 목소리가 들렸다.

〔네, 희망보육원입니다.〕

또 희망보육원이야? 우현의 이마에 세로로 주름이 잡혔다. 전화상으로 얘기할 문제가 아니었다. 우현은 당장 보육원을 방문하겠다고 하고는 곧장 보육원으로 향했다. 차를 달려 보육원으로 들어가 원장을 찾았다.

* * *

정말 눈코 뜰 새 없이 바빴다. 요즘 우울증에 빠진 것처럼 보이는 수민과 상담도 해야 했고 엄마를 잃은 경철도 위로해야 했지만 어쩐 일인지 일이 너무 많았다. 정순 선생님이 가져다주는 일거리가 어마어마했다.

아무리 바빠도 오늘은 필히 수민과 얘기를 나눠 봐야 할 것 같다. 수민의 우울한 얼굴이 자꾸만 아른거린다. 수민에게 가 보려고 방을 나서려는데 전화가 울렸다. 민지는 후, 한숨을 내쉬었다. 전화부터 받고 수민에게 가야겠다는 생각에 얼른 전화기를 집어 들었다.

"네, 희망보육원입니다."

지난번, 경철이 어머니의 죽음을 전하려고 왔던 형사였다. 당장 보육원으로 방문하겠다고 했다. 아무래도 경철이와 볼일이 남아 있나 보다. 알았다고 대답했다. 경철이 문제도 지금 시급한 과제다. 어머니의 죽음 이후 경철이 역시 마음을 잡지 못하고 있다. 물론 그 이전에도 마음을 잡지 못했지만, 요즘은 정말 언제 터질지 모를 화약고를 안고 있는 것처럼 보였다.

끽하면 주먹을 휘둘렀고 누군가 하나 걸리기만 해 보라는 듯 눈빛이 살벌해 보였다. 북한에서 남한으로 쳐들어오지 못하는 이유가 중2병에 걸린 아이들 때문이라는 우스갯소리가 헛말은 아닌 듯했다. 경철이 같은 아이들이 곳곳에서 버티고 있다면 훈련받은 북한군들도 감당키 힘들 것 같았다.

어질러진 사무실을 대충 청소하고 나니 노크 소리가 들렸다. "네."라는 민지의 대답에 문이 열리고 예상대로 우현이 들어왔다. 민지는 우현에게 소파에 앉기를 권하고는 냉장고에서 냉커피를 꺼내서 유리잔에 담았다. 아까 방문한다는 전화를 받고 시원한 냉커피를 준비해서 냉장고에 넣어 놓았었다.

"덥죠? 한잔하세요."

민지가 테이블에 냉커피가 담긴 유리잔을 내려놓으며 말했다.

"감사합니다."

인사를 하고 우현은 냉커피를 들어 시원하게 마셨다. 시원한 냉커피를 마시니 속이 좀 시원했다. 민지가 맞은 편 소파에 앉는 동안 우현은 원장실을 살펴보았다. 별달리 이상한 것은 보이지 않았다.

"경철이 때문에 오셨나요?

민지가 먼저 물었다. 할 일은 많고 시간은 없다. 빨리 얘기를 끝내고 수민일 만나야 한다.

"아닙니다. 오늘은 다른 일 때문에 왔습니다."

우현의 말에 민지는 의아한 표정을 지었다. 형사가 여기에 올 일이 또 뭐가 있으려나? 혹시 입양하려는 건가? 그거야말로 민지가 바라는 일이다. 원생들이 좋은 가정으로 입양되어 가는 것. 그래서 보호막이 되어 줄 새로운 부모를 만나는 것.

"혹시 이 번호 아십니까? 여기서 여러 번 전화를 건 걸로 나오던데요."

우현이 보육원 번호에 형광펜을 칠한 통화내역서를 민지에게 내밀며 물었다. 기대가 깨졌다. 민지는 섭섭한 표정을 감추고 우현이 내민 내역서를 들여다보았다. 휴대폰 번호와 전화를 걸었던 시간과 통화 시간이 표시되어 있었다.

누구지? 우리 보육원 원장실 번호가 맞는데. 이렇게 오
래 전화한 것을 보면 원생 부모 같은데. 한참 내역서를 들
여다보던 민지는 "아아~."라는 감탄사를 내밀며 기억난
다는 표정을 지었다.

"그런데 왜요? 제가 통화했는데요."

"어떤 사인지 물어봐도 되겠습니까?"

"좀 아는 사람입니다. 그런데 무슨 일인지요?"

민지의 목소리가 조금 딱딱해졌다. 민지로서는 이해가
되지 않았다. 원생 보호자와 통화한 것이 무슨 잘못이라
고 이렇게 사람을 몰아치는지. 사뭇 범죄자를 다그치는
눈빛이다.

"원한 관계입니까?"

"무슨 말씀이세요? 원한이라니요? 그냥 아는 사람이라
니까요!"

민지가 자리에서 벌떡 일어나며 소리쳤다. 원한 관계냐
니? 비록 원망스런 마음은 가졌지만, 원한 관계는 아니다.

"그러니까 어떻게 아는 사람이냐고요!"

민지의 반응에 아랑곳하지 않고 우현이 민지를 다그쳤다.

"무슨 이유인지 먼저 밝혀 주시겠어요? 함부로 사정을
밝힐 수 없는 사람이라서요."

어차피 원장도 알아야 한다. 살인 사건이 이 보육원과 관련이 있다면.

"살해당했습니다. 경철이 어머니와 같은 방법으로요."

얼굴이 하얗게 변한 민지가 소파에 털썩 주저앉아 두 손으로 얼굴을 감쌌다. 우현의 눈이 민지를 날카롭게 살핀다.

"이제 얘기해 주십시오. 어떤 관계입니까?"

"원생 엄마예요."

"그럴 리가. 피해자는 분명히 미스였어요."

"미혼모로 낳아서 맡겼다더라고요. 처음엔 찾아오곤 했었다는데요, 근래에 발길을 뚝 끊었어요. 아이가 너무 기다리기에 제가 전화를 했어요."

자신이 통화했던 사람들이 살해당한 현실을 민지도 받아들이기 힘들었다.

"이 보육원에 원한이 깊은 사람이 없나요?"

어쩐지 범인이 이 보육원과 관련이 있을 것 같다는 생각이 들어 우현이 물었다.

"모르겠어요. 저는 모르겠어요. 저는 월급 원장이라 잘 몰라요. 정순 선생님을 불러 드릴게요. 이 보육원 터줏대감이거든요."

"다른 선생님들과 관리자들도 다 부르세요."

우현의 말에 민지는 떨리는 손으로 전화를 돌렸다. 아무래도 이 보육원이 폭풍의 눈 속으로 휘말리는 것 같다.

12

벼랑 끝에 선 아이들

그 일이 있고도 벌써 이 주일이 지났다. 스트레스 때문인지 수민은 요즘 화장실을 자주 들락거린다. 제대로 먹지도 못하는데도 자꾸만 배가 아파 화장실을 찾게 된다. 아픈 배를 부여잡고 변기에 앉아 있는데 밖에서 익숙한 목소리가 들렸다. 같은 방을 쓰는 여자 친구들의 목소리였다.

"얘, 그 말 들었어? 이번엔 수민이가 원장한테 따먹혔다며?"

"너도 들었어? 하여간 이 보육원에선 얼굴 반반한 것들은 남아나질 않아, 그치? 이럴 때 보면 우리처럼 못생긴 게 다행이라는 생각이 들지 않냐?"

"그러게. 그래도 얼굴 들고 다니더라. 나 같으면 부끄러워서 얼굴 못 내밀 것 같은데. 온 동네 소문 다 난 거 모르나 봐~."

"더러워 죽겠어, 정말. 으으~"

재미있는 가십거리라도 찾은 양 두 여자애들이 낄낄거리고 있었다. 수민은 숨을 헉 들이켰다. 온 동네에 소문이 다 났다고? 그래서 사람들이 날 보고 흘끔거리는구나. 이제 정말 어떻게 살아야 하지? 사람들 얼굴을 어떻게 보고 살지?

피해자면서도 오히려 사람들에게 손가락질 받게 된 현실

이 끔찍했다. 그래도 그렇지 어떻게 친구라는 아이들이 이렇게 뒤에서 사람 뒤통수를 칠 수 있을까? 내 잘못이 아닌 줄 뻔히 알면서 뒷담화하는 친구들이 너무 원망스러웠다.

여자 친구들이 나간 후 수민은 화장실 문을 열고 밖으로 나왔다. 거울 속에는 익숙하면서도 낯선 얼굴이 보였다. 이제는 더렵혀진 얼굴. 이제는 부끄러워서 사람들 앞에 내밀 수 없는 얼굴. 그 얼굴이 핏기를 잃고 하얗게 질려 있었다.

귀에서 아이들이 자기를 비웃는 소리가 들리는 것 같다. 넌 걸레야! 넌 더러워! 넌 쓰레기야!

"그만! 그만! 제발 그만!"

수민은 그 자리에 주저앉아 자신의 귀를 틀어막았다. 눈물이 하염없이 흘러내렸다. 엄마가 보고 싶다……. 엄마가 보고 싶다……. 엄마 품에 안겨서 펑펑 울고 싶다. 엄마가 괜찮다고 하면서 안아 준다면 그래도 견딜 수 있을 것 같은데……. 아빠가 그 큰 손으로 어깨를 토닥거려 준다면 나쁜 꿈이었다고 생각하고 잊어버릴 수도 있을 것 같은데…….

이젠 엄마, 아빠도 없고 난 누구에게 위로를 받지? 이제 꽃님이도 다 나았는데……. 걸음을 걸을 때마다 쓰라려

왔던 상처들은 이제 다 아물었는데……. 육체의 상처는 다 나았지만, 마음의 상처들은 점점 더 심해져 간다. 세상이 무섭고 원망스럽다.

가끔 통제하기 어려울 만큼 분노가 솟는다. 죽이고 싶다! 나를 이런 지옥 속에 몰아넣은 그 남자를 죽이고 싶다! 나를 이런 지옥 속으로 몰아넣은 정순 선생님도 죽이고 싶다! 하지만 지금 나는 아무것도 할 수 없다. 누군가 나 대신 그들을 죽여 준다면 영혼이라도 팔 수 있을 것 같은데…….

화장실을 나왔지만, 막상 갈 곳이 없었다. 자기보고 더럽다고 말한, 그 친구들이 있는 방으로 돌아가기 싫었다. 다른 아이들의 시선도 버거웠다. 수민은 조용히 보육원을 빠져나와 산으로 올라갔다. 살고 싶지 않았다. 이건 사는 게 아니다. 그냥 엄마, 아빠 곁으로 가고 싶다. 죽으면 엄마 아빠를 만날 수 있겠지? 엄마가 잘 왔다고 안아 주겠지?

수민이 혼자 산으로 올라가는 것을 본 남자애들의 시선이 야릇하게 변했다. 서로 의미심장한 눈치를 주고받으며 껄렁껄렁한 걸음으로 수민의 뒤를 따랐다. 이 동네 불량 학생들이었다. 말이 학생이지 덩치로 보면 어른과 다를 바가 없었다. 하지만 수민은 그들이 자신의 뒤를 따르고 있다는 것을 느끼지도 못했다.

하늘엔 먹구름이 잔뜩 몰려오고 있었다. 낮게 드리워진 먹구름은 금방이라도 비를 쏟을 듯하다. 산속엔 어둠이 빨리 온다. 먹구름이 몰려오는 때엔 더 그렇다.

툭.

빗방울이 하나 떨어진다. 수민은 그 비도 느끼지 못한다. 그저 위로, 위로 올라가고 있을 뿐이었다. 저 산 위에 가면 기도 바위가 있다고 했다. 죽기 전에 그 바위에 기도하고 죽으리라. 그냥 죽기엔 너무 억울했다. 힘들게 기도 바위까지 올라간 수민은 기도 바위에 무릎을 꿇고 앉아 기도를 드리기 시작했다.

"그 남자를 죽여 주세요. 나를 이렇게 만든 그 남자를 죽여 주세요. 그럼 제 목숨을 드릴게요."

"누구? 최 원장?"

느닷없는 목소리에 수민이 고개를 돌리자 불량기 가득한 남자들이 수민을 향해 걸어오고 있었다. 침을 퉤퉤 뱉으며 욕망이 가득 찬 표정을 짓고는 건들건들 걸어오고 있었다. 수민은 두려움에 뒷걸음질 쳤다.

하지만 순식간에 다가온 갈색 머리에게 어깨를 붙들렸다. 힘이 셌다. 갈색 머리에게 어깨를 붙들린 수민은 꼼짝도 할 수 없었다.

"우리가 죽여 줄까?"

수민은 대답도 못하고 침을 꿀꺽 삼켰다. 죽여 준다면
좋겠다. 하지만 그냥은 아닌 것 같다. 어쩌면 또 지옥을
겪을 것 같았다. 그건 싫다. 그 남자를 죽이지 못해도 괜
찮다. 더 이상 지옥을 겪지만 않으면 된다.

"괘, 괜찮아요."

"아까 죽여 달라며? 울 아버지 힘이 좀 있거든. 최 원장
보다는 조금 더 세. 네가 원하면 죽여 줄 수도 있어."

갈색 머리가 비릿한 미소를 머금고 손으로 수민의 얼굴
을 쓸어내렸다. 수민의 몸에 오소소 소름이 돋았다. 말도
하지 못할 만큼 두려움이 몰려왔다.

"그 전에 우리도 재미 좀 보자. 너 원장에게 당했다며?"

"시, 싫어요. 저리 가요!"

"처음도 아니면서 뭐 튕기고 그래. 너도 이제 맛을 알
거 아니야? 오빠들이 너 행복하게 해 줄게. 어?"

다시 그런 지옥을 겪는다면 죽어 버릴 것이다.

"내 몸에 손대지 말아요! 손대면 죽어 버릴 거야!"

"튕기니까 더 동하는데. 처음도 아니면서 뭐 내숭. 이
동네 애들 너 원장에게 따먹힌 거 다 알아. 어디서 깨끗한

척이야?"

비아냥거리면서 갈색 머리가 수민의 옷을 벗기려 하자 수민이 그의 손등을 물어 버렸다.

"아악!"

갈색 머리가 비명을 지르며 수민에게서 떨어져 나갔다. 얼마나 세게 물었는지 수민이 깨문 자리는 이빨 자국까지 선명하다.

그가 다른 손으로 물린 손을 감싸고, 아파서 동동거리면서 수민을 잡아먹을 듯 노려보았다.

"그 기집애 잡아!"

갈색 머리의 명령에 다른 세 남자가 수민에게 달려들었다. 아무래도 갈색 머리가 짱인 것 같았다.

"놔! 놓으라고!"

반항해 보았지만 남자들의 힘을 당할 수 없었다. 힘이 넘치는 네 남자에게 어떤 짓을 당하게 될지 예상되어 수민은 숨조차 제대로 쉴 수가 없었다.

"감히 나를 물었다 이거지? 야, 찍어! 찍어서 인터넷에 깔아 버려. 이 기집애 얼굴 들고 못 다니게."

갈색 머리의 명령에 쫄티가 주머니에서 휴대폰을 꺼내 동영상을 찍기 시작했다. 남자들이 침 삼키는 소리가 수민의 귀를 때렸다. 수민이 다시 바동거리기 시작했다.

"싫어! 놔! 싫다고!"

"얌전히 있어!"

갈색 머리가 수민의 뺨을 세차게 때렸다. 수민의 입술에서 피가 터졌다. 갈색 머리가 입술을 내려 수민의 터진 입술을 핥았다. 비릿한 피 맛을 보고는 만족스러운 미소를 지었다.

다른 남자들 역시 잠시 후에 자기들에게 다가올 기회를 기대하며 키득거렸다. 갈색 머리가 바지를 내리자 수민인 결국 눈을 질끈 감았다.

'엄마, 나 좀 살려 줘. 엄마, 나 좀 도와줘. 아니면 나를 데리고 가 줘, 제발…… 제발, 엄마…….'

바로 그때 누군가의 목소리가 들렸다.

"그만둬! 그만두라고!"

엄마가 보냈구나. 엄마가 보냈어. 누군가가 왔다는 사실에 안도의 한숨을 내쉬고는 수민이 눈을 떴다. 익숙한 얼굴이 보였다. 기도하지 말걸. 엄마에게 부탁하지 말걸. 차라리 혼자 당하고 죽어 버리는 게 나았을 텐데…….

"내 몸에 손대지 말아요! 손대면 죽어 버릴 거야!"

가슴속에 들끓는 분노가 식지 않아 산으로 올라온 경철은 날카로운 여자의 목소리에 발걸음을 멈췄다. 귀에 익은 목소리였다. 다음 순간 경철은 비명이 난 곳을 향해 달리기 시작했다.

숨이 턱턱 막히도록 달려서 도착한 곳엔 이미 일이 벌어져 있었다. 동네 형들에게 붙들려 발버둥 치는 수민의 뽀얀 속살이 보였다. 미칠 것 같다. 죽여 버리겠어! 죽여 버릴 거야! 주위를 둘러보니 지팡이로 쓴 듯한 두툼한 나뭇가지가 보였다. 경철은 그 나뭇가지를 집어 들고 남자들에게 달려들며 버럭 소리를 질렀다.

"그만둬! 그만두라고!"

어떤 새끼가 지금 초를 치는 거야? 바지를 내리고 잠시 후 누릴 쾌락에 기분이 들떠 있던 갈색 머리는 맘에 들지 않는다는 듯 이마를 찌푸리고 소리 나는 쪽으로 고개를 돌렸다. 아는 얼굴이 보였다. 고등학교 들어오면 자기 패밀리에 오라고 작업 중이던 동생 경철이였다. 자식, 그래 너도 이제 여자 맛을 볼 때가 됐지.

"좀만 기다려. 네 차례는 마지막이야."

그 말을 하고는 갈색 머리가 수민을 향해 몸을 내리는 순간, "야야야야! 개새끼들아~" 고함 소리와 함께 경철이 막대기로 갈색 머리의 머리통을 가격했다. 불시에 습격을 받은 갈색 머리가 옆으로 쓰러졌다. 그의 머리에서는 피가 흘러내린다.

"야, 이 새끼야! 뭐하는 짓이야?"

거사를 치르기 직전 판을 깨는 불청객에 열이 받은 갈색 머리가 손으로 자기의 머리를 만져서 피를 확인하고는 열 받은 듯 씩씩거렸다. 저런 새끼는 자기 패밀리에 넣고 싶지 않다. 어디 자식이 어른 무서운 줄 모르고 설치길 설쳐? 버럭 소리를 질렀다.

"저 새끼 처리해!"

짱의 명령에 수민을 붙들고 있던 남자들이 일어나 주먹을 불끈 쥐고 경철에게 달려들었다. 하지만 죽기 살기로 덤비는 경철이 더 빨랐다. 몸이 날쌔고 주먹이 매워서 중학생인데도 벌써 폭력배들의 러브콜을 받고 있는 경철이었다. 게다가 지금은 지켜야 할 사람이 있다. 경철은 얼른 자신의 티를 벗어서 수민에게 던져 주었다.

"입고 있어."

경철 덕분에 남자들에게서 벗어난 수민은 경철이 던져 준 티를 몸에 걸쳐 입고는 치마를 내려서 옷매무새를 가다듬었다. 속옷을 입지 않아 불편했지만 치마로 가리니 그나마 나았다. 두 손을 가슴에 모으고 수민은 불안에 떨었다.

경철이 남자들을 향해 주먹을 휘둘렀지만, 남자들도 만만치 않았다. 특히 쫄티가 주먹을 휘두를 때는 휙휙 바람소리까지 났다. 아무리 날고 긴다고 해도 경철이 4명의 형들을 당할 수는 없었다.

결국, 경철도 곤죽이 되도록 두들겨 맞았다. 짱이 바닥에 너부러진 경철의 턱을 치켜들며 비아냥거렸다.

"너, 애 좋아하냐? 미친 새끼! 이년이 무슨 일 당했는지 몰라? 너희 원장에게 따먹혔다며? 그래도 좋아?"

"네가 봤어? 네가 봤냐고!"

경철이 반말로 내질렀다. 수민을 힘들게 하는 놈들은 다 죽여 버리고 싶었다.

"안 보면 몰라? 이 동네서 그거 모르는 사람 어딨어?"

이런 제길. 이런 얘기는 수민이 듣게 하고 싶지 않은데. 수민의 얼굴이 하얗게 질려 가는 모습을 보고 경철이 버럭 소리 질렀다.

"그렇다고 해도 상관없어. 그게 애 탓이야?"

수민의 잘못이 아니다. 이렇게 어린애를 욕심내는 그 인간이 나쁘다.

처음으로 품어 본 마음이었다. 너무나 깨끗하고 순결해 보이는 그 모습에 가슴이 두근거렸다. 그래서 사고도 덜 치고 절제하고 있었다. 어리고 예쁜 여자애라면 환장하는 원장이 보육원에 없다는 것을 다행으로 여겼는데 그 인간이 애를 빼돌려서 그런 짓을 저지를 거라곤 생각도 못했다.

그래서 다시 사고를 치기 시작했고 수민일 외면했다. 하지만 지금 이 순간 확실히 알았다. 수민이의 잘못이 아니다. 더러운 것이 아니다. 남자들이 폭행을 당하듯 여자들 역시 성폭행을 당하는 것뿐이다. 내가 무수한 폭력을 당해 온 것처럼 수민 또한 폭력을 당한 것뿐이다. 더러운 것이 아니다.

"그래? 그럼 너부터 한번 죽어 봐. 아니다, 네 눈앞에서 그런 일 당하는 걸 보고도 괜찮다는 말이 나오는지 한번 보자."

그 말에 경철이 다시 몸을 일으켰다. 수민이 그렇게 당하게 내버려 둘 순 없었다. 자신이 죽더라도 막을 것이다. 경철의 움직임에 짱이 비열한 웃음을 지으며 말했다.

"그 새끼 잡아!"

이미 곤죽이 되어 있는 경철을 두 남자가 붙들었다. 수민은 다시금 불안에 떨며 도망치기 시작했다. 죽어 버릴

것이다. 죽어 버릴 것이다. 조금만 더 가면 뛰어내릴 수
있다. 조금만 더 뛰어가면 저 남자들의 손아귀에서 벗어
날 수 있다. 엄마, 아빠를 만날 수 있다. 수민은 죽을힘을
다해서 뛰었다.

　하지만 얼마 도망치지 못하고 수민은 짱에게 붙들리고
말았다. 짱은 수민을 질질 끌고 경철 앞으로 다가왔다. 경
철과 수민은 두 눈을 질끈 감았다.

13

사
라
진

서
류

매스컴에 재용의 얼굴을 내보내며 공개수사로 돌아섰지만 재용을 보았다는 신고는 어디에도 없었다. 귀신이 곡할 노릇이었다. 우리나라가 그렇게 넓은 것도 아니고 인터넷 강국이라 인터넷이 안 깔린 곳이 없건만 전화 한 통화 오지 않았다.

　답답한 마음에 우현은 사무실을 나섰다. 어디로라도 가서 무언가라도 찾아봐야 했다. 맥 놓고 앉아 있어 봤자 사건은 제자리다.

　그렇게 도착한 곳이 희망보육원이었다. 보육원 직원들을 모두 조사해 봤지만, 알리바이가 있거나 특별한 혐의가 보이지 않았다. 김정순 지도교사를 제외한 직원들은 근무기간이 너무 짧았던 때문이다. 내가 놓친 것이 있나? 분명히 이 보육원과 관련이 있는데…….

　자동차에서 내리자 벌써 몸에서 땀이 배어 나오기 시작했다. 바지 주머니에서 손수건을 꺼내 이마의 땀을 닦았다. 여름 끝인데도 무더위는 꺾이지 않았다. 잎이 무성한 초록의 나뭇잎도 더위를 가셔 주진 못했다. 사건이 해결되지 않아 더 더운 것일지도.

　후덥지근한 바람 사이로 물비린내가 끼쳐 왔다. 비가 오려나? 하늘을 올려보았다. 낮게 깔린 회색 구름 사이로 어둠이 느린 걸음으로 걸어오고 있다. 또 하루가 저물어 가나 보다. 이렇게 아무런 성과 없이 하루를 보내는 것이 부끄러웠다. 뭔가 하나라도 건져 보겠다는 일념으로 우현 은 원장실을 향해 걸음을 재촉했다.

"혹시 다른 원생 부모와도 연락해 보셨습니까?"

원장실에 들어가자마자 우현이 민지에게 물었다. 우현 의 말에 민지는 정신이 번쩍 들었다. 두 피해자 모두 내가 통화했던 사람들이다. 만약 형사님의 말대로 이 보육원원 생 어머니들이 살해당하고 있다면 내가 통화했던 다른 사 람들도 위험할 수 있다.

내가 몇 명이나 되는 사람들과 통화를 했었지? 멍해졌 던 정신을 가다듬고 책상 위를 뒤지며 민지는 급하게 서류 를 찾기 시작했다. 책상 위에는 없었다. 칸칸이 서랍을 열 어 보았다. 서랍에도 없다. 이상하다. 어디 갔지? 분명히 며칠 전까지 그것을 보며 전화를 걸었는데……. 그 서류 가 사라져 버렸다.

발이 달린 것도 아니고 서류가 어디로 갔을까? 아이를 여 기 맡기면서 부모들이 남겨 준 기록이었다. 전화번호가 적 혀 있는 사람도 있고 주민등록번호만 적혀 있는 사람도 있 었다. 개중에는 가족사진이 첨부되어 있는 서류도 있었다.

아이들의 표정이 어두운 것은 부모들의 관심이 부족한 탓이라 여기고 민지는 틈틈이 전화번호가 적혀 있는 부모들에게 전화를 걸어 아이들을 방문해 주십사고 부탁을 드렸다. 대부분 죄송하다며 조금만 더 돌보아 달라고 부탁했지만 때로는 화를 내는 부모들도 있었다. 자기도 찾아보고 싶은 마음 굴뚝같지만 형편이 안 되는 걸 어떡하느냐며 버럭버럭 소리를 질렀다.

그럴 때마다 와서 당신 자식 얼굴을 한 번 보고 그런 소릴 하라고 맞서서 소릴 지르고 싶었다. 하지만 자식을 보러 오지도 못하는 그 마음 오죽할까 싶어 감정을 꾹꾹 누르고 전화라도 부탁드린다고 사정사정했다.

그런데 그 서류가 사라져 버린 것이다. 다른 생활지도원 선생님들이 치우셨나? 아니면 정순 선생님이 가져가셨나? 정순 선생님은 원생 부모에게 전화를 돌리는 그녀를 보고 쓸데없이 전화한다고 오히려 타박만 늘어놓으셨다. 아무래도 정순 선생님이 들고 가신 것 같다.

"잠시만 기다리세요. 제가 가서 찾아올게요."

바로 그 순간 민지의 휴대폰이 울렸다. 경철이었다. 액정에 경철의 이름이 떠 있었다. 무슨 일이지? 가슴이 덜컥 내려앉았다. 진즉에 상담을 했어야 했는데 바쁘다는 핑계로 미뤄 왔던 것이 후회되었다.

아무리 자기를 버렸어도 친엄마가 돌아가셨다. 원망을 쏟고 나갔지만, 그 마음이 어떨지 짐작되고도 남았다. 이렇게 다 컸어도 민지는 엄마 없는 세상은 생각하고도 싶지 않다. 얼른 전화를 받았다.

"여보세요?"

〔도와주세요, 원장님…… 수민이가, 수민이가 죽어 가요…….〕

예상외의 목소리였다. 늘 날카롭게 날을 세우고 덤벼들던 목소리가 아니었다. 간절히 부탁하는 목소리였다. 평소와는 사뭇 달랐다. 이제 경철이가 자신의 마음을 받아주나 해서 반가웠다. 하지만 그 내용을 떠올리고는 아연실색하였다. 수민이가 죽어 가다니? 수민이가 왜?

"왜? 수민이가 왜 죽어 가?"

민지의 목소리가 떨리며 올라갔다.

〔여기 기도 바위예요. 빨리…… 빨리 와 주세요, 원장님…….〕

경철의 목소리가 점점 약해지고 있었다. 무언가 일이 터졌다는 불길한 예감이 들었다. 마음이 급했다. 당장이라도 애들에게 달려 가 봐야 할 것 같았다. 휴대폰을 끊고

민지는 우현에게 양해를 구했다. 지금 형사와 서류 나부
랭이를 논할 때가 아니었다.

"나중에······ 나중에 연락드릴게요. 아이들에게 무슨 일
이 생겼나 봐요."

그러면서 민지는 서둘러 원장실을 나섰다.

원장이 통화하는 것을 들은 우현은 직감적으로 무슨 일
이 생겼음을 알았다. 아무래도 자신이 같이 가는 것이 좋
을 것 같았다.

"같이 갑시다."

민지도 그러는 것이 좋을 것 같았다. 자기는 경철이 얘
기하는 그 장소조차도 몰랐다.

"기도 바위 아세요?"

민지의 질문에 우현이 고개를 끄덕이고는 먼저 앞장서
서 빠른 걸음으로 사무실을 나왔다. 민지가 그 뒤로 종종
거리며 따라왔다. 건물 밖으로 나오니 어둠이 또 한 발짝
다가와 있었다. 어둠이 와도 더위는 누그러지지 않았다.
바람조차 불지 않았다.

우현의 발걸음이 산으로 향했다. 기도 바위는 산 위에
있나 보다. 나이가 들었는데도 우현의 걸음걸이는 무척
빨랐다. 하긴 저 남자의 직업은 형사였지. 형사가 느려 터

졌다가는 범인을 놓치기 십상일 것이다. 민지는 우현의 뒤를 따르느라 숨이 헉헉 막혔다. 그래도 멈추지 않았다. 아이들 걱정 때문에 멈출 수가 없었다. 온몸이 땀으로 젖어 왔지만 땀을 닦을 정신조차 없었다.

20여 분을 달려 기도 바위에 도달한 민지는 참혹한 광경에 말을 잃었다. 사방에 찢어진 옷가지들이 널려 있고 너른 바위에 누워 있는 아이들이 보였다. 옷이 벗겨진 채 널브러져 있는 수민과 상의를 벗은 채 미동도 없이 수민의 몸을 위에서 누르고 있는 경철이 보였다.

모든 생각이 멈추었다. 모든 사고가 멈추었다. 마치 영화를 보다가 정지 버튼을 누른 것처럼 모든 것이 멈춤 상태였다. 숨이 막혔다. 토할 것 같았다. 저 자식이 결국 해서는 안 될 짓까지 했단 말인가? 아무리 엄마의 죽음 때문에 상처가 크다고 해도 그래선 안 되는데……. 아이들을 지도하는 것에 두려움이 왈칵 몰려들었다.

반면 우현은 침착했다. 강력계에 오래 몸을 담고 있었던 관계로 사건이 눈에 환히 읽혔다. 지금의 모습으로 보아 여자아이를 성폭행한 상대가 여자아이를 감싸고 있는 저 남자아이는 아닌 것 같았다.

우현이 자신의 옷을 벗어서 여자의 몸을 가려 주자 그

제야 경철이 수민에게서 몸을 떼었다. 일어서지도 못하고 옆에 드러누운 경철의 몸도 만신창이었다. 입술도 터져서 피가 맺혀 있었고 얼굴도 퉁퉁 부어올라 있었다. 두 사람 다 한두 명에게 당한 것이 아닌 것 같았다.

앰뷸런스 울리는 소리가 가까워지고 있다. 경철의 전화를 받고 민지는 119를 불렀었다. 119대원들도 뜻밖의 상황에 놀랐다가 이내 우현의 지시에 따랐다. 119대원들에 의해 두 아이는 근처 종합병원 응급실로 실려 갔다.

우현은 현장에 남아서 증거가 될 만한 것들을 찾은 후 산에서 내려왔다. 억누르고 있던 빗방울이 후드득 떨어지기 시작했다. 어찌나 굵은지 머리가 아플 지경이었다. 바람도 빗줄기의 방향을 바꿀 수 없을 만큼 굵고 강했다. 빗방울에 땅이 움푹움푹 파였다.

마치 수민의 부모님이 하늘에서 통곡하고 있는 것 같았다. 민지는 하늘을 올려다보며 미안한 마음을 전했다. 따님을 지켜 드리지 못해서 미안하다고. 정말 죄송하다고.

우현은 국과수에 증거물을 넘기고 병원으로 달려갔다. 경철은 갈비뼈가 몇 대 나갔고 수민의 아랫도리는 만신창이가 되어 있었다.

수민이 여러 명의 남자들에게 몹쓸 짓을 당한 것 같다

는 우현의 말에 민지는 자책감에 빠졌다. 경철은 그걸 말리다 폭행을 당한 것 같다고 했다. 그럼 그렇지. 경철이가 그 정도로 막된 애는 아니라고 생각했었다. 눈빛에 원망이 가득했지만 탁해 보이지는 않았다.

아이들이 그런 일을 당할 동안 아무런 보호도 되지 못해서 민지는 너무 미안했다. 응급실 앞에 앉아 두 손을 모으고 간절한 마음으로 기도했다.

'제발…… 제발…… 우리 아이들 살려 주세요…….'

* * *

수민의 질에서 많은 양의 정액이 채취되었다. 정액을 국과수에 의뢰했지만, 용의자가 없다면 확인하기가 쉽지 않다. 그 많은 전과자들을 일일이 조사하는 것도 한계가 있고 가해자들이 DNA 등록이 되어 있지 않은 경우에는 찾을 길이 막막하다.

가장 빠른 길은 피해자가 가해자를 밝혀 주는 것이다. 빨리 애들이 깨어나야 할 텐데……. 우현은 답답한 한숨을 내쉰다. 범죄가 갈수록 흉포해지고 있다. 성범죄가 기승을 부린다. 세상이 어떻게 되려고 이러는지…….

답답한 마음에 담배를 피우러 밖으로 나왔다가 결국 피지 못했다. 이렇게 답답할 때는 담배가 제격인데……. 이제 정말 담배를 끊어야 할 것 같다. 온 사방이 금연 지역이었다. 밖으로 나오면 시원할까 했더니 여름이라 그런지더 답답했다.

다시 병원 건물 안으로 들어갔다. 자판기가 보였다. 천원짜리 지폐를 꺼내 자판기에서 시원한 음료를 두 개 뽑았다. 담배 대신 시원한 음료라도 마셔야 할 것 같았다. 응급실 앞으로 다시 오자 의자에 멍하니 앉아 있는 원장이보였다. 넋이 빠진 것처럼 보였다. 하긴 자기도 기함할 장면이었는데 젊은 여자가 감당하기엔 벅찼으리라. 우현은원장에게 캔을 하나 내밀었다.

"드세요. 많이 놀랐을 텐데……."

우현의 말에 민지가 고개를 들어 우현을 바라보았다.

"고맙습니다."

민지가 캔을 받으며 습관처럼 인사했다. 캔을 따서 한모금 마시더니 우현을 보고 묻는다.

"우리 수민이 불쌍해서 어떡해요? 우리 경철이 불쌍해서 어떡해요, 예, 형사님? 나쁜 놈들 잡을 수 있겠죠? 그렇죠?"

민지의 눈에 눈물이 그렁그렁 올라온다. 부임한 지 얼마 되지 않는다고 했는데 애들에 대한 애정이 깊은가 보다. 마치 자신에게 각오를 다지듯 우현이 단언했다.

"잡아야지요."

두 사람은 더 이상 말을 잇지 못했다. 뭐라 나눌 말이 없었다. 그 분위기가 답답했는지 민지가 자리에서 일어났다.

"조금 계시겠어요? 보육원에 전화 좀 하고 올게요. 애들 간병하려면 아무래도 여기 며칠 있어야 할 것 같아서요."

우현이 고개를 끄덕이자 민지는 의자에서 일어나 통화가 가능한 곳으로 걸어갔다.

* * *

밖엔 무더위가 기승을 부리지만 정순의 사무실은 시원하다 못해 서늘하다. 에어컨을 빵빵하게 돌리기 때문이다.

요즘 정순의 심사가 편치 않다. 보육원생 엄마가 두 명이나 살해당하는 바람에 형사가 요즘 보육원을 들락거리고 있다. 보육원 직원들까지 모두 조사를 받았다. 다행히 혐의를 둘 만한 자는 없다고 했다.

보육원에 원한을 가질 만한 사람이 있냐는 형사의 말에

정순은 가슴이 뜨끔했었다. 원한을 가질 만한 사람이 한 둘이던가? 이 위기를 무사히 넘겨야 할 텐데······. 정순의 이마에 주름이 잡혔다.

〔당신은 사랑받기 위해~.〕

정순의 휴대폰이 울린다. 액정을 보자 그 재수 없는 원장이다. 애들을 위한다고 사방팔방으로 뛰어다니며 일을 벌이는 것이 영 마뜩찮다. 말도 섞기 싫은데······. 자연 목소리가 불퉁하게 나온다.

"여보세요."

〔선생님, 저 원장인데요.〕

"알아요. 무슨 일이에요?"

본론만 얘기하라는 듯 정순이 민지의 말을 자른다.

〔저 지금 병원이에요, 선생님. 아무래도 며칠 원에 못 들어갈 것 같아요.〕

"왜요?"

정순의 목소리가 기대감으로 부드러워진다. 뭔가 꼬투리를 잡아야 원에서 쫓아낼 텐데, 이 젊은 원장은 영 빌미를 주지 않았다. 아파서 며칠 결근을 한다면, 그 핑계로 잘라 버릴 생각에 정순의 기분이 모처럼 좋아진다.

〔수민이와 경철이가 응급실에 있어요.〕

아니, 이게 무슨 소리야? 수민이와 경철이가 응급실에 있다니? 지금 수민이와 붙여 놓으면 가장 위험한 사람이 바로 원장인데. 정순은 의자에서 벌떡 일어나며 날카로운 목소리로 질문했다.

"왜요? 왜 애들이 응급실에 있어요?"

〔그건 나중에 원에 가서⋯⋯.〕

"당장 얘기해요! 당장! 내가 진짜 책임자라는 거 몰라요?"

휴대폰 너머에서 구질구질한 이야기들이 들려온다. 집단 성폭행이라니? 폭행을 당하다니? 속에서 열불이 솟는다. 시원한 실내에서도 손부채질을 해댄다. 정말 푸닥거리라도 한번 해야 할까 보다. 왜 이리 사건이 연달아 터지는지 짜증이 나서 미칠 것 같다.

아직 수민이 의식을 차리지 못하고 있다는 말에 정순은 그나마 여유가 생겼다. 의식이 있다면 당장이라도 달려가 수민의 입부터 막아야 했다. 잘못하다가는 의원님과의 일까지 들춰질지도 모른다. 그랬다가는 자기도 끝장이다. 빨리 원장을 갈아치워야 할 것 같다. 애들이라면 벌벌 떠는 원장이 무엇을 파헤칠지 불안하다.

원장을 자르려면 일단 의원님께 보고부터 드려야지. 정순은 휴대폰 단축번호를 길게 눌렀다. 웅장한 클래식 음악이 컬러링으로 나오더니 익숙한 목소리가 들렸다.

〔무슨 일이야?〕

인사도 없이 다짜고짜 질문부터 해 왔다. 뭐 새삼스러울 것도 없다.

"원장을 바꿔야 할 것 같아요."

〔왜?〕

"수민이가 집단 성폭행을 당했는데 원장이 파헤칠 것 같아요. 그러다 보면…….."

〔수민이가 누구야?〕

원장이 정순의 설명을 자르며 물었다. 이름도 모르는 건가? 하긴 저 인간이 자기의 장난감들 이름을 기억할 리 없지.

"2주 전의 그 아이."

〔뭐야? 일을 그따위로밖에 못해?〕

벼락같은 철민의 호통에 정순은 자신의 위치 또한 위험하다는 걸 느꼈다. 여기서 조금 잘못 처리했다가는 언제 내쳐질지 모른다. 내가 이 자리를 지키기 위해 얼마나 더러운 일들을 해 왔는데 여기서 밀릴 수는 없다. 원장만 잘라 버리면 유야무야 흐지부지될 것이다. 철민을 안심시켰다.

"의원님과의 일이 드러날 일은 없을 겁니다. 입 열지 못하도록 조치를 취해 놓았어요."

〔잘 처리해. 무슨 일 있으면 바로 보고하고.〕

그 말만 하고 휴대폰이 끊겼다. 이게 내 잘못이야? 울화
통이 터졌다. 치미는 울화를 감당 못 해 정순은 휴대폰을
바닥으로 집어던져 버렸다. 휴대폰이 산산조각이 나며 사
방으로 흩어졌다. 그래도 속이 시원치 않았다. 허리에 양
손을 올리고 거칠게 숨을 몰아쉬었다.

* * *

철민은 요즘 제정신이 아니었다. 뉴스에서 박쥐 살인
사건이 나오는 날이면 영락없이 화장대 위에 종이 박스가
와 있었다. 집 주위로 방범을 강화하고 CCTV를 설치했
지만, 귀신처럼 집 안으로 잠입해 왔다. 미치고 팔짝 뛸
노릇이었다.

신고할 수도, 무시하고 넘어갈 수도 없었다. 그런데 지
금 그 꼬맹이까지 문제를 일으킨다면 자신의 의원 자리도
박탈당할지 모른다. 이 자리는 절대로 포기해서는 안 되
는 자리다. 솔직히 당선되기 전까지는 이렇게 좋은 줄 몰
랐다.

국회의원은 정말 갑 중의 갑이었다. 세비만 해도 일 년에 1억 5천만 원 정도 타는데 뒷돈도 만만찮게 들어온다. 그것뿐인가? 5천만 원 가까운 활동비에 가족수당까지. 보좌직원도 7명이나 부릴 수 있고 두 명의 인턴도 데리고 있을 수 있다.

45평의 국회의원 회관 사무실에 국유철도와 비행기, 선박까지 무료로 이용 가능하다. 하는 일에 비해서 대우가 최강이다. 또 연금은 어떤가? 국회의원이었던 사람은 누구든지 평생 월 120만 원씩 연금을 받는다. 그 외에도 교통경비, 차량 유지비, 건강보험료 면제, 통신요금 등등 지원이 엄청나다.

당분간 참아야 하지만 욕구를 원하는 몸은 자제하기가 너무 힘들다. 2주 전의 그 짜릿했던 주말이 기억나자 또 몸이 근질거린다. 생각만으로도 아랫도리가 불끈거린다. 당장이라도 다른 애를 데리고 와서 즐기고 싶지만, 그놈의 종이 박스 때문에 신경이 쓰여서 참는 중이다. 그러자니 미칠 것 같다.

아쉬운 대로 오늘은 마누라라도 데리고 놀아야 할 것 같다. 이제 나이가 들어 재미도 없는데. 입맛만 쩝쩝 다신다.

14

엄마라는

이름의 죄인

양수에 도착한 은옥은 오빠를 찾기 위해 보육원 주변을 찾아 헤맸다. 하루 종일 찾아다녔지만, 어디에도 흔적은 없었다.

너무 지치고 배도 고팠다. 은옥은 허름한 기사식당으로 들어갔다. 늦은 밤 기사식당 안에는 택시기사 복장을 한 남자들이 가득했다. 남자들이 있는 장소는 왠지 불편했지만 은옥은 참았다. 배부른 투정이라고 생각했다. 된장찌개를 시키자 식사가 곧바로 나왔다.

"씨발, 연쇄 살인범을 빨리 잡든지 해야지. 경찰 새끼들은 도대체 뭐하는 거야? 그 씨발 새끼 땜에 밤에 사람이 안 다녀, 사람이!"

옆 테이블에서 노기 어린 남자의 목소리가 들렸다. 술도 한 잔 걸친 것 같은 목소리. 불만이 가득 찬 목소리.

"그러게. 이러다 우리 택시기사들 다 굶어 죽는 거 아닌지 몰라. 사람들이 나다니질 않으니, 원. 이참에 택시 때려치우고 편의점이나 할까 보다."

조금 자조적인 남자의 목소리가 들렸다. 정말 살기가 힘들긴 한가 보다.

"아서라, 아서. 그 얘기 못 들었어? 편의점 하다가 빚만 지고 과로로 죽었다는 얘기. 이놈의 나라에선 밥 벌어먹을 게 없어. 에이, 씨발. 이 나라를 뜨든지 해야지, 원."

두 남자들이 주거니 받거니 하면서 신세 한탄을 하고 있었다. 대화 내용을 보자면 연쇄 살인범 때문에 택시기사들이 밤만 되면 개점휴업 상태라는 것이다.

〔제보를 기다립니다. 연쇄 살인 용의자 강재용을 보신 분은 아래 전화번호로 연락 바랍니다. 다시 한 번 말씀드립니다. 박쥐 사건의 용의자인 일정 경찰서 강력 2팀 팀장인 강재용을 보신 분은 아래 번호나 가까운 경찰서로 연락 바랍니다.〕

사건의 잔혹함 때문에 매스컴에서는 박쥐 사건이라고 칭했고 그 뒤로 다들 그 사건을 박쥐 사건으로 칭하게 되었다.

은옥의 눈이 소리 나는 곳을 향해 휙 돌아갔다. 식당 안에 있던 사람들의 시선도 그곳으로 향하고 있었다. TV 화면엔 남편의 얼굴이 가득했다. 은옥은 너무 놀라 수저를 떨어뜨리고 말았다.

가슴이 철렁 내려앉았다. 남편이 오해받고 있다. 남편이 살인범으로 오해받고 있다. 남편이 연쇄 살인 용의자라니 말도 안 된다. 이게 다 나 때문이다. 내가 더 빨리 떠나 주었어야 했는데……. 후회가 밀려온다. 계산대에 돈을 올려놓고 은옥은 서둘러 밖으로 뛰쳐나왔다.

차로 뛰어 들어가 남편의 휴대폰을 집어 들었다. 남편
에게서 도망쳐 나오면서 혹시나 해서 가지고 나온 것이
다. 떨리는 손으로 휴대폰 전원을 켜자 무수히 많은 문자
알림음들이 들려오기 시작했다. 문자를 하나하나 확인해
보았다.

김 형사의 문자가 대부분이었지만 요지는 사람들이 남
편을 연쇄 살인범으로 오해하고 있다는 내용이었다. 이럴
수가? 어떻게 남편을 살인범으로 오해할 수 있지? 남편이
증거물을 가지고 휴가를 떠나는 그 순간부터 남편은 의심
받고 있었다.

은옥의 손이 부들부들 떨렸다. 떨리는 손으로 김 형사
의 전화번호로 버튼을 길게 눌렀다.

〔행님! 거기 어딘교?〕

휴대폰 너머로 거친 사투리가 들려왔다. 상당히 흥분한
목소리였다.

"김 형사님, 저 강재용 팀장 안사람이에요."

은옥이 조심스럽게 대답했다.

〔행수님입니꺼? 행님 어딨는교? 빨리 행님 좀 바꿔 주
이소.〕

다급한 목소리였다. 당장이라도 재용과 통화해야 된다는 뉘앙스를 팍팍 풍겼다.

"그 사람 저랑 같이 없어요."

〔그럼 어딨는교? 뉴스 안 들었는교? 행님이 지금 연쇄 살인범으로 의심받고 있다 안 캅니꺼. 빨리 경찰서로 와서 오해를 풀어야 한다 말입니더. 그냥 있으면 붙잡혀 와요. 벌써 위치 추적 되었습니더. 잽히기 전에 제발 경찰서로 오라고 해 주이소. 내가 자진 출두한다는 전화 받았다 칼 테니까.〕

다행이다, 다행이야. 김 형사님은 남편을 믿어 주고 있다. 불안한 속에서 안도감이 느껴졌다.

"고마워요. 형사님."

〔뭐가요?〕

"남편을 믿어 줘서요."

〔내가 행님을 모립니꺼? 그카니까 빨리 행님 경찰서로 보내 주이소.〕

"그건 좀 힘들어요. 대신 형사님이 남편을 찾아가 주세요. 남편은 범인이 아닙니다. 연쇄 살인범은 저예요. 제가 범인이라고요. 제가 남편을 총으로 위협해서 데리고 갔어요."

〔행…… 행수님. 그게 무신?〕

말도 안 된다. 그 연약한 형수님이 연쇄 살인범이라니?
김 형사는 말문이 막혔다.

"제가 연쇄 살인범이라고요. 조금만 시간을 주시면 자
수할게요. 남편은…….."

은옥은 김 형사에게 재용이 있는 곳을 가르쳐 주고는 전
화를 끊었다. 아직은 거기에 있을 가능성이 크다. 남편의
자동차를 은옥이 몰고 나왔으니까.

하지만 만약, 만약 남편이 그곳을 나왔다면, 그렇다면
남편이 갈 곳은 한 군데뿐이다. 엄마. 엄마 집. 나를 찾기
위해 남편은 엄마를 찾을 것이다.

남편의 휴대폰에 엄마의 번호가 저장되어 있었다. 은옥
은 그때 그 사건 이후 처음으로 엄마에게 전화를 걸었다.
신호음이 들리고 곧이어 잠기운 없는 또렷한 엄마의 목소
리가 들렸다.

〔강 서방, 무슨 일인가?〕

목소리에 걱정이 가득 묻어 있었지만 은옥은 모른 체하
고 자기 할 말만 했다.

"나야."

은옥의 말에 잠시 정적이 흐르더니 정미가 다급하게 물

었다.

〔은옥이야? 은옥이니?〕

근 30년 만에 걸어온 딸의 전화에 정미는 가슴이 철렁 내려앉았다.

"부탁이 있어."

〔무슨?〕

"강 서방이 엄마 찾아갈 거야. 그러면 무조건 엄마가 붙들고 있어. 경찰이 와서 강 서방 잡아가도록 엄마가 꼭 붙들고 있어야 해. 이번 부탁은 들어줄 거지? 그렇지, 엄마?"

〔무슨 일이야? 강 서방이 사고 쳤어?〕

"아니. 하여간 강 서방은 경찰서에 가야 해. 붙들리더라도 가야 해. 엄마 부탁이야. 제발 강 서방 붙들고 있어 줘. 그래만 준다면 나, 엄마 용서해 줄게."

〔무슨 일이냐니까? 이유를 말해 봐, 은옥아.〕

엄마의 염려 가득한 질문이 다시 들렸지만, 은옥은 대답 대신 자기 할 말만 했다.

"그냥 엄마는 강 서방을 지켜 줘. 옛날 날 보호하려고 했던 것처럼 강 서방을 지켜 줘. 만약 이번에도 내 부탁 안 들어주면 엄마 절대 안 봐!"

그 말을 하고 은옥은 전화를 끊어 버렸다.

* * *

"은옥아! 은옥아!"

정미가 은옥을 불러 댔지만, 전화는 이미 끊겨 있었다.
다시 전화를 걸었지만, 전화를 받지 않았고 조금 지나자
전원까지 꺼 버렸는지 아예 연결조차 되지 않았다.

또 무슨 일이야? 정미의 가슴이 두 근 반 세 근 반 뛰기
시작했다. 가만히 앉아 있을 수도 없어 벌떡 일어나 안방
을 서성거렸다. 이러려고 꿈자리가 그렇게 뒤숭숭했나 보
다. 그 옛날의 악몽이 되살아날 것 같았다.

남편이 갑작스럽게 죽고 회사가 휘청거리자 정미는 딸
에게까지 신경 쓸 틈이 없었다. 이대로 있다간 자신도 딸
의 인생도 끝장이었다. 당장 회사를 살려야 했다. 그래서
정미는 회사를 되살릴 동안만 은옥을 보육원에 맡기기로
했다.

하루만 더, 하루만 더, 미루던 어느 날 경찰서에서 전화
가 왔다. 은옥이가 납치되었다고 했다. 하늘이 무너지는
것 같았다. 내가 무슨 짓을 한 건가 싶었다.

불안한 마음을 안고 경찰서로 달려갔다. 거기서 들었다. 그녀의 사랑스러운 어린 딸이 살인 미수범의 인질이 되어 끌려갔다는 소식을. 너무 놀라 바닥에 털썩 주저앉고 말았다.

얼마나 자신을 원망했던가. 얼마나 자신을 증오했던가. 딸애를 보육원에 보낸 자신을 용서할 수 없었다. 둘 다 가난 속에 떨어지더라도 데리고 있어야 했다. 둘 다 힘들어지더라도 같이 있어야 했다. 후회는 아무리 빨라도 늦다고 했던가?

가슴을 치고 통곡만 할 순 없었다. 어떻게든 딸을 찾아야 했다. 당장 병원에 입원 중인 목격자를 찾았다. 특실을 차지하고 있는 목격자는 보육원 원장이었다. 보육원 원장이 다리에 붕대를 감고 침대에 누워 있었다.

"어떻게 된 일이에요?"

정미의 다그침에 원장이 미안해하는 얼굴로 대답했다.

"문제아가 한 명 있었는데, 그 애가 은옥이에게 몹쓸 짓을 하기에 그걸 말리다가 제가 이렇게 찔렸습니다. 지금 경찰들이 찾고 있으니까 조만간 잡힐 겁니다. 너무 걱정 마십시오."

걱정 말라니? 딸이 몹쓸 짓을 당하다가 살인 미수범에

게 인질로 잡혀갔는데 걱정하지 말라니? 화가 치솟았다.
원생 교육을 그렇게밖에 못해서 이런 사달이 생긴 건가 싶
어 원장에게 화풀이해 댔다. 길길이 날뛰었다.

"도대체 원생 교육을 어떻게 시킨 거예요? 어떻게 시켰
길래 아직 고등학생인데 그런 짓을 해요?"

"죄송합니다. 뭐라 드릴 말씀이 없습니다."

너무 정중하게 사과를 하자 도리어 미안했다. 그때까진
보육원 원장 말을 믿었다.

조바심에 동동거리고 있을 때 은옥이 병원에 실려 왔다
는 소식을 들었다. 한달음에 달려갔더니 은옥이 의식을
잃고 누워 있었다. 산부인과 검진 결과 은옥은 이미 몹쓸
짓을 당한 후였다. 비틀. 하늘이 무너졌다. 남편이 원망
스러웠다. 갑작스럽게 죽었으면 딸애라도 지켜 주었어야
지. 당장이라도 달려가 그놈을 반쯤 죽여 놓고 싶었지만
은옥의 곁을 떠날 수가 없었다.

삼 일 만에 은옥이 깨어났다. 깨어나자마자 은옥의 입
에서 나온 말은 "오빠······."였다. 엄마가 아니라 오빠였
다. 이상했다. 자신에게 몹쓸 짓을 한 아이를 애절하게 찾
다니?

"엄마······ 오빠는?"

또다시 은옥이 그놈을 찾자 화가 울컥 치밀었다.

"그런 놈을 왜 찾니? 널 다치게 한 놈이잖아."

정미의 말에 은옥은 아니라고 고개를 절레절레 저었다.

"아냐, 엄마…… 오빠가 그런 게 아니야. 원장이……
원장이 그런 거야. 오빠는…… 원장에게서 나를 구하려
고…… 그래서 원장을 찌른 거야. 오빠가 늘 원장 조심하
라고…… 절대 둘이서만 있지 말라고 그랬는데…… 엄마
가 전화했다는 소리에 원장을 따라갔다가 그만……. 오빠
어딨어? 오빠 괜찮아?"

은옥의 입에서 띄엄띄엄 나온 말을 믿을 수가 없었다.
선량한 얼굴로 말리려다가 칼에 찔렸다는 그 원장이 은옥
에게 몹쓸 짓을 한 인간이었다. 마음 같아서는 당장 쳐 죽
여도 시원치 않을 것 같았다. 그놈이 우리 은옥이에게, 그
어린것에게 그런 짓을 했다는 것을 알자 온몸에 소름이 끼
쳤다.

바로 원장에게로 달려갔다. 같은 병원이라 한달음에 달
려갈 수 있었다.

"이, 이 나쁜 놈! 어떻게 원장이라는 인간이 그런 짓을
할 수 있어? 어떻게 그럴 수가 있어!"

침대에 누워 있는 원장의 멱살을 잡아채 뒤흔들며 정미

가 퍼부어 댔다. 그때 옆에서 간호하느라 앉아 있던, 원장
의 엄마가 원장의 멱살을 잡은 정미의 손을 떼 내며 부탁
했다.

"나랑 얘기해요, 나랑. 얘도 아직 환자예요. 예?"

여자의 말도 들리지 않았다. 지금 당장 침대에 누워 있
는 저 짐승 같은 놈을 죽여 버리고 싶었다.

"내 눈에는 환자가 아니라 개새끼로 보여요. 그것도 발
정난 개새끼. 원장이라는 놈이 어떻게 중학교 1학년짜리
애를……."

차마 강간이라는 말은 할 수 없었다. 그 말을 쓰기엔 은
옥은 너무 어린애였다. 내 잘못으로 애가 그렇게 되었다
고 생각하니 팔에 힘이 빠졌다. 내 팔에 힘이 빠진 것을
느꼈는지 여자가 정미의 손을 원장에게서 떼어 냈다.

"나랑 얘기해요. 내가 애를 잘못 키워서 그래요. 내 잘
못이에요. 보상은 충분히 할게요. 부탁합니다."

"지금 내 딸을 팔라는 말이에요? 지금 그걸 말이라고
해요?"

핏발 선 눈으로 여자를 몰아붙이자 여자는 정미 앞에 무
릎을 꿇었다. 늙은 엄마가 무릎까지 꿇자 정미의 마음이
약해졌다.

"제발 한 번만 봐주세요. 다들 그 아이가 그런 걸로 아는데 굳이 밝혀서 무엇 하겠어요? 대신 돈을 챙겨요. 그게 현명하지 않겠어요?"

그러면서 거액의 보상금을 제시했다. 말도 안 된다고 거부하고 은옥에게 돌아왔지만 정미는 내내 고민했다. 거액의 보상금은 무시하기 힘든 유혹이었다. 그동안 매달려 보았지만, 회사는 다시 살리기가 힘들었다. 저렇게 망가진 아이를 데리고 돈도 없이 살 생각을 하니 엄두도 나지 않았다.

그래서 눈 질끈 감고 귀를 막았다. 그래, 오로지 내 자식만 생각하자. 내 자식을 위한 일이라면 그까짓 고아 아이 하나 누명을 쓰고 잡혀간다 해도 어쩔 수 없다.

그 뒤로도 은옥은 계속 오빠를 찾았다. 은옥에게는 알았다고 하고 정미는 그 아일 계속 모른 척했다. 그 사이 그 아이는 살인 미수와 강간의 죄목으로 중형을 언도 받았다.

그 사실을 어떻게 알았는지 은옥은 정미에게 퍼부어 대고는 환자복을 입은 채 경찰서로 달려가 난동을 부렸다. 오빠는 죄가 없다고, 원장이 그런 거라고 소리, 소리 질렀다. 정미는 은옥의 입을 막고 다시 병원으로 데리고 왔다.

그 이후로 은옥은 정미에게 마음의 문을 닫아 버렸다.

더 이상 정미에게 말도 걸지 않았다. 정미는 서둘러 서울로 이사를 했다. 그 끔찍한 양수에서는 하루도 더 있고 싶지 않았다.

육체적인 치료가 모두 끝난 후 정미는 은옥에게 처녀막 재생수술까지 시켜 주었다. 몸만 회복되면 괜찮아지리라 생각하고 정미는 은옥의 마음의 상처를 덮어 버렸다. 그 일을 입에서 꺼내지도 생각하지도 못하게 하였다.

"그 일은 잊어. 넌 나쁜 꿈을 꾼 것뿐이야."

치유되지 않은 마음의 상처는 점점 더 곪아 갔다. 은옥이 웃음을 잃은 것도 그때부터였다. 겨우 중학교를 졸업하더니 고등학교도 가지 않았다. 세상과 점점 멀어졌다. 친구도 사귀지 않고 집에만 박혀 살았다.

남자라도 생기면 나아질까 해서 선을 보이려 했지만 은옥은 나갈 생각을 하지 않았다. 그래서 괜찮아 보이는 사윗감을 물색해서 집으로 불러들였다. 딸애는 제법 예쁜 외모를 가졌으니까. 보기만 하면 남자들은 좋다고 매달렸으니까. 그것 역시 실패였다. 사윗감은 딸애에게 매달렸지만, 딸애의 반응은 냉담했다.

딸에게 사랑을 구하던 사윗감은 계속해서 거절당하자 딸애를 붙들고 자살소동을 벌였다. 그래도 딸애는 눈 하나 깜짝하지 않았다. 살고 싶은 마음이 없는 것 같았다.

그때 나타나 그 위험에서 딸애를 건져 준 사람이 지금의 사위였다. 남자를 두려워하지만, 얼핏 스치는 딸의 눈빛에서 사위에 대한 호감을 읽을 수 있었다. 마지막 기회였다. 딸이 결혼할 수 있는 기회. 억지로 결혼을 밀어붙였다. 사위의 얼굴이 행복해 보이진 않았지만 딸은 그 뒤로 자신을 한 번도 찾지 않았다. 거기가 제 집이라고 여기는 것 같았다.

그랬던 딸이 이번에 부탁을 해 온 것이다. 부탁만 들어준다면 그때의 잘못도 용서해 준다고 한다. 그래, 들어주자. 딸에게 용서만 받을 수 있다면 무엇이든 해 보고 싶었다.

* * *

사무실 공기가 달라졌다. 팀원들의 표정엔 긴장감이 어렸다. 드디어 신호가 잡혔다. 재용의 휴대폰이 켜진 것이다. 그 순간 재용의 위치는 추적되기 시작했다.

주머니에 있던 김 형사의 휴대폰이 진동했다. 액정을 보니 행님이라고 떠 있었다. 얼른 주변을 살폈다. 다들 재용의 휴대폰 위치 파악에 신경 쓰느라 김 형사의 행동을 눈

281

여겨보는 사람은 없었다. 다행이다. 사람들의 눈을 피해 전화를 받으려고 김 형사는 얼른 사무실을 빠져나왔다.

"행님! 거기 어딘교?"

사무실을 나오자마자 사람들이 없는 곳으로 달려가서 휴대폰에 대고 다그쳐 물었다. 전화기에서 들려온 목소리는 여자였다.

〔저 강재용 안사람이에요.〕

"행수님입니꺼? 행님 어딨는교? 빨리 행님 좀 바꿔 주이소."

마음이 급했다. 형수님하고 노닥거릴 시간이 없다. 어쩌면 지금쯤이면 위치를 파악했을지도 모른다.

자발적으로 경찰에 출두하여 사실을 밝히는 것과 잡혀오는 건 대접 자체가 다르다.

〔그 사람 저랑 같이 없어요.〕

뭐라고? 같이 없다고? 하늘이 무너지는 것 같았다. 같이 휴가 떠난 사람이 같이 없다니?

"그럼 어딨는교? 뉴스 안 들었는교? 행님이 지금 연쇄 살인범으로 의심받고 있다 안 캅니꺼. 빨리 경찰서로 와서 오해를 풀어야 한다 말입니더. 그냥 있으면 붙잡혀 와요. 벌써 위치 추적 되었십니더. 잽히기 전에 제발 경찰서

로 오라고 해 주이소. 내가 자진 출두한다는 전화 받았다
칼 테니까."

마음이 다급했다. 속이 바짝바짝 타들어 갔다. 하지만
들려온 대답은 뜬금없었다.

〔고마워요. 형사님.〕

이 판국에 고맙다니? 그런 인사 주고받을 여유가 없었
다. 그런데 뒤이어 들려온 형수님의 말에 김 형사는 넋을
놓고 말았다. 형수님이 연쇄 살인범이라니? 그건 형님이
연쇄 살인범이라는 것보다 더 이해하기 힘든 일이다. 그
여린 형수님이 사람을 죽이고 거기다가 사체까지 훼손하
다니? 있을 수 없는 일이다.

어쩌면 정말 형님이 연쇄 살인범일까? 형수님 말과는
달리 형님이 형수님을 총으로 위협해서 데리고 다닌 걸
까? 아니, 아니다. 형님이 형수님께 그런 짓을 할 리 없
다. 혼란스러웠다. 너무나 혼란스러웠다.

무엇보다도 지금 김 형사가 고민에 빠진 건 은옥의 마지
막 말 때문이다. 재용을 구하고 싶으면 반드시 재용을 붙
들고 있으라는 말. 꼭 경찰서에 가둬 두라는 말. 그 말이
너무 간절하게 들렸다.

* * *

간만에 집에 들어와 곤하게 자고 있는데 우현의 휴대폰이 울렸다. 가슴이 철렁 내려앉으며 눈이 번쩍 떠졌다. 설마? 또 사건이 터진 건 아니겠지? 비번 날, 한밤중이나 새벽에 걸려오는 전화는 대부분 강력 사건이 발생했을 경우다. 얼른 손을 뻗어 휴대폰을 집어 들고 몸을 일으켜 앉으며 휴대폰을 귀에 가져다 댄다.

"여보세요."

자는데 전화한다고 마누라는 짜증을 내며 돌아눕는다. 젊어서야 큰소리치고 살았지만, 정년퇴임이 코앞에 이르자 우현 역시 마누라의 눈치를 보게 된다. 슬그머니 일어나 거실로 나간다.

"뭐 꼬리를 잡았다고?"

정신이 번쩍 든다. 드디어 꼬리를 잡았다. 드디어 흔적을 잡았다. 이제 잡아들이기만 하면 된다. 고개를 들어 거실 벽을 보자 시계는 새벽 5시를 가리키고 있다.

"당장 그 주변 샅샅이 검색해. 팀원들 다 호출하고."

명령을 내린 우현은 대충 씻고 집을 뛰쳐나갔다. 잠 좀 못 자는 게 대수인가? 당장 사무실에 나가 봐야 했다.

＊ ＊ ＊

통화를 끝낸 김 형사는 일단 사무실로 들어갔다. 머릿
속은 여전히 어찌 행동해야 할지 갈등 중이지만 돌아가는
판국을 알아야 했다. 그래야 자신의 행동도 정해질 것 같
았다. 사무실에 들어가자 출동 준비를 하는 팀원들이 보
였다. 위치 파악이 끝났나 보다.

"어디고?"

김 형사가 정 형사에게 물었다.

"양수입니다. 여기서 15분 거리예요. 지금 체포하러 갑
니다."

"이 새끼가? 행님이 범인이가? 체포한다고 하게?"

정 형사는 민망한지 손을 올려 자신의 머리를 만지작거
리더니 다른 팀원들과 함께 밖으로 튀어 나갔다.

졸지에 사무실엔 김 형사와 상우만 남았다. 김 형사는
의자에 털썩 주저앉아 고개를 숙이고 두 손으로 머리를 쥐
어뜯었다. 형수님 말이 사실이라면 저들은 헛수고만 하는
것이다.

"상우야, 니도 행님이 범인이라고 생각하나?"

김 형사는 고개를 번쩍 들고 모니터에 시선을 고정하고

있는 상우에게 물었다. 결정하기 전 다른 사람의 생각을 듣고 싶었다.

"저는 잘 모르겠습니다. 모든 정황이 팀장님에게 불리한 건 사실이에요. 증거물을 가지고 사라진 것도 그렇고, 그 뒤로 흔적 하나 남기지 않는 것도 그렇죠. 다만 하나 제가 이해되지 않는 것은 팀장님이 정말로 범인이라면 증거물을 보고 왜 자기가 본 적이 있는 물건이라고 했냐는 거죠. 숨겨야 할 사실이잖아요. 진짜 범인이라면."

그때 일정에서 사건이 터졌을 때 모니터로 증거물을 들여다보며 팀장님이 그랬다. 분명히 증거물을 봤다고. 그런데 기억이 나지 않는다며 갑갑해 죽을 것 같은 표정을 지었다.

"만약에 팀장님 주변에 범인이 있다면, 감춰 줘야 할 만큼 범인이 팀장님과 가까운 사람이라면, 아귀가 맞아 들어가는 거죠. 세 번째 증거물을 보면서 기억이 나 버렸고 범인이 누군지 알아챘다. 그런데 차마 잡아 가둘 수는 없다? 그럴 경우엔 주로 같이 도피하는데 팀장님은 사모님이랑 같이 떠났다면서요. 어? 휴대폰이 꺼졌어요. 이런 제길⋯⋯."

상우가 모니터를 보며 당황한다. 신호가 갑자기 끊겨

286

버렸다. 형수님이 다시 전원을 꺼 버렸나 보다. 상우가 무전기를 들어 정 형사를 부른다.

결국, 수색조는 아무런 성과도 없이 돌아왔다. 팀원들의 실망은 컸다. 주변을 샅샅이 뒤지고 차량까지 일일이 검문했지만 재용의 흔적은 없었다고 했다. 김 형사는 이제 형수님의 말을 믿을 수 있을 것 같다. 형님은 범인이 아니라는 말. 그렇다면 아까 상우의 말 대로 형님이 진범을 숨겨 주고 있는 건가?

형수님은 자기가 범인이라고 했는데 조사 결과 범인은 남자였다. 제3의 인물이 있는 건가? 머리가 터질 것 같다. 이럴 때는 높은 사람에게 털어놓는 게 최선이다. 김 형사의 눈에 막막한 얼굴로 손세수를 하고 있는 우현이 보인다. 김 형사는 우현에게 다가갔다.

"저…… 팀장님."

"왜?"

날카로운 목소리로 우현이 물었다. 짜증이 치밀어 올랐다. 무능한 경찰이라고 또 질책받을 게 틀림없다. 꼬리를 잡았다고 생각했는데 도마뱀처럼 꼬리만 잘라 내고 사라져 버렸다.

"좀 전에 행수님한테서 전화가 왔심니더."

"행수님이 누구야?"

"강 팀장 부인……."

"그걸 왜 지금 얘기해?"

김 형사의 말이 끝나기도 전에 우현이 버럭 소리를 질렀
다. 중요한 정보다.

"그게 좀…… 믿기지가 않아서……."

"뭐라고 하던데? 한마디도 빠지지 말고 얘기해 봐."

이미 냉정해진 우현이 눈을 빛내며 말을 해 보라는 듯
고갯짓을 했다. 사무실 내의 사람들이 모두 김 형사에게
눈길을 주었다.

"그게 말이 좀 안 되는디요. 행수님이 자기가 범인이라
고, 우리 행님은 죄가 없다고, 행님은 자기가 총으로 위협
해서 따라온 거라고 그카데요."

"그게 말이 돼? 범인은 여자가 아니라 남자라고! 그 자
식이 부인 협박하는 거 아니야?"

실망감이 몰려왔다. 중요한 정보라고 기대했더니 헛소
리였다.

"그건 아닙니더. 우리 행님이 행수님을 얼매나 사랑허
는디요. 그건 내가 보장한다 아인교. 행수님이 우리 행님

꼭 붙들어 달라 카면서 주소까지 갈카 주데요."

"주소를 가르쳐 줘? 거기가 어디야?"

우현의 눈동자가 다시 빛을 내기 시작했다. 이제 정말 꼬리를 잡을 것 같다. 사무실이 다시 분주해졌다.

15

너는
내가
지킨다

이제 날이 완전히 환해졌다. 거리엔 출근하는 사람들로 붐볐다. 다른 사람들은 모두 변함없는 모습이었지만 재용의 입장은 완전히 달라졌다. 잡으러 다니는 사람에서 도망치는 사람으로 전락하고 만 것이다.

서울까지 들어오기도 쉽지 않았다. 은옥이 사라진 걸 알고 전과자 동생을 찾았다. 돈도 차도 없는 판국에 거길 나가려면 그의 도움을 받는 수밖에 없었다. 그때 들었다. 자기가 연쇄 살인 용의자가 되어 수배 중이라는 것을. 계속 속보가 뜨고 있다고 했다.

"위험해요. 그냥 여기 숨어 계세요."

전과자 동생의 말에 재용은 고개를 절레절레 저었다.

"널 믿고 얘기하는 거야. 아무에게도 말하지 않을 걸 아니까. 범인은 내가 아니야. 아내가 범인이야. 그러니 빨리 나가야 해. 나가서 아내를 막아야 해."

재용의 간절함이 전해졌는지 그는 알았다는 듯 빠르게 고개를 끄덕였다. 그러곤 달려가 낡은 트럭을 한 대 끌고 왔다. 약간의 실랑이가 있었다. 그는 따라가겠다고 고집을 부렸고 재용은 안 된다고 거절했다. 잘못하다간 동생까지 공범으로 엮일 수가 있었기 때문이다.

그러나 결국 재용이 지고 말았다. 아무리 자신이라고

해도 혼자서 대한민국을 돌아다니기엔 무리가 있었다. 온 국민이 이미 자신의 얼굴을 알게 되지 않았던가? 마음에 큰 빚을 지겠지만, 일단은 동생의 마음을 받아들였다.

은옥이 사라진 것을 알고 분노의 시간이 지나자 재용은 초조해서 가만히 있을 수 없었다. 은옥을 찾아야 했다. 찾아서 살인을 막아야 했다. 어디로 가서 그녀를 찾아야 할지 막막했다.

갈 곳은 한 군데밖에 없었다. 아무리 사이가 안 좋다고 해도, 아내의 행방을 알 수 있는 사람은 장모님밖에 없었다. 낡은 트럭을 타고 아파트로 들어서면 시선을 받을 수 있기에 재용은 동생에게 아파트 근처 한적한 곳에 트럭을 세우라고 했다.

차에서 내린 재용은 잽싸게 몸을 놀렸다. 모자를 눌러쓰고 순식간에 장모님의 아파트까지 왔다. 현관문을 열고 안으로 들어갔다. 거실에는 정미가 소파에 앉아서 염주를 돌리며 기도하고 있었다. 재빨리 안을 살폈다. 다른 사람은 아무도 보이지 않았다.

"저 왔습니다, 장모님."

"왔는가?"

정미가 재용을 보고 담담한 목소리로 말했다. 장모님도

뉴스를 들었을 텐데 지나치게 담담하다. 마치 오기를 기다리고 있는 것 같다.

"은옥이가 사라졌습니다. 은옥이가 갈 만한 데를 말씀해 주십시오, 장모님."

"자수하게."

은옥과 전화를 끊은 다음 TV를 켠 정미는 사위가 살인 용의자로 수배 중인 것을 보았다. 놀라서 기함을 했다. 은옥이가 지켜 달라고 한 이유를 알 것 같았다.

차마 입이 떨어지지 않았지만 숨길 수 없는 일이라 재용이 대답했다.

"제가 범인이 아닙니다, 장모님. 은옥이가 범인이에요. 은옥이 막아야 해요. 더 이상 살인을 저지르게 하면 안 돼요."

은옥이가 살인을 저지르다니? 그건 말도 되지 않는다.

"내가 내 딸을 모르는가? 그 애는 벌레 한 마리 못 잡는 아이네. 그런데 살인이라니? 그게 말이 되는가?"

정미의 목소리가 뾰족하게 올라갔다.

"저도 아니라면 좋겠습니다. 하지만 증거가 너무 명확해요. 어머니는 혹시 이것 본 적이 없습니까? 살인 현장에 남은 증거품이에요. 은옥이가 보석함에 숨겨 놓고 있던 것과 비슷해요."

재용이 세 번째 사건 증거물이었던 박쥐 인형을 정미에게 내밀었다. 그것을 받아들고 살피던 정미가 "에그머니나."비명을 지르며 그것을 떨어뜨렸다. 몹시 충격받은 듯 그녀의 몸이 덜덜 떨렸다. 당연히 안다. 사위가 건네준 목각 인형은 은옥이 애지중지하던 것이다. 그 남자아이가 남긴 유품이라고 했다.

"장모님도 아시는군요. 도대체 은옥이에게 무슨 일이 있었던 겁니까? 예? 말씀 좀 해 주세요."

무슨 일이 있었냐고? 내 자식을 위한다는 명목으로, 그 짐승 같은 놈과 타협해서 한 아이를 죽음에 이르게 했다. 그것도 내 자식을 지켜 주려고 했던 아이를. 그게 그렇게 큰 잘못인지 몰랐다. 아니, 알았어도 그렇게 했을 것이다. 내 딸의 남은 인생이 너무 소중했으니까.

대가는 너무 컸다. 딸아이는 자기에게 마음을 닫아 버렸다. 그 일로 인해 하나뿐인 딸자식에게 사람대접도, 엄마 대접도 못 받게 되었다. 그것도 괜찮았다. 내 잘못이니까. 내가 내 아이를 방치한 대가라고 생각했다.

하지만 은옥이 점점 더 세상과 담을 쌓아 가는 것을 보면서 몹시 후회했다. 처녀막 재생수술까지 시켜 몸은 완전히 고쳐 주었지만 그때의 마음의 상처는 은옥에게 그대로 남아 있었다. 그것 때문에 살인을 저지르고 다니는 건가? 안타까움에 절로 눈물이 흘러나왔다.

눈물을 감추려고 고개를 창으로 돌리자 어두워진 하늘이 보였다. 비가 오려나 보다. 해가 보이지 않았다. 구름 속에 가려져 있겠지. 보이지 않는다고 없는 건 아니라는 걸 이제는 안다. 은옥의 상처가 눈에 보이지 않는다고 상처 따윈 이제 다 잊었을 거라고 장담할 수 없다. 다시 그때로 돌아간다면…… 그렇다면…….

"지금이라도 은옥이만 찾으면 괜찮습니다. 다들 제가 범인이라고 알고 있으니 더 이상 살인만 하지 않으면 은옥인 안전해요."

재용의 말에 정미의 고개가 번쩍 들렸다. 은옥이가 안전하다? 은옥이가 안전하다? 유혹을 느꼈다. 은옥이 대신 사위가 죄를 뒤집어써 준다면 은옥인 또 보호받을 수 있을 것이다.

하지만…… 딸애의 간절한 부탁이 떠올랐다.

"강 서방은 경찰서에 가야 해. 붙들리더라도 가야 해. 엄마 부탁이야. 제발 강 서방 붙들고 있어 줘. 그래만 준다면 나, 엄마 용서해 줄게."

나를 용서해 준다고 그랬는데……. 강 서방만 붙들어

준다면 날 용서해 주겠다고 그랬는데……. 이번에도 자기의 부탁을 들어주지 않는다면 절대 날 보지 않겠다고 했는데……. 마지막 기회였다. 딸에게 용서받을 수 있는 마지막 기회.

다시는 차가운 딸의 시선을 느끼고 싶지 않다. 더 이상 사랑하는 딸에게 외면받고 싶지 않다. 단 한 번이라도 다시 들어 보고 싶다. 어릴 때처럼 따스한 목소리로 환하게 웃으며 엄마라고 불러 주는 그 소리를. 그 소리를 다시 듣게 된다면 여한이 없을 것 같다. 이대로 강 서방을 보낼 수 없다.

정미는 소파 옆에 두었던 전기충격기를 들고 일어나 재용의 옆으로 가서 손을 뻗었다. 예전에 혼자 사는 장모가 걱정스럽다고 재용이 마련해 준 전기충격기였다. 은옥의 전화를 받고 혹시나 해서 챙겨 두었다. 강한 전류가 재용의 몸을 타고 흘렀고 이내 재용은 바닥으로 무너졌다.

"미안하네, 강 서방. 은옥이가 내게 부탁했네. 자네가 경찰에 잡혀가도록 붙들어 달라고. 자네를 자기처럼 생각하고 지켜 주라고……."

재용은 의식을 잃어 가면서 환청처럼 정미의 목소리를 들었다.

* * *

재용이 깨어 보니 경찰서 조사실이었다. 이렇게 무기력
하게 잡혀 올 줄은 꿈에도 몰랐다. 양팔에 수갑이 채워져
있었다. 문이 열리고 양수에서 보았던 나이 지긋한 형사
가 조사실로 들어왔다. 재용을 보는 눈매가 사나웠다.

"나 기억하지? 양수 경찰서 이우현 팀장."

"예."

재용이 고개를 끄덕이며 대답했다.

"지금은 일정 경찰서와 같이 합동수사팀 팀장을 맡고 있
지. 이번 연쇄 살인 자네가 저지른 건가?"

"예."

순순히 대답했다. 속아 넘어가 주길 바라는 마음인데
부정할 이유가 없었다.

"흉기는 어디다 숨겼지?"

우현이 다시 묻자 재용은 입을 닫았다. 아는 것이 있어
야지 대답을 하지. 묵비권을 행사했다.

"그렇게 숨으면 못 찾을 줄 알았나? 그랬으면 다시 살인
을 하지 말았어야지."

재용은 눈을 질끈 감았다. 두려운 일이 일어나고 말았

다. 그 짧은 사이 아내가 다시 살인을 저질렀나 보다. 이번까지다. 이번까지는 내가 뒤집어쓸 수 있지만, 더 이상은 안 된다. 제발 더 이상 아내가 살인을 저지르지 않기를 간절히 빌면서 재용은 우현의 다그침에 침묵으로 일관했다.

결국, 우현은 대답을 듣지 못하고 조사실을 나갔다. 우현이 나가자 재용은 조사실을 둘러보며 탈출할 방법을 찾기 시작했다. 여길 나가야 은옥을 막을 수 있다. 은옥을 막아야 그녀를 지킬 수 있다. 재용의 마음이 조급해졌다.

* * *

경철과 수민의 응급 치료가 끝난 다음 민지는 그들을 같은 병실에 입원시켰다. 병실이 다르면 혼자서 간병하기가 쉽지 않기 때문이다. 병원에서도 양해해 주었다. 경철이 먼저 깨어났다. 의식을 차리자마자 경철은 수민의 상태부터 물었다.

"수민인요? 수민인 괜찮아요?"

"아직……."

"……."

퉁퉁 부어오른 경철의 얼굴이 더 일그러졌다.

"넌 괜찮아? 많이 아프지?"

민지가 걱정을 담아 물었다.

"전 괜찮아요. 전 아무래도 좋아요. 수민이만 괜찮다
면……."

경철은 차마 말을 잇지 못했다.

경철이 깨어났다는 말에 우현이 병실로 달려왔다. 경찰
서에 더 있어 봤자 속만 터졌다. 범행은 인정하지만 다른
것에 관해서는 재용이 묵비권을 행사했다. 원칙적으로 따
지면 우현은 연쇄 살인에만 매달려야 했지만, 경철 역시
연쇄 살인 사건과 전혀 연관이 없지 않아 우현이 사건을
맡기로 했다.

"어떤 놈들이야? 넌 알지?"

우현의 질문에도 경철은 입을 열지 않았다.

"네가 입을 닫고 있으면, 네가 다 뒤집어쓸 수도 있어."

우현의 협박에도 경철은 입을 열지 않았다.

"경철아, 빨리 얘기해. 그래야 그놈들을 빨리 잡을 거
아니야?"

민지도 애가 타서 설득했지만, 경철의 입은 열리지 않
았다. 분명히 경철인 가해자들을 알고 있을 텐데 왜 입을

열지 않는 거지? 이유를 알 수 없었다.

여러 번 더 다그쳤지만 경철은 묵묵부답이었다. 한숨이 나왔다. 형사님이 아니었다면 증거도 놓칠 뻔했다. 민지 혼자였다면 증거를 채취하기 전에 수민부터 씻겼을 것이다. 그랬다면 그 증거물들이 흔적도 없이 사라지고 말았겠지. 그나마 다행이었다.

경철은 수민의 뜻에 따를 생각이었다. 수민이 산에서의 일을 묻고 싶어 한다면 자신이 강간범이 되더라도 숨겨 주고 싶었다. 자기에게 힘이 있었다면 수민이 당하지 않아도 될 고통이었다. 힘없는 자신이 너무나 원망스러웠다. 원장에게 당한 것만으로도 견디기 힘들 텐데 그 짐승 같은 놈들이 했던 일까지 보태 주고 싶지 않았다. 수민이 빨리 깨어나기만을 바랐다.

경철은 수민의 곁을 떠나지 않았다. 자신이 자리를 비울 때면 누군가가 꼭 지키게 했다. 죽겠다고 절벽을 향해 뛰어가던 수민의 모습을 경철은 잊을 수가 없었다. 잠시라도 눈을 떼면 수민이 사라져 버릴 것 같아 두려웠다.

경철이 수민을 지킬 수 있게 되자 민지는 보육원으로 향했다. 원장으로서 해야 할 일도 산더미였다. 원장실 문을 열고 들어간 민지는 의외의 상황에 깜짝 놀랐다. 원장실 책상엔 다른 사람이 앉아 있었다.

"누구세요? 누군데 제 자리에 앉아 있는 거죠?"

"아~ 전 이번에 부임한 원장입니다. 전임원장님이신가
요?"

전임원장이라니? 이렇게 한마디 말도 없이 해고라니?
말도 되지 않는다. 이런 짓을 할 사람은 한 사람밖에 없
다. 자기를 눈엣가시처럼 여기고 시시콜콜 잔소리를 해
대는 정순 선생님밖에 없었다.

민지는 한달음에 정순의 방으로 달려가 노크도 없이 문
을 왈칵 열었다. 정순은 기다리고 있었다는 듯 느긋하게
민지를 보았다.

"무슨 일이에요?"

"어떻게 사람이 그럴 수가 있어요? 새로 온 원장이라니
요? 전 사표 낸 적 없어요.".

민지가 따지듯 물었지만, 정순은 담담한 목소리도 대답
했다.

"저도 사표 받은 기억 없어요. 해고예요."

"해고라니요?"

"아니, 아이들을 제대로 관리하지 못하면서 무슨 큰소
리예요? 지금 온 동네가 시끌시끌한 거 몰라요? 경철이

같은 보육원생한테 몹쓸 짓 했다고 소문이 파다해요. 이 보육원 감사 들어오게 생겼어요!"

정순의 목소리가 커졌다. 민지의 무능을 탓하며 해고의 정당함을 설명했다.

"경철이 그런 게 아니에요!"

"그럼 누가 그랬어요? 경철이가 그래요? 지가 그런 게 아니라고? 그놈 말을 믿어요?"

"그래요. 믿어요. 형사님도 그랬어요. 경철이도 피해자인 것 같다고. 수민을 구하려다가 같이 당한 것 같다고. 이 일만 해결하고 떠날게요. 수민이가 깨어나 나쁜 놈을 잡고 나면 그때 떠날게요."

무슨 소리? 그 일을 파헤칠까 봐 내가 널 자르는 거야. 그 일을 파헤쳐 의원님과 내 목을 조일까 봐 널 자르는 거라고. 정순은 속으로 대답했다. 하지만 입 밖으로는 다른 말을 하고 있었다.

"이미 해고 처리됐어요. 원생관리 제대로 못하는 원장은 필요 없어요. 그리고 참 수민이 간병인도 따로 구해 됐어요. 원장님은 이제 집으로 돌아가세요."

집으로 돌아가라고? 누구 맘대로? 이렇게 쉽게 물러나는 건 민지에게 어울리지 않는다. 하지만 지금은 참자. 수민이가 회복될 때까지는 수민이만 생각하자. 민지는 마음을 굳히고 사무실을 나왔다.

민지가 펄펄 뛸 줄 알았는데 의외로 쉽게 수긍해 주어서 정순은 오히려 놀랐다. 이로써 모든 걸리적거리는 것들은 다 치워 버렸다. 다시 예전처럼 정순의 손아귀에서 보육원은 운영될 것이다. 만족스러운 미소가 정순의 입가에 번졌다.

* * *

누군가가 얼굴을 닦아 주는 느낌이 들었다. 누구일까? 손길이 다정하다. 따스하다. 엄만가 보다. 입이 절로 벌어져 입꼬리가 올라갔다.

"엄……마……엄마……."

그리움이 담긴 목소리로 엄마를 불렀다. 수민이 아플 때면 엄마는 이렇게 얼굴을 닦아 주곤 했었다. 미소를 지어 보이며 파르르 떨리는 눈꺼풀을 걷어 올리자 걱정스러운 표정으로 자신의 얼굴을 닦아 주는 원장님이 보였다. 그 옆에는 경철 오빠도 있었다.

맞다. 엄마는 돌아가셨지. 무슨 일이 있었더라? 화장실에서 친구들이 비웃는 소리를 듣고는 죽고 싶은 마음에 기도 바위로 올라갔었는데……. 거기서 마지막 소원을 빌고 있었는데……. 갑자기 부끄러운 기억들이 수민의 머릿속으로 몰려오기 시작했다.

창피함으로 수민의 몸이 굳어지며 질끈 눈을 감아 버렸다. 경철은 자신의 치부를 다 보았다. 원장님 역시도 상황을 다 알았을 것이다. 보고 싶지 않다. 자신의 치부를 아는 그들과는 얼굴을 마주하고 싶지 않았다.

"수민아!"

"수민아, 정신이 들어?"

경철과 민지가 동시에 수민을 불렀다. 이틀 만이었다, 수민이 깨어난 것은. 얼마나 가슴을 졸였는지 모른다. 민지가 묻는데도 수민은 대답도 하지 않고 눈도 뜨지 않는다. 고집스레 입을 꾹 다물고 미동도 없이 시체처럼 누워 있다.

"수민아…… 수민아…….."

민지가 애타게 계속 부르자 수민은 눈을 뜨고는 민지를 무섭게 노려보았다. 그냥 죽고만 싶었는데……. 자신을 왜 살렸는지 원장선생님이 원망스러웠다.

"수, 수민아? 왜 그래? 왜 그리 무섭게 봐?"

민지가 당황하여 수민에게 물었다. 민지가 알아 왔던 수민이가 아니었다. 악에 받친 모습. 진짜 수민인 사라지고 원망과 증오만 남은 껍데기 같았다.

"누가 살고 싶댔어요? 죽게 내버려 두지 왜 살렸냐고요!"

"그게 무슨 소리야, 수민아? 당연히 살려야지. 그럼 죽게 내버려 둬?"

"이렇게 살아서 뭐해요! 나 죽어 버릴 거예요!"

그러면서 수민은 아픈 몸을 일으키려고 애를 쓰고 있었다. 온몸에서 비명이 들려온다. 악! 앉지도 못할 정도로 꽃님이가 아팠다. 생살이 찢어진 것 같았다.

밀려드는 고통에 다시 누워 버렸다. 내버려 뒀어야 했다. 정말로 나를 위한다면 죽게 내버려 뒀어야 했다. 이치욕 같은 삶을 살게 하는 건 벌이다. 그것도 지독한 형벌. 정말 살고 싶지 않다. 엄마 아빠가 살아 계시던 그때로 돌아갈 수 없다면.

"제가 얘기할게요."

옆에서 가만히 보고 있던 경철이 말했다. 경철의 말에 민지는 고개를 끄덕이고 밖으로 나갔다.

민지가 나가자 수민은 경철의 얼굴을 외면하고는 벽을 향해 돌아누웠다.

"수민아…… 오빠 봐. 오빠 좀 봐…….."

"…….."

경철의 말에도 수민은 미동도 하지 않았다.

"미안하다. 정말 미안해…….."

"오빠가 뭐가 미안해?"

버럭 소리를 지르며 수민이 자리에서 일어났다. 미안하다니? 자기가 미안할 게 뭐라고? 오히려 내가 미안하다. 자기만 아니었으면 오빠가 저렇게 엉망이 되도록 얻어터지지 않았을 것이다. 모른 척하고 지나가지 왜 나서서 저 모양이 되었는지 속이 상해 죽을 것 같다. 자기가 아픈 것보다 더 속상하다.

경철인 수민이 보육원에 오자마자 수민을 보호해 주던 오빠였다. 짓궂은 남자애들의 방패막이 되어 주었고 모르는 것은 도와주었다. 그래서 경철을 의지하게 되었던 것 같았다.

최 원장에게 그 일을 당하고 나서 오빠의 눈빛이 싸늘하게 변했다. 오빠도 눈치 챘다고 생각했다. 그래서 더 힘들었다. 그런데 오빠 눈앞에서 또 그런 일을 당했으니 죽고 싶을 수밖에.

"널 지키지 못해서…….."

"그러니까 나 죽게 내버려 두라고! 이렇게 살아서 뭐해!"

다시 소리를 질렀다.

"네 잘못 아니야, 수민아. 그놈들이 나쁜 놈들이야. 넌 사고를 당했을 뿐이야. 그런데 네가 왜 죽어? 네가 왜 죽냐고!"

내 잘못 아니라고? 사고를 당했을 뿐이라고? 맞는 말이긴 하지만 전혀 위안이 되지 않는다. 그놈들이 동영상을 찍었는데, 그걸 인터넷에 뿌린다고 했는데, 어떻게 얼굴을 들고 살아? 발가벗겨진 내 몸을, 내가 남자들에게 당하는 장면을 사람들이 보고 낄낄거린다는 생각을 하자 온몸에 소름이 돋았다. 온 세상 사람이 날 보며 손가락질할 것 같았다. 고개를 들고 살 수가 없었다.

"오빠는 알잖아? 왜 내가 살 수 없는지. 그놈들이 동영상을…… 내 몸을…… 내가 당하는 것을……. 그런데 내가 어떻게 살아? 나 죽고 싶어, 오빠. 나 좀 죽게 해 줘. 어? 오빠……."

목소리가 뒷부분으로 갈수록 잦아들었다. 아예 간절한 부탁이었다. 죽게 내버려 달라고. 살 자신이 없다고. 목이 메고 절로 눈물이 흘러나온다. 꺼억꺼억 통곡이 새어 나온다.

경철의 얼굴이 점점 어두워졌다. 어찌해야 수민이 마음을 바꿀 수 있을지 자신의 능력으론 불가능했다. 두려웠다. 수민이 죽으면 어떡하지? 두려움에 경철은 수민을 와락 안아 버렸다. 부러진 갈비뼈에 자극이 와서 통증이 몰려왔지만 애써 참았다. 경철의 몸 안에서 수민의 몸이 부들부들 떨고 있었기 때문에.

수민이 죽으면 경철도 살고 싶지 않았다. 언젠가는 자기를 찾아올 거라고 굳게 믿고 기다려 왔던 엄마도 살해당했고 처음으로 마음에 품었던 수민이도 죽고 싶다고 한다. 어차피 더 살아 봤자 좋을 일도 없다. 고아새끼로 밑바닥 인생을 살다가 죽어 가겠지. 이 더러운 세상 별로 아쉬운 것도 없다. 죽고 나면 고아라는 이유로 괜한 오해받는 일도 더 이상 없을 것이다.

"그래, 죽어! 그렇게 죽고 싶으면 같이 죽어!"

자신을 설득하던 경철이 갑자기 죽으라고 하자 수민은 눈물이 쏙 들어갈 만큼 놀랐다. 놀라 동그래진 눈으로 경철을 올려보았다. 경철의 눈동자가 형형한 빛을 보이며 타오르고 있었다.

"네 원수는 내가 갚아 줄게. 그 자식들 다 죽이고 나도 따라갈게."

그냥 해 보는 소리가 아니었다. 정말 사람을 죽이고도 남을 눈빛이었다. 수민은 두려웠다.

"오…… 오빠……."

"그러자. 너도 죽고 그 자식들도 다 죽이고 나도 죽고. 그걸 원하는 거지?"

"안 돼, 오빠! 그건 절대 안 돼! 오빠가 왜 살인을 해? 오빠가 왜 죽어?"

경악에 찬 눈으로 수민이 경철을 바라보았다. 사람을 죽이다니? 나 때문에 오빠가 살인을 한다니? 그건 안 된다. 자기 때문에 오빠를 살인자로 만들 수는 없다.

"네가 죽으면 난 반드시 그 자식들 찾아가서 죽여 버릴 거야."

"나보고 어쩌라고. 나보고 어쩌라고 이래? 나보고 어쩌라고……."

수민의 통곡이 이어졌다. 경철의 가슴에 안겨 수민은 서러운 눈물을 쏟아냈다. 수민의 울음이 잦아지자 경철이 나지막하게 말했다.

"살자. 우리 같이 살자, 수민아. 이제부터는 내가 널 지켜 줄게. 더 이상 아무도 널 건드리지 못하게 내가 널 지킬게. 그러니 힘을 내어 줘. 어, 수민아? 네가 살아야 나도 산다."

"오빠······."

수민의 마음은 갈팡질팡하였다. 살고도 싶고 죽고도 싶었다. 부끄러워서 죽고 싶었지만 살고 싶은 마음 또한 컸다.

* * *

"원장님, 도와주세요."

진정제를 맞고 수민이 잠들자 경철이 간절함을 담아 민지에게 부탁했다. 경철이 부탁할 사람은 민지밖에 없었다. 아무리 생각해 봐도 자기에겐 힘이 없었다. 아직 어려서 어떻게 해야 하는지도 잘 몰랐다. 민지는 정을 주고 떠나 버렸던 예전 선생님들과는 조금 달랐다. 잔소리하고 성질도 부려 댔지만, 교실에서 담임선생님에게 따지고 들던 모습에 마음이 조금 열렸었다.

"말해 봐. 뭘 도와주면 돼?"

가장 먼저 해결해야 할 것이 동영상이었다. 그것만 회수한다면 수민이 조금은 편안해질 것 같았다. 살 용기를 낼 것 같았다. 크게 심호흡을 한 다음 경철이 기도 바위에서 있었던 일들을 이야기하기 시작했다.

"그게 무슨 소리야? 수민일 찍다니? 동영상을 찍었단 말이야?"

민지는 너무 놀라 의자에서 벌떡 일어나며 되물었다. 경철이 고개를 끄덕였다. 말도 안 된다. 미칠 것 같다. 가해자들은 아직 학생들이라고 했다. 아직 다 자라지도 않은 아이들이 벌였다 하기엔 너무 잔인하고 끔찍했다.

애들이, 애들이 아니었다. 어른보다 더 잔인했다. 어찌 학생 신분으로 이런 끔찍한 일들을 저지르는가? 민지의 상식으론 이해가 되지 않았다. 중1짜리 어린 애를 집단으로 겁탈해 저 지경을 만들어 놓고 동영상까지 찍다니? 그걸로도 부족해 인터넷에 깔아 버린다고 협박하다니?

분노가 몰아쳤다. 그런 놈들은 가만둘 수 없다. 우현에게 전화를 걸었더니 경철이와 경찰서로 오라고 했다. 민지는 경철이와 병원을 나섰다.

하늘이 뚫린 것처럼 장대비가 쏟아져 내리고 있었다. 장마철이 끝났는데도 뜬금없이 쏟아지던 비는 그칠 줄을 몰랐다. 오히려 빗줄기는 점점 더 굵어졌다. 수민이 사고를 당하던 그날 저녁부터 쏟아진 비였다. 수민의 부모님이 지하에서 통곡하며 흘리는 피눈물이었다.

민지의 억울함이 가시지 않는다면 이 비가 그치지 않으
리라. 경찰서로 향하는 민지의 발걸음이 무거웠다.

* * *

정순은 자리에서 벌떡 일어났다. 방금 수민의 간병인으
로부터 연락이 왔다. 경철이와 민지가 둘 다 병실을 비웠
다고 했다. 빨리 가서 수민의 입을 막아야 한다.

병실에 도착한 정순은 간병인에게 밖을 지키라고 하고
잠들어 있는 수민을 흔들어 깨웠다. 수면제에 취해서 깨
어나지 않았지만 집요하게 수민을 흔들었다. 마침내 수민
이 눈을 뜨자 정순이 무서운 눈으로 수민을 노려보며 협박
했다.

"행여나 딴소리하면 알지? 네가 자백한 목소리가 나에
게 있다는 거. 그게 인터넷에 깔리면 어떻게 될까?"

산 너머 산이었다. 지금 자신의 상태가 어떤지 알 텐
데…….. 어떻게 선생님이 저렇게까지 할 수 있을까 싶었
다. 어쩌면 선생님은 자기가 그런 일을 당할 줄 알면서 거
기 데려간 게 아닌가 하는 생각이 번개처럼 스쳤다.

한 번도 그런 쪽으로 정순 선생님을 의심한 적은 없었

다. 하지만 지금 선생님의 모습으로 보아 그럴 가능성이 높았다. 목욕시키고 속옷까지 새 옷으로 갈아입혀서 데리고 갔었다. 그 지옥으로. 정순 선생님은.

"선생님은 거기서 무슨 일이 벌어질 줄 알고 있었던 거예요. 그렇죠?"

수민이 따져 묻자 정순이 비릿한 미소를 지으며 대답했다.

"네가 좋아서 따라간 거 아냐? 입양될 수도 있다는 말에? 날 원망할 것 없어. 일찍 돌아가신 네 부모님을 원망해. 널 위해 애써 줄 사람은 이제 이 세상엔 없어. 그러니 쓸데없는 말 내뱉어서 사건 키우지 마. 그래 봤자 너만 더 망가져. 알겠니?"

너무나 억울하여 수민은 주먹으로 가슴을 텅텅 쳤다. 차라리 다 밝혀 버리고 정순 선생님 앞에서 목을 매어 버릴까 하는 생각까지 들 정도로 그녀에 대한 원망이 커졌다. 증오의 눈빛으로 정순을 노려보았지만, 정순은 끄떡도 하지 않았다.

16

혐의를
벗다

〔용의자인 강재용이 붙잡히긴 했지만 지금으로서는 확증이 없습니다. 조금 더 조사한 후에 공식적인 브리핑을 하겠습니다.〕

경찰서 내에서의 짧은 브리핑이 끝났다. 양수 경찰서 전체가 들썩이고 있었다. 연쇄 살인 용의자가 잡혀 왔다는 소식에 각종 매스컴에서 기자와 카메라맨들이 몰려들었다. 일반 업무들을 볼 수 없을 정도였다.

할 수 없이 우현이 나서서 사건을 브리핑했다. 그래도 기자들은 믿지 않았다. 마치 배고픈 하이에나처럼 먹이를 찾아 달려들었다. 체격 좋은 민식이 기자들을 쫓아내고 경찰서 문을 닫아 버렸다. 밖에 비가 내리고 있으니 경찰서 앞에서 죽치고 있지는 못할 것이다.

윗선에서는 자백까지 받았으니 재용을 살인범으로 발표하라고 다그쳤지만, 우현은 꿋꿋이 버텼다. 그때의 그 사건을 계기로 자신의 가슴에 아로새겨진 결심이 있다. 아흔아홉 명의 범인을 놓치더라도 1명의 억울한 피해자는 만들지 말자는 것.

브리핑을 마치고 돌아서면서 우현은 깊게 숨을 내쉬었다. 돌아가는 즉시 윗선으로부터 질책이 날아올 것이다. 그래도 어쩔 수 없다. 아직은 증거가 부족하다.

***

기도 바위 사건으로 인해 우현은 정신없이 바빠졌다. 경철이 입을 열자 가해자들이 줄줄이 잡혀 왔다. 학교에서 PC방에서 아니면 당구장에서.

"동영상 올렸어?"

제일 먼저 확인한 것이 그것이었다. 소문보다 무서운 것은 직접 눈으로 볼 수 있는 영상이다. 영상이 올라가면 완전히 삭제하는 건 불가능하다. 누군가가 다운 받아 소장하다가 다시 올리는 악순환이 되풀이된다. 사이버수사대가 아무리 빨라도 뒷북일 뿐이다. 제발…… 제발 동영상은 올리지 않았길 빌어 본다.

우현의 말에 아이들은 서로의 눈을 보며 머뭇거린다. 벌써 올린 건가? 가슴이 서늘해진다. 그 어린 여자애가 겪어야 할 상처에 가슴이 아리다. 성폭행을 당한 것만 해도 살아가기 힘들 텐데 자기의 동영상이 세상에 떠돈다고 생각하면 제정신으로 살아가기 힘들 것이다.

내 딸이 그런 일을 당했다면 당장 그놈들을 총으로 쏴서 죽여 버렸을 것이다. 내가 살인범이 되어 잡혀가더라도 그렇게 했을 것 같다.

"올린 거야? 그런 거야?"

우현의 무서운 다그침에 애들이 두 손을 흔들어 대며 발뺌을 한다.

"아, 아니요. 안 올렸어요."

"확실히 얘기해! 어딘가에 올렸다면 당장에 찾아서 내려야 해! 음란물 유포가 얼마나 끔찍한 죄인지 몰라?"

우현의 다그침에도 애들에게선 두려움이 느껴지지 않는다. 오히려 우리가 무슨 죄를 지었냐는 듯 억울한 표정을 짓고 있다. 자식을 저 지경으로 키운 부모들이 원망스럽다.

사실 단순한 음란물 유포는 죄악에 비해서 형벌이 너무 낮다. 한 여자의 인생을 송두리째 망가뜨리는 일인데 처벌은 솜방망이라 할 수 있다. 처벌 수위를 올려야 한다는 것이 현장 사람들이나 피해자들의 생각이지만 보통의 경우엔 남의 일이라 그냥 넘어가고 만다.

미성년자를 대상으로 한 경우 처벌 수위가 상당히 올라가지만 그래도 피해자가 당하는 고통에 비하면 약하다고 할 수 있다.

"아직 안 올렸어요."

갈색 머리칼을 가진 남자애가 뚱한 말투로 대답한다.

이 자식들이? 아직이라는 말은 나중엔 올리려고 했단 말 아닌가? 열불이 오른다.

사실 그걸 찍을 당시 갈색 머리는 내려가자마자 인터넷에 올리려고 했다. 어리석은 남자애의 빗나간 우월감이었다. 죄책감 같은 것도 없었다. 그냥 놀이였다. 하지만 산을 내려가다가 119가 산으로 올라가는 것을 보자 어쩐지 불길한 느낌이 들었다. 잘못하다간 문제가 될 수도 있을 것 같았다. 그래서 동영상 올리는 것은 잠시 미루었다.

"다행이네. 니들이 그것까지 올렸다면 미성년자 집단 성폭행에 미성년자 음란물 유포죄까지 추가되었을 거야. 너희 때문에 한 여자의 인생이 완전히 끝장날 뻔했다고! 알아? 이 자식들아!"

이 자식들은 지금 자기들이 얼마나 큰 죄를 지었는지 모르고 있다. 우리가 미성년자인데 어쩔 거냐는 표정이 역력했다. 잠시 열을 식힌 다음 우현이 다시 물었다.

"동영상 어딨어?"

한 아이가 쭈뼛쭈뼛 주머니에서 휴대폰을 꺼냈다. 그걸 지켜보는 민지도 경철도 안도의 한숨을 내쉬었다. 최악의 경우는 면했다. 이제 저 자식들이 처벌받는 것만 보면 된다.

사방에서 압박이 들어왔다. 가해자들은 이 지역 유지들

의 자제였다. 미성년자이며 여자애가 스스로 원했다는 말도 안 되는 이유를 대며 방면하라는 요구였다. 이래서 부모가 힘을 키워야 하는가 보다. 세상 참 불공평하다는 생각이 들었다.

***

탈출 시도는 번번이 막혔다. 화장실에 갈 때조차 기회를 주지 않았다. 재용이 여기 들어와 갇힌 지 벌써 하루가 지났다. 그 사이 은옥이 또 살인을 벌일까 봐 초조하고 두려웠다. 그렇게 된다면 자신도 은옥을 구할 길이 없었다.

힘겹게 수갑을 푸는 순간 기다렸다는 듯 문이 벌컥 열리고 화난 얼굴의 최 형사가 들어왔다. 최 형사 뒤쪽으로 재용에게 총을 겨누고 있는 다른 경찰들도 보였다. 엉거주춤 자리에서 일어나자 최 형사도 총을 꺼내 재용에게 겨누며 소리쳤다.

"앉아!"

순간 저들을 뚫고 나갈까 생각해 보았지만, 승산이 없다는 결론이 나왔다. 할 수 없이 재용은 두 손바닥을 들어 보이며 자리에 앉았다. 가능성 없을 때는 시도하지 말아야 한다.

"탈출은 포기하시지. 당신 이력을 알고 경비가 장난 아니거든. 특수부대 출신이라며?"

다 알아 버렸군. 하긴 일정 경찰서와 합동수사를 꾸리고 있다면 상우도 여기 왔을 것이다. 그 자식의 해커 실력은 가히 수준급이다.

최 형사가 다시 재용의 수갑을 채웠다. 두 손목을 묶은 게 아니라 손목을 뒤로 해서 의자와 각각 묶어 버렸다. 이로써 탈출은 꿈도 못 꾸고 경비만 강화되어 버렸다. 자신의 무기력함이 한심스러웠다.

씩씩거리며 사무실로 들어오는 최 형사를 김 형사가 노려보았다. 모니터에 보이는 재용의 모습에 속이 상했다. 몇 번씩 몰래 가 보려고 조사실 앞에까지 가 봤지만, 최 형사가 버티고 있어서 들어갈 수 없었다. 할 수 없이 들고 온 음료수만 전해 주고 돌아서야 했다.

"니 정말 그칼래? 우리 행님 범인 아니라 캤잖아!"

"근데 탈출은 왜 시도해? 그건 범인이라는 자백과 똑같은 것 아니야?"

비슷한 또래의 최 형사와 김 형사가 맞붙었다. 서로 멱살을 잡으며 으르렁거렸다.

"조용히 안 해!"

우현이 버럭 소리를 질렀다. 안 그래도 속 시끄러워 죽을 것 같은데 같은 팀원끼리 싸움이나 하고 있으니…….
살인범이라는 것 말고는 묵묵히 입을 다물고 있는 재용도, 한 여자애를 엉망으로 만들어 놓고도 죄의식은커녕 큰소리만 쳐대는 가해자들의 부모들도 모두 마음에 들지 않았다.

브리핑이 끝난 후 윗사람에게 불려가 한참 잔소리를 듣고 나왔다. 당장 검찰로 송치하라는 명령까지 떨어졌다.

"팀장님, 제가 행님 한 번 만나 볼께예. 예? 예, 팀장님?"

김 형사가 우현에게 부탁했다. 김 형사는 아직도 재용이 살인범이라는 사실을 믿을 수가 없다. 아무리 사람 속은 모른다고 하지만 근 20년 동안 옆에서 보아 오면서 자신의 롤모델이 되기도 했던 사람이다.

"안 돼."

우현은 일정 팀에게 재용의 조사실 출입을 막았다. 혹시라도 탈출을 돕는 일이 생길까 우려한 때문이다.

"지는 아직도 믿을 수가 없심니더. 행님도 행수님도 그럴 사람들이 아닙니더."

우현은 김 형사의 말을 믿을 수가 없었다. 지금으로서

는 재용이 유일한 용의자였으니까.

"안 된다니까! 기도 바위 사건이나 조사해!"

연쇄 살인 사건이 완전히 해결되지 않아 일정수사팀도 본서로 복귀를 못 하고 있었다. 용의자가 잡힌 판국이라 할 일이 없는 일정팀은 기도 바위 사건을 맡게 되었고, 양수팀은 재용을 심문하는 데 총력을 기울이고 있었다.

할 수 없이 김 형사는 가해자들을 만나 조서를 꾸몄다. 조서를 꾸미는 내내 김 형사는 한 대 치고 싶은 충동을 참느라 애를 썼다. 가해자들은 뻔뻔하기가 이를 데 없었다. 자기들이 처음 아니라며 오히려 억울해했다. 기가 막혔다.

"그 기집애. 최 원장 손 탔어요. 최 원장은 그래도 되고 우리는 안 돼요?"

"최 원장이 누고?"

"희망보육원 원장이요. 지금은 국회의원이 돼서 서울에서 살아요."

"이것들이 미친나? 국회의원 모략하면 우찌 되는 줄 아나? 당장 명예훼손죄로 고발당할 수도 있다카이!"

겁을 주어도 애들은 굳건했다. 어른들도 하면서 왜 우리는 안 되냐고 오히려 따져 물었다. 도대체 이놈의 동네는 적응이 되지 않는다. 울화가 치미는 속에서 조서를 마친 김 형사는 우현을 만나서 따져 물었다.

"대체 최 원장은 어떤 사람입니꺼? 가해자들이 하나같이 그 사람을 걸고 넘어갑니더."

김 형사의 말에 우현의 눈썹이 치켜 올라갔다. 가끔 그런 소문이 돌곤 했다. 희망보육원 최 원장이 어린 여자애들을 건드린다고. 소문 때문에 조사에 들어가면 피해자로 지적된 아이들이 언제나 아니라고, 절대 그런 일 없다고 부정했었다.

그런데 이번에도 최 원장의 이름이 거론된단 말이지? 그동안 친고죄에 때문에 조사조차 할 수 없었는데 얼마 전 친고죄가 폐지되었다. 이제 성범죄는 피해자의 고소, 고발이 없어도 수사가 가능하다.

첫 번째 맡았던 사건의 피해자 김은옥 역시 그놈을 가해자로 지목했었다. 그녀의 어머니가 나타나 억지로 데려가지만 않았다면 그때 수사가 제대로 진행될 수도 있었을 텐데……. 다시 죽은 아이가 떠올랐다. 그 아이만 생각하면 여전히 빚진 기분이었다.

이번에 그놈을 꼭 잡아 보리라. 우현이 각오를 다졌다. 퇴임 전에 해결할 수 있을 것 같다는 생각에 가슴이 두근거린다. 잘하면 마음의 빚을 갚을 수 있겠다.

그런 우현의 의지와는 상관없이 상부로부터 사건을 덮으라는 명령이 내려왔다. 국회의원 파워였다. 이럴 때마다 우현은 형사라는 직업에 회의를 느끼곤 한다.

* * *

재용의 끈질긴 요구로 우현은 정미에게 전화를 걸 수밖에 없었다. 재용이 보기를 원한다는 말에 정미도 알았다고 하며 양수 경찰서까지 와 주었다.

용의자의 권리 운운하며 단둘만 얘기 나누고 싶다고 하자 우현은 허락할 수밖에 없었다. 조사실에 단둘만 남자 어색한 침묵이 흘렀다. 그 침묵을 깬 사람은 정미였다.

"자네에겐 항상 고맙고 미안하네. 자네가 아니었다면 우리 은옥이 결혼도 하지 않았을 것이고 자네가 아니었다면 은옥이 그렇게 견뎌 주지도 않았겠지. 더구나 은옥이 때문에 이런 살인자 누명까지 쓰게 되어 더 미안하네."

"아닙니다, 장모님. 그보다 은옥이 지금 어디 있습니까? 은옥이 찾아야 합니다. 은옥이가 더 살인을 저지르면 정말 끝장입니다."

재용은 그런 인사치레 받을 시간이 없었다. 장모님을

설득해서 은옥을 찾아야 했다.

"이제부터 은옥인 내가 챙기겠네. 자넨 그만 은옥일 놓아주게."

"그, 그게 무슨 말씀입니까? 은옥일 놓아 달라니요? 은옥인 제 아내입니다. 제가 어떻게 아내를 버려요?"

말도 안 되는 소리다. 내가 어떻게 은옥일 버리겠는가? 그럴 수 있었다면 벌써 예전에 깨지고 말았을 결혼 생활이었다.

"그래도 걔 때문에 자네가 누명을 쓰지는 말게. 그건 그 애가 원하는 일이 아니야. 만약 자네가 범인으로 구속된다면 그 애는 자네의 혐의를 벗기기 위해 살인을 저지를지도 몰라."

말도 안 된다. 장모님은 아무것도 모른다. 아내에게 나란 존재는 아무런 의미도 없다는 사실을. 나를 위해 살인을 할 사람이었으면 날 두고 그렇게 떠나지 않았으리라. 그런 여자를 위해 살인 누명까지 뒤집어쓰고 잡혀 있는 자신이 어리석을 뿐이다.

"그러니 차라리 자네의 누명을 벗고 나가서 은옥일 찾아주게."

이해가 되지 않았다. 남편도 이런 마음인데 하물며 어

머니가 되어서 어떻게 저렇게 몰인정하게 말을 하는지.

"어머니, 어머니가 어떻게 그렇게 말씀하실 수가 있어요? 은옥인 어머니 딸이에요. 제가 누명을 벗으면 은옥인 용의자가 된다고요!"

재용의 말에 정미는 회한이 가득한 목소리로 말했다.

"예전에 은옥일 위한답시고 일을 벌였다가 그 애와의 사이가 지금 이 꼴이 되어 버렸네. 은옥인 누군가가 자기 때문에 희생되는 걸 못 견뎌하지. 그것도 사랑하는 남편이라면 더더욱 그럴 걸세. 그러니 부탁하네. 제발 자네의 무죄를 증명하게. 은옥이가 내게 신신당부를 했네. 자네를 지켜 주라고. 그래만 준다면 나를 용서해 주겠다고 했네."

간절한 목소리로 정미가 재용에게 부탁하고 있었다. 이해되지 않는 말들 때문에 재용은 질문을 던질 수밖에 없었다.

"도대체 무슨 일이 있었기에……."

"그건 말 못 하네. 그저 우리 은옥이 좋은 사람이라고 기억해 주기만 바라네. 은옥이가 이렇게 된 것도 다 내 업보일세."

용기를 주듯 정미가 재용의 손등을 다독여 주고 조사실을 나가자 재용이 마음을 정했다. 장모님 말이 맞다. 그가 나가지 못한다면 은옥을 막아 줄 사람은 없다. 자신의 결백을 밝히고 나가서 그녀를 찾는 게 빠른 길이다. 재용이 우현을 불러 달라고 청했다.

"이제 자백할 마음이 생겼나?"

조사실로 들어와 자리에 앉으며 우현이 물었다. 아주 기대에 찬 표정이다. 재용은 다시 한숨을 내쉬었다. 앞에 앉아 있는 팀장을 설득해야만 하지만 쉬워 보이지 않았다. 하긴 자기라도 그럴 것이다. 그래도 지금 다른 방법은 없다.

"죄송합니다. 제가 허위 자백을 했습니다."

"이 자식이! 지금 장난해? 네가 범인이라고 자백한 지 딱 하루 지났어. 그런데 뭐? 범인이 아니라고? 그게 말이 돼?"

"정말입니다. 전 사람을 죽이지 않았어요."

"그럼 왜 그랬어? 왜 살인죄를 뒤집어써? 그것도 연쇄 살인을?"

"아내를 잡아넣을 수가 없었습니다. 범인은…… 아내입니다."

말도 되지 않는다. 자기 죄를 가리기 위해 아내를 팔다니. 이런 놈이 형사 팀장이었다니 기가 막힐 노릇이다. 우현이 버럭 소리를 질렀다.

"지금 네 말은 김은옥이 범인이다, 이건가? 그게 말이 돼?"

"제 아내의 이름을 어떻게 아십니까?"

아내라는 말에 우현이 대뜸 은옥의 이름을 대자 재용은 이상한 생각이 들었다. 우현이 실수했다는 듯 표정을 일그러뜨리자 재용이 다시 물었다.

"제 아내를 어떻게 아느냐고 물었습니다."

"…… 예전에 알던 사람이네."

"어떻게요? 어떻게 아는 사람입니까?"

재용이 다그쳐 물었지만, 우현은 그 질문에 대한 대답은 피하고 다른 질문을 했다.

"헛소리 그만하고 빨리 자백이나 해! 지금 수사 방향을 흔들려고 그러나? 자네 아내는 범인이 아니야. 범인은 남자야. 목격자가 있어."

"예에? 범인이 남자라뇨? 아내가 아니에요? 진짜 아니에요?"

재용의 목소리가 떨리고 있었다. 아내가 범인이 아닐 수 있다는 조그마한 가능성에 희망이 생겼다.

"그래, 남자야. 5일 전에 일어난 사건에는 목격자가 있어. 너와 체격도 비슷해."

"5일 전이요?"

"그래, 5일 전. 이제 와서 네가 저지른 짓을 모른다고 발뺌하는 거야?"

우현이 눈을 부라리며 따져 물었다.

5일 전이라면 재용과 은옥이 강원도에 있던 때. 그렇다면 아내도 범인이 아니다. 우현이 재용을 노려보았지만, 그는 아무것도 생각나지 않았다. 오로지 다행이라는 생각밖에는. 아내가 살인자가 아니다. 아내는 죄가 없다. 재용이 두 손에 얼굴을 묻었다. 괜히 눈물이 났다. 안도의 눈물이었다.

"오, 하느님. 감사합니다."

우현은 재용의 행동들이 이해되지 않았다. 무엇 때문에 저렇게 감동하는지 이해할 수가 없었다. 잠시 후 고개를 든 재용의 얼굴에는 눈물까지 흥건했다. 뭔가 잘못된 것 같은 느낌이 들었다.

"저희는 범인이 아닙니다. 저도 제 아내도 범인이 아니에요. 5일 전에 저희는 강원도에 있었습니다."

목이 잠겼는지 흠흠거리더니 재용이 말을 이었다.

"알리바이를 대어줄 사람이 있습니다. 그 사람 집에서 숙식을 했어요."

강원도라면 지난번 은옥이 말해 준 주소인가 보다. 거기로 가는 도중 재용을 붙잡았다는 말에 그냥 돌아왔었는데……. 만약 저 자식의 말이 사실이라면 진범은 누구란 말인가?

똑똑.

바로 그때 다급한 노크 소리와 함께 문이 벌컥 열렸다.

"누구야!"

안 그래도 신경이 날카로워진 상태라 우현이 성질을 버럭 냈다.

"팀장님! 박쥐 사건이 또 터졌심니더."

재용과 우현의 시선이 마주쳤다. 두 사람의 얼굴이 순식간에 일그러졌다. 용의자가 잡혔다고 안심하는 사이에 다시 사건이 터진 것이다. 또 희생자가 나왔다. 정말 폭주하는 기관차가 아닌가 싶을 정도였다. 5일에 한 명씩 사람을 죽여 나갔다.

이번에도 희망보육원 원생 어머니였다. 박쥐 모양의 목각 인형과 〈타박네〉 노랫소리. 그리고 자신의 얼굴까지 유유히 보이는 여유까지. 그러곤 흔적도 없이 사라져 버렸다. 이로써 재용은 혐의를 완전히 벗었다.

우현은 분통이 터졌다. 재용이 범인이라는 자백이 없었다면 수사가 다른 방향으로 진행되었을 것이다. 범인은 잡지 못해도 최소한 피해자에게 경고는 해 줬을 수 있다. 위험하니까 조심하라고. 결국, 그 화는 재용에게로 향했다.

"너 때문에 피해자가 늘었어. 너만 아니었다면 경고를 해줄 수도 있었어. 대체 왜 네가 범인이라고 자백한 거야?"

재용은 우현의 분노를 오롯이 받아냈다. 재용도 피해자에게 너무 미안했다. 자신의 이기심이 피해자를 죽음으로 몰고 간 것 같았다.

"증거물과 똑같은 것을 아내가 가지고 있었습니다. 그래서 다그쳤더니 자신이 범인이라고 했고요. 그래서 아내가 범인인 줄 알았습니다. 차마 아내를 잡아넣을 수가 없었어요. 더 이상의 살인은 제가 막을 수 있으리라 생각했는데……."

"그건 김은옥의 것이 아니야. 다른 사람이 만든 거지."

우현의 말에 재용은 깜짝 놀랐다.

"그걸 만든 사람을 아십니까? 그런데 왜 안 잡아들이고?"

"죽었네, 30년 전에. 살인 미수죄와 강간죄를 뒤집어쓰고 억울하다며 자살하고 말았지."

"자살이라고요?"

"그래, 자살. 억울한 죽음이었다고 생각하네."

"그런데 제 아내가 어떻게 그것을……."

"나는 말 못 하네. 궁금하면 자네 장모님께 물어보게."

우현은 더 이상 말하기를 거부했다. 재용으로서도 더

이상 다그칠 수가 없었다.

선량한 시민을 살인범으로 체포했다고 매스컴은 경찰을 씹어 댔고 말미에 다음과 같은 소식을 전했다.

〔지금까지 수사한 것에 따르면 연쇄 살인의 모든 피해자들은 자녀들을 모두 보육원에 맡긴 것으로 알려졌으며 세 번째 사건부터는 모두 양수의 희망보육원 원생 어머니로 밝혀졌습니다. 희망보육원에 자식을 맡긴 어머니들은 특히 조심하라는 경찰의 전언이 있었습니다. 경찰에 보호 요청을 하기 바랍니다.〕

결국 희망보육원에서 원생의 신상 정보가 적힌 서류를 찾지 못하자, 시간상 일일이 확인하기엔 시간과 인력이 너무 부족했던 경찰은 공개적으로 피해 예상자들에게 경고를 보낸 것이다.

그러자 경찰서 전화통에 불이 붙기 시작했다. 다른 보육원에 아이를 맡겼는데 자기는 안전한 것이냐고 묻는 사람. 희망보육원에 아이를 맡겼으니 자기를 보호해 달라는 사람. 왜 살인범을 못 잡고 자기들을 불안에 떨게 하느냐는 사람.

도대체 자식 버린 사람들이 왜 이리 많은 건지? 경찰서에 있던 모든 경찰관들은 씁쓸함을 금할 수 없었다.

* * *

　수사팀은 은옥이 중요한 단서를 지니고 있는 사람으로 납치되었을 가능성도 있으니 그녀를 본 사람은 신고해 달라고 매스컴에 띄웠다. 그러자 한참 후 신고가 들어왔다.

　달려가 보니 희망보육원 근처 편의점이었다. 재용과 우현은 한달음에 달려가 CCTV를 확인했다. 은옥이 맞았다. 초코바와 먹을거리를 사고 있었다. 은옥이 타고 갔던 차량은 편의점에서 조금 떨어진 곳에서 발견되었다.

　주변 CCTV와 주변을 뒤졌지만 그 날 이후로 은옥의 흔적 역시 사라져버렸다. 애가 바짝바짝 탔다. 혐의는 벗었지만 재용은 수사팀에 합류하지 못했다. 재용이 범인은 아닐지라도 관련이 되어 있을 수도 있기 때문이다.

　재용은 당분간 휴직을 신청하고 은옥을 찾아 나섰다. 재용은 다시 장모님의 집으로 향했다. 사실대로 얘기해 주어야 은옥을 찾는다는 재용의 말에 정미는 긴 한숨을 내쉬고 30년 전의 비극적인 사실을 토해 놓았다.

　"진작 얘기해 주셨음 좋았잖아요, 어머니."

　정미의 얘기를 듣고서 재용은 은옥이 자신을 그렇게 거부해 왔던 이유를 알게 되었다. 가슴에서 분노가 솟았다.

그런 나쁜 인간과 타협한 장모님을 용서할 수 없었다. 아내가 장모님을 보지 않는 것도 이해되었다.

무엇보다 원망스러운 건 그런 아픔을 아내 혼자 삭이게 했다는 것이다. 아무런 위로도 격려도 해 주지 않고서. 그 힘든 일들을 겪고서 30년을 힘들게 살아왔을 아내가 너무 가여웠다.

"내가 어리석었네. 숨기는 것이 능사라고 생각했어. 세월이 지나면 잊힐 거라고."

"그건 혼자서 극복할 상처가 아니에요! 정신과 치료를 받고 주변의 보살핌이 있어야 낫는다고요!"

재용의 화난 목소리에 정미는 그저 눈물만 흘릴 뿐이었다.

"그래서 그 남자아이 자살을 했군요. 억울한 죽음이네요."

정미의 고개가 점점 더 아래로 내려갔다. 회한이 가득한 통곡이 새어 나온다.

양수로 내려오면서 재용은 곰곰이 생각해 보았다. 정말 그 박쥐 모양의 목각 인형이 동일한 사람의 솜씨라면 가능성은 단 하나다. 그 사람이 여전히 살아 있는 것.

가끔씩 교도소에서 특수요원으로 차출되는 경우도 있었다. 주로 총알받이로 끝나지만, 잘만 하면 새로운 삶을 얻을 수도 있기에 그들도 그런 삶을 선택할 수밖에 없었다.

그 아이도 만약 그런 선택을 했다면 어쩌면 살아 있을 수도 있다.

"팀장님, 혹시 그 사람 사진 가지고 있습니까? 누명을 쓰고 자살했다는 그 사람 말입니다."

재용의 말에 우현은 놀란 표정을 지었다.

"장모님에게 들었습니다."

재용의 말에 우현은 말없이 사건 기록을 넘겨주었다. 오래된 사건 기록 속 피해자의 이름에 아내의 이름도 적혀 있었다. 가슴이 묵직하게 아파 왔다. 기록 옆에는 사진이 첨부되어 있었다. 교복을 입은 한 남학생의 사진이 있었다. 너무 오래전 사진이라 지금의 모습과 매치시킬 수가 없었다. 상우가 프로그램을 작동시켜 지금 나이의 모습으로 바꾸어 주었다.

"아, 저 사람……."

"팀장님, 아는 사람인교?"

재용의 말이 끝나기도 전에 김 형사가 다급하게 물었다. 기대하는 표정이 역력했다. 재용이 고개를 끄덕였다. 그 남자였다. 첫 번째 피해자의 딸과 그 친구가 킹왕짱 아저씨라고 불렀던 남자.

"첫 번째 사건 피해자 딸하고 친하게 지냈다고 들었습

니다."

모든 것이 이해되었다. 그 딸이 죽자 엄마를 기다리다
죽은 그 아이가 가엾어서 엄마를 죽였으리라.

재용은 바로 일정으로 달려갔다. 공사 현장에 갔더니
그 사람은 이미 사라지고 없었다. 지문을 하나 찾아왔더
니 태수의 것과 일치했다. 기가 막혔다. 죽은 줄 알았던
사람이 유령처럼 살아 있는 것이다.

다시 정아를 찾았다. 킹왕짱 아저씨에 대해서 물었더니
정아가 두려운 얼굴로 그 뒤로는 못 만났다고 대답했다.

"너 이런 거 봤어?"

재용이 휴대폰을 열어 박쥐 모양의 목각 인형을 보여 주
자 아이의 얼굴이 파랗게 질렸다. 그때 민아의 소지품을
달라고 했을 때 줬어야 했지만 정아는 주고 싶지 않았다.

"봤구나?"

"아저씨가 이걸 가지고 있으면 엄마를 만날 수 있다고
해서. 그래서……."

두려움에 떨며 아이가 몰래 숨겨 두었던 목각 인형을 꺼
내 보였다. 사건 현장에서 본 것과 똑같았다. 사건은 조금
씩 풀려 가는 것 같았다.

그런데 그를 어디서 찾지?

17

나는
유령이다

나는 유령이다. 사람들은 나를 보지 못한다. 아니, 보긴 하겠지만, 나의 존재를 알아차리지 못한다. 투명인간처럼 그저 스쳐 지나갈 뿐이다. 그건 내가 태어나자마자 줄곧 사람들로부터 받아 온 대접이라 딱히 아쉬울 것도 없다. 오히려 사람들이 나를 아는 체하고 살갑게 굴면 더 불안하다.

내 인생에서도 딱 한 번 그런 시절이 있었다. 나를 알아주고 내가 알아주는 사이. 아직 어려서 남녀의 정이 뭔지는 몰랐지만, 그저 보기만 해도 좋았다. 날 낳아 준 어머니를 원망하고 살았던 내가 그 어머니를 고마워한 유일한 시기였으니까.

그렇게 그 아이가 나에게 왔다. 《그가 내 이름을 불러주었을 때 나는 그에게로 가서 꽃이 되었다》는 시가 있다는 것도 그 아이가 가르쳐 주었다. 아주 예쁘고 따뜻한 아이였다. 그 아이가 나를 오빠라고 부르며 따랐을 때부터 나도 심장이 살아 있는 인간이라는 것을 알게 되었다. 그 전까지 난 내 자신이 감정이 없는 로봇이라고 여기며 살아왔기에 설렘 또한 컸다. 하루하루가 살맛이 났다. 이렇게 행복해도 되나 싶었다.

그러곤 지옥이 왔다. 내 인생의 짧막한 행복은 남은 생의 불행을 달래기 위한 진통제에 불과했다. 원장이 은옥을 눈여겨보고 있다는 것을 알고는 항상 은옥을 조심시켰다. 그러던 어느 날 원장의 심부름을 다녀온 사이 일이 벌어졌다.

불안한 느낌에 서둘러 보육원으로 돌아온 태수는 원장실에서 들리는 비명에 가슴이 내려앉는 것 같았다. 문이 잠겨서 열리지 않자 유리창을 깨고 들어갔다. 이미 일은 벌어져 있었다. 미칠 것 같았다. 내 사랑스러운 꽃을, 보기도 아까운 꽃을 꺾다니.

분노가 솟았다. 피가 끓어올랐다. 그냥 둘 순 없었다. 그렇잖아도 원생들 중 얼굴 반반한 애들은 모두들 건드려서 여자애들은 두려움에 떨고 있었다. 태수는 거침없이 테이블에 있는 과도를 집어 들어 휘둘렀다. 심장을 찔러 버리려고 했는데 놈이 피하는 바람에 칼은 다리에 꽂혔다.

은옥이 벌벌 떨었다. 은옥을 들쳐 업고 원장실을 뛰쳐나왔다. 그러곤 산으로 올라갔다. 은옥이 피를 흘리고 있었지만 돌아갈 수는 없었다. 그놈은 한 번 발정하면 진이 빠지도록 애들을 몰아간다는 걸 알고 있었다.

그놈의 손이 닿지 않는 곳으로 데리고 가야 했다. 축 처진 은옥을 업고 산을 오르는 것은 쉽지 않았다. 그래도 가야만 했다. 거기만 도착하면 아무도 우릴 찾지 못할 것이다. 그놈으로부터 은옥을 보호할 수 있을 것이다.

은옥이 밤새 끙끙 앓았다. 병원으로 데려가야만 했다. 여린 은옥이 견디기엔 동굴이 너무 음습했다. 은옥을 병원에 데리고 가자 경찰들이 자신을 잡아갔다. 살인 미수범이라고 했다. 강간범이라고 했다. 말도 안 된다. 이런 경우가 어디 있단 말인가?

맨 처음 살인을 시작했을 때만 해도 이럴 생각이 아니었다. 그 아이가 너무 가엾어서, 죽어 가면서도 엄마를 그리워하는 그 아이가 너무 애달파서, 가는 길에 함께 가라고 보내 준 것이었다.

그러고 나니 함께 지냈던 동료가 생각났다. 내게 참 잘해 준 친구였는데 사건 수행 중 죽고 말았다. 죽어 가면서 자기의 엄마를 애타게 부르던 생각이 났다. 그래서 그 엄마를 찾아 죽였다.

두 번의 살인 이후 나는 이미 짐승이 되어 있었다. 몸안에서 계속 살인 충동이 일어났다. 참을 수가 없었다. 몸속에서 짐승이 점점 발버둥치기 시작했다. 죽이라고. 자식을 버리는 엄마들은 다 죽여 버리라고. 통제할 수가 없었다.

　이왕이면 그놈의 보육원 엄마들을 대상으로 하기로 했
다. 그러면 그놈도 좀 머리가 아프겠지. 여자들을 죽이고
얻은 가슴은 그놈에게 선물을 보냈다. 그놈도 두려움이
뭔지 알 필요가 있다.

18

포
기
할 수

없는 마음

일정에서는 더 이상 그를 찾을 수 없을 것 같아서 재용은 다시 양수로 내려갔다. 양수에 접어들자마자 비가 내렸다. 그것도 장대 같은 소낙비. 양수를 떠날 때도 비가 오더니 아직까지 오는 건가? 그런 것 보면 우리나라도 넓은 것 같다. 일정에서는 햇볕이 너무 따가워 다닐 수가 없었는데 여기서는 폭우라니.

희망보육원 근처에 차를 세웠다. 차를 이 근처에 내버려 뒀다면 멀리 가진 못했을 텐데…… . 지금쯤이면 먹을거리도 다 떨어졌을 텐데…… . 아내가 편의점에서 먹을거리를 사서 간 지도 벌써 3일이 지났다.

차에서 내려 우산을 쓰고는 근방을 다시 돌기 시작했다. 장대비라 우산도 소용없었다. 금방 온몸이 젖어들었다. 아내의 사진과 그 남자의 몽타주를 보이며 상가를 돌고 지나가는 사람들에게도 물어보았지만 다들 고개만 저었다. 상가에 설치된 CCTV까지 다 뒤져 보았지만 아내도, 그 남자도 보이지 않았다.

자꾸만 초조해졌다. 아내는 어디로 갔을까? 아마 그와 두 사람만이 아는 공간으로 갔을 터인데…… . 어쩌면 그곳은 그 남자가 아내를 데리고 도망갔던 그곳일 수 있을 텐데. 아무도 그곳이 어디인지는 알지 못한다고 했다.

이렇게 흔적이 없다는 건? 갑자기 가슴이 덜컥 내려앉
았다. 두려웠다. 무서웠다. 설마 아내가 벌써 그 남자에
의해 살해된 된 건 아니겠지? 두 사람이 만났다면 어쩌면
아내는 이미 이 세상 사람이 아닐 수도 있다.

그 남자가 아내에 대해 좋은 감정을 가질 리가 없다. 아
내의 잘못은 아니지만, 결과적으로 아내로 인해 중형을
선고받고 유령 같은 삶을 살게 되었으니까. 제발 두 사람
이 만나기 전에 찾아야 할 텐데……. 마음만 급하다.

결국 재용은 경찰서까지 다시 갈 수밖에 없었다. 거긴
뭐라도 건진 것이 있을 것이다. 수사에 참여하지 못하더
라도 돌아가는 이야기는 들을 수 있을 것이다. 사무실에
들어왔더니 김 형사와 상우만 앉아 있었다.

"다들 어디 갔어?"

재용의 말에 상우는 고개 들어 그를 보더니 고개 숙여
인사하고는 다시 앉는다.

"그놈 찾으러 돌아 다닙니더. 도대체 그놈은 유령이랍
니꺼? 흔적이 없심니더. 흔적이."

"몽타주 뿌렸어?"

"뿌렸지예. 전화 한 통 없심니더."

재용은 답답해하는 김 형사에게서 몸을 돌려 여전히 키

보드를 두드리고 있는 상우의 옆으로 걸어갔다.

"더 알아낸 거 없어?"

"예, 팀장님. 서류상으로는 완전히 죽은 사람입니다. 도대체 어떻게 된 건지. 임무 수행 중에 사망으로 처리되어 있습니다. 그러니 지문 검색에 안 나올 수밖에 없지요."

민아의 소지품을 챙기면서 지문이 하나 나왔었다. 기대를 가지고 조회해 봤지만, 지문 조회에 나오지 않았다. 그래서 같은 보육원생의 지문인가 했다. 그런데 사망자의 지문이었으니 조회에 안 나올 수밖에.

"근데 행님, 도대체 박쥐는 무엇을 의미하는 거 같심니꺼? 지금까지 조사한 걸 보면 젖가슴하고 〈타박네〉 노래는 다 모성을 뜻하는 것 같은데 박쥐는 내가 마 통 모리겠심니더. 이 사건하고 어떤 연관이 있는지. 것만 알아도 사건이 좀 더 쉽게 풀리지 않겠심니꺼?"

김 형사의 질문에 재용은 아무런 대답도 하지 못했다. 자기 역시 그 의미를 알지 못했으니까.

"니도 모리나? 니는 과학수사대 아니가? 박쥐가 무얼 의미하는 지 니는 알아내야 안 컸나?"

"여기저기 뒤져 봤는데 딱히 맞아 떨어지는 게 없더라고요. 그냥 자신의 어두운 마음을 뜻하는 게 아닐까요?"

박쥐에 대해 이야기를 나누고 있는 중에 사무실 문이 쾅 열리더니 민지와 경철이 들어왔다. 김 형사의 얼굴엔 낭패감이 어렸다.

"도대체 무슨 일을 이렇게 해요? 애가 몹쓸 짓을 당해서 병원에 입원 중이라고요! 그런데 가해자들이 다 풀려나다뇨? 그게 말이 됩니까?"

"그게…… 그게 말입니다. 미성년자라……."

"미성년자요? 형사님 눈에도 그 애들이 한 짓이 미성년자라고 봐줄 만하던가요? 한 여자애를 네 명이서 그런 것도 모자라 인터넷에 올린다며 동영상까지 찍었어요. 말리는 애를 두들겨 패서 이 꼴로 만들어 놨구요. 그런 애들도 미성년자라고 봐줘야 해요, 예?"

민지의 목소리에는 분을 참지 못한다는 듯 화가 가득 담겨 있었다. 분노 때문에 호흡도 거칠었다.

"가해자 부모들이 합의서를 받아와 가꼬……."

어쩔 수 없다는 듯 죄송스런 표정까지 지어 가며 김 형사가 변명했다. 그의 말이 끝나기도 전에 민지가 다시 소리를 지른다.

"합의서라니요? 누가 합의서를 써 줬답니까? 그 애는 고아라고요!"

"보육원 원장이 써 줬다 카던데요. 여 보이소."

김 형사가 내미는 서류에는 합의 내용이 적혀 있었다. 미성년자들이 실수로 저지른 일이며 가해자들이 깊이 반성하고 있으니 고소를 취하한다는 내용이었다.

그놈들이 반성을 해? 개가 웃겠다. 가해자들의 부모들이 발 빠르게 움직여서 보육원 원장에게서 합의서를 받아온 모양이다. 세상은 참 불공평하다. 힘 있고 돈 있는 부모를 만나면 있던 죄도 없어지고 고아는 억울한 일을 당해도 하소연조차 할 수 없다.

수민인 아직도 그 충격에서 벗어나지 못하고 있는데……. 대인기피증이 생겨 사람 얼굴을 제대로 보지 못하고 있는데……. 어떻게 보육원 원장이라는 인간이 애가 어떤 상태인지 확인도 안 해 보고 합의서를 써 줄 수가 있어? 합의서를 들여다보는 민지의 손이 부들부들 떨렸다.

"그럼 합의서만 있으면 미성년자 성폭행범도 다 풀려난단 말이에요? 그게 말이 돼요? 한 아이의 인생이 망가졌어요. 아직 사람들 얼굴도 못 쳐다봐요. 충격이 너무 심해서!"

"그게…… 강간죄는 친고죄가 되어 놔 가꼬. 합의서를 가지고 와서 고소를 취하하면 수사가 중지됩니더."

"뭔 놈의 법이 이래요? 이래서야 국민들이 법 믿고 살수 있겠어요? 전 포기 못 해요. 그놈들 잡아넣기 위해서라면 무슨 짓이라도 할 거예요. 저 쏟아지는 비가 안 보여요? 저건 비가 아니에요. 돌아가신 수민이 부모님이 억울해서 흘리는 피눈물이라고요!"

민지의 목소리에는 절망감이 짙게 깔려 있었다. 민지는 정말 속이 상했다. 수민이 그 가엾은 아이를 위해 해줄 수 있는 것이 아무것도 없었다. 그렇게 쉽게 원장자리에서 물러나는 게 아니었다. 만약 자신이 그 자리에 있었다면 절대로 합의서 같은 건 안 써 줬을 것이다. 무력감이 몰려왔다.

피해자들로 보이는 사람들이 사무실에 들어오자 재용은 혼자서라도 은옥을 찾기 위해 사무실을 나가려고 했다. 그런데 발이 떨어지지 않았다. 애가 성폭행을 당해서 병원에 입원 중이라는 말이 재용의 가슴에 와서 박혔다. 차마 발길을 돌릴 수가 없어서 오가는 얘기에 귀를 기울였다.

남의 일 같지가 않았다. 불과 얼마 전까지 남의 일로 알고 있었던 성폭행이 아내의 일이 되고 보자 쉽게 넘어가지지가 않았다. 당장에라도 달려가 가해자를 죽여 버리고 싶은 맘이 하루에 열두 번도 더 들었다. 30년이 지나도 그 상처를 극복하지 못하고 사는 아내 때문에 더 그랬다.

그 아이가 앞으로 살아갈 일이 걱정스러웠다. 가해자들이 처벌받지 않고 뻔뻔히 살아간다면 그 아이는 세상을 원망하며 살아가게 될 것이다. 다른 인간을 신뢰하는 마음을 잃어버리고 세상에 섞이지 못하며 살아가겠지? 누구의 마음도 받아들이지 못하고 고슴도치처럼 날을 세우며 혼자만의 세상 속으로 숨어버리겠지? 내 아내 같은 삶을 살게 되겠지?

당장 사무실 문을 열고 아내를 찾아 나서야 했음에도 재용은 이미 다른 행동을 하고 있었다.

"일단 좀 앉으십시오."

재용이 민지에게 의자를 권했다. 이 사건을 해결한다면 그동안 닫혀 있던 아내의 마음이 조금이나마 열리지 않을까 싶은 생각이 들었기 때문이다. 그렇다면 아내가 자기 옆에서 남은 생을 편안하게 살아 주지 않을까 하는 기대도 가져 보았다.

"누구세요?"

뜬금없이 말을 걸어오는 재용을 민지가 경계심을 가지며 쳐다보았다.

"우리 팀장님입니다."

"강재용이라고 합니다. 듣자 하니 아이가 몹쓸 짓을 당한 것 같은데 가해자들이 풀려났습니까?"

"예."

여전히 경계심을 지니고 민지가 대답했다.

"아이가 몇 살입니까?"

"열네 살이요."

열네 살이라고? 아내가 몹쓸 짓을 당했다는 그 나이다. 더 마음이 쏠렸다.

"아이를 만나 볼 수 있을까요?"

민지가 대답하기 전에 경철이 재용의 제안을 단번에 거절했다.

"안 돼요. 수민인 아무도 만나고 싶어 하지 않아요. 제가 증인이에요. 제가 다 봤어요. 그 자식들이 수민이에게 했던 짓들을. 옷을 찢고 동영상 찍고 돌아가면서 그 애에게……."

더 이상 얘기할 수 없는지 경철이 말을 멈추었다. 분노 때문에 눈이 시뻘게졌다. 불끈 쥔 주먹도 하얗게 변했다.

"그럼 네가 얘기해 봐. 아저씨가 그 자식들 집어넣어 줄게."

모두들 재용을 쳐다보았다. 반신반의하는 표정이 역력했다.

"일단 서류부터 줘 봐."

김 형사가 서류를 넘겨주자 재용이 서류를 꼼꼼히 읽어 보았다.

"근데 최 원장은 누구야? 가해자들이 다들 걸고 넘어가는데."

최 원장이란 말에 경철의 주먹이 다시 쥐어졌다. 그 짐승 같은 놈도 잡아넣고 싶었지만, 증거가 없었다. 수민이에게 증언을 하란 말은 죽어도 못한다.

경철의 굳은 표정을 본 민지는 무언가 있다는 생각이 들어 경철을 다그쳤다.

"최 원장이라니? 그건 또 무슨 소리야?"

"……."

경철이 대답을 하지 않고 이만 악물고 있자 김 형사가 대신 대답했다.

"가해자들 말이 최 원장이란 놈이 먼저 피해자를 건드렸다 카데요. 왜 어른은 되고 우린 안 되냐고 도리어 따지고 드는데……."

"최 원장이 누군데?"

"희망보육원 전 원장이라 카던데요. 지금은 국회의원이 돼서 서울 가 있다고."

희망보육원이라면, 희망보육원이라면 은옥이 잠시 머물렀던 보육원이다. 거기서 원장이란 인간에게 당했다고 들었다.

장모님 말이, 얼마 전 신문에 기사가 크게 났다고 했다. 그런 인간이 아직도 보육원장을 하며 사람들에게 칭찬을 듣고 있다는 현실이 너무 원통하고 분해서 그날 밤 잠 한숨 못 잤다고 했다. 은옥이도 그 신문을 봤으면 치를 떨었을 것이라면서.

온몸이 부들부들 떨려 왔다. 한 여자의 인생을, 아니 그 여자 가족의 인생까지도 엉망으로 만들어 놓고 뭐, 국회의원? 장모님이 내미는 신문을 확인했더니 《평생을 고아들을 위해 헌신한 최철민, 드디어 국회에 입성하다》란 제목으로 기사가 보였다. 그 기사 옆에 박쥐 사건이 실려 있었다. 아무래도 그날 아내가 떨었던 것은 박쥐 사건 때문이 아니라 그 짐승 같은 인간 때문이었나 보다.

어찌나 분통이 터지는지 한달음에 차를 몰아 그 집까지 달려갔다. 당장 죽여 버리고 싶은 맘을 안고 달려갔지만 대문 안으로 한 발짝도 들일 수가 없었다. 보안이 철저했다. 대문 주위로 경호원들이 잔뜩 배치되어 있었고 군데군데 CCTV가 설치되어 있었다.

결국 재용은 그 인간 낯짝도 보지 못하고 돌아설 수밖에 없었다. 죄를 추궁할 증거가 하나도 없었다. 자칫 잘못하면 명예훼손죄에 걸리기 십상이었다. 그래서 돌아왔는데 그 인간을 잡아넣을 구실이 생긴 것이다.

여전히 짐승 같은 짓을 하고 있는 그놈을 절대 내버려 둘 수 없다. 내 아내를 강간하고도 아무 일 없이 잘 살아온 그 인간을 단죄할 것이다. 어쩌면 이들을 만나게 된 건 내 기도에 하느님이 응답해 주신 때문인지도 모른다. 그 인간을 벌하게 도와 달라는 기도.

"경철이 너! 똑바로 얘기해! 이건 그냥 넘어갈 문제가 아니야!"

민지가 경철을 다시 다그쳤다. 가슴이 덜덜 떨렸다. 이것이 사실이라면 도저히 묵과할 수 없다. 어떻게 국회의원이라는 사람이, 그것도 어리디어린 중학생을 건드린단 말인가?

"전 몰라요."

민지의 협박에도 굴하지 않고 경철은 그 사건에 대해 함구했다. 재용은 그런 경철을 가만히 바라보았다. 그놈을 벌하자면 여기 이 아이를 설득해야만 한다. 하지만 굳게 다문 아이의 입을 보니 설득이 쉬울 것 같지 않았다.

경찰서에서 나온 민지는 경철에게는 병원으로 가라고 하고 보육원으로 달려왔다. 원장을 만나서 따져야 했다. 어떻게 아이 상태도 보지 않고 합의서를 써 줄 수 있느냐고.

근데 원장의 입에서 나온 대답이 가관이었다. 원장은 합의는 정순 선생님이 하셨고 자기는 사인만 했을 뿐이라고 발뺌했다. 자기는 월급 원장이라 그럴 권리가 없다고 했다. 이게 무슨 귀신 씻나락 까먹는 소리야? 월급 원장이면 원장노릇 안 하고 자리만 지키면 된다는 뜻이야? 속이 부글부글 끓어올랐다. 원장하고 얘기해 봤자 답이 나올 것 같지 않았다. 당장 정순의 방으로 향했다.

똑똑.

노크를 하고 대답도 들리기 전 민지는 사무실 문을 벌컥 열었다. 뻔뻔한 얼굴이 보였다.

"여긴 어쩐 일이에요? 이제 여기 올 일 없을 텐데……."

정순이 미간을 찌푸리며 민지에게 물었다. 정순도 요즘 심사가 편치 않았다. 가해자들이 최 원장을 물고 늘어져서 합의서를 써 줄 수밖에 없었다. 거기다 가해자들 부모의 파워도 만만치 않았다. 잘못하다간 같이 똥통에 빠지게 될 판이었다. 만약 최 원장까지 기도 바위 사건에 엮인다면 생각만 해도 끔찍하다.

"합의서 선생님이 써 줬어요?"

"예, 수민의 보호자는 나니까요."

"보호자면 보호자답게 굴어요. 수민이 상태를 알고 합의서를 써 준 거예요? 도대체 선생님은 누굴 위해 존재하는 거예요?"

민지가 정순에게 따지고 들었다.

"부모도 지키지 못하는 애들을 일개 보육원 교사가 어떻게 지켜요?"

이 여자는 선생도 아니다. 어떻게 보육교사가 저런 말을 할 수가 있어? 뻔뻔스러운 대답을 하는 정순을 보고 스치는 생각이 있었다. 어쩌면 경찰서에서 들었던 말이 사실일 수도 있다. 그렇다면 수민일 그 원장에게 데려다 바칠 사람은 이 여자뿐이다.

수민은 자기가 원장이 된 다음에 들어온 아이고 자기는 보육원에서 그 의원이란 인간의 얼굴을 보지 못했다. 수민이가 그 인간을 만나서 험한 꼴을 당했다면 그때뿐이다. 그때. 이 여자가 수민일 심부름 보냈다는 그때. 돌아온 수민이의 표정이 너무 어두웠고 걸음걸이도 이상해 보였었다. 새로운 깨달음에 민지가 경악한 얼굴로 물었다.

"설마? 설마 수민일 그 짐승에게 보낸 게 당신이야?"

이 여자에게 선생님이란 호칭은 아깝다. 순간 정순의 표정이 흔들렸다. 급습을 당해서 미처 대비를 못 한 표정이었다. 하지만 정순이 이내 표정을 싹 감추고 시치미를 떼었다.

"무슨 소리예요?"

일단 발뺌을 해 보았다. 저 여자가 알아서 좋을 건 없다.

"경찰서에서 들었어요. 가해자들이 하나같이 그 짐승을 걸고 넘어갔다고!"

"도대체 무슨 소릴 하는 거예요? 설마 소문을 믿는 건 아니죠? 의원님이 수민일 건드렸다는 말."

아무도 모를 거라고 생각했었다. 수민과 의원님의 일을. 이번 사건을 겪으면서 정순도 알게 되었다. 쉬쉬하긴 하지만 알 만한 사람들은 이미 수민과 의원님의 일을 짐작하고 있다는 걸. 소문이 정말 무서웠다.

"내가 짐승이라고 그랬지, 의원이란 말은 꺼내지도 않았어요. 아무래도 그 일은 소문이 아니라 사실이군요. 나쁜 사람! 어떻게 중학생 애를……."

"헛소리하지 말라고! 그런 일이 있었으면 수민이 가만히 있었겠어?"

민지가 노려보는 시선을 정순도 맞받아 내면서 버럭 소

리를 질렀다. 더 이상 예의고 뭐고 없다.

"수민이에게 물어보고 그게 사실이라면 당신 각오해야
할 거야!"

서슬 퍼런 민지가 정순을 노려보며 경고를 하고 사무실
을 나갔다.

민지가 나가자 정순은 기운이 쑤욱 빠졌다. 소파에 주
저앉아 두 손으로 머리를 감쌌다. 산 넘어 산이다. 그나마
이 일이 터지기 전 저 여자를 자른 건 정말 잘한 것 같다.
아무래도 수민에게 단속을 한 번 더 해야 할 것 같다.

"행님, 고소 취하된 사건을 어떻게 할라고 그카는교?
그것도 남의 구역에서."

민지와 경철이 나가고 난 후 김 형사가 걱정스러운 눈빛
으로 재용에게 물었다.

"넌 법이 바뀐 것도 몰라? 성범죄는 이제 친고죄가 아니
야. 고소가 없어도 증거만 있으면 잡아넣을 수 있어."

"예에? 언제 그런 법이 생겼는교?"

김 형사가 반색하며 물었다. 이 법이 시행된 지 두 달도
채 되지 않아서 모르고 있었나 보다. 그렇게 평소에 공부
좀 하라고 해도. 한심한 눈빛으로 김 형사를 쳐다보며 재

용이 아는 것을 읊어 주었다.

"2013년 6월 19일부터 성범죄 관련 친고죄 조항은 다
삭제되었어. 이제 증거만 있으면 처벌 가능해. 합의도 소
용없어. 게다가 피해자는 만 13세도 되지 않았어. 성폭법
(성폭력범죄의 처벌 등에 관한 특례법)으로 잡아넣을 수 있어."

수사가 재개되었다. 재용은 휴가를 취소하고 양수에서
기도 바위 사건을 맡게 되었다. 이렇게라도 해야 아내가
돌아올 수 있을 것 같았다. 우현 역시 강간범들을 잡아넣
고 싶었지만, 인력이 달렸기에 재용의 수사권을 허락해
주었다.

재용이 수사를 진행하면서 상황이 바뀌었다. 우현이 조
사해 놓은 증거가 확실했고 무엇보다 장난으로 찍은 동영
상이 가해자들의 발목을 잡았다. 동영상에 담긴 모습은
실수가 아니었다. 피해자가 원했다는 것도 다 거짓말이었
다. 명백한 특수강간이었다. 너무나 확실한 증거에 그들
은 구속되어 검찰에 넘겨졌다. 재용은 그것으로 만족할
수 없었다. 더 큰 죄인을 잡아들여야 했다. 그 짐승 같은
최철민을 잡아넣어야 했다. 그렇지 않으면 미안해서 아내
의 얼굴을 보지 못할 것 같았다.

* * *

"그만 오세요. 수민이가 최 의원과는 그런 일 없다고 했다니까요!"

수민의 병실 앞에서 또 실랑이가 벌어졌다. 수민을 만나고자 하는 재용과 그런 그를 막으려는 민지가 가벼운 몸싸움을 하고 있었다.

벌써 며칠째 병원에 머물면서 민지와 경철을 설득했지만 그들은 재용이 수민과 만나는 것조차 거절했다. 수민이 원치 않는다고 했다. 민지 역시 답답했지만 수민의 의사를 존중할 수밖에 없었다. 분명히 무슨 일이 있긴 한 것 같은데 수민이 최 의원과는 아무 일도 없다고 잡아뗐다.

"잠시만, 잠시만 만나게 해 줘요."

"이제 겨우 마음 추스르는 애예요. 더 이상 수민이에게 상처를 줄 수 없어요."

민지의 단호한 태도에도 재용은 포기가 되지 않았다. 그놈을 잡아넣을 수 있는데, 그 짐승을 잡아넣을 수 있는데 어찌 포기가 되겠는가?

무슨 수를 써서라도 수민을 만나야 한다. 재용의 예민한 촉으로 봐서 최 의원은 이미 성폭행범이었다. 그것도 미성년자 성폭행범. 단지 증거가 필요할 뿐이었다. 그 증거는 지금 병실 안에 있는 여자아이가 쥐고 있다. 상대는 현 국회의원이라 어설프게 준비했다가는 역공을 당할 수 있어 재용이 자꾸만 이곳을 찾는 것이다.

"그만 가세요. 수민이가 그런 일 없다고 하잖아요."

바깥에서 민지와 재용의 실랑이를 들은 경철이 병실 문을 열고 나와 재용에게 말했다. 재용은 답답한 한숨을 내쉬었다. 수민을 만나려면 이들부터 설득시켜야 했다. 두 사람에게 대화를 요청했다. 집요한 재용의 요청에 민지와 경철은 그를 따라나설 수밖에 없었다.

재용이 안내한 곳은 중식집이었다. 여타의 중국집과는 달리 룸으로 되어 있어 대화를 나누기에 좋았다. 주문한 음식들이 나오자 재용이 민지와 경철이에게 음식을 권했다. 어느 정도 식사를 마치자 재용이 입을 열었다.

"난 정말 최철민 그 인간을 집어넣고 싶습니다. 수민일 설득해 주면 안 되겠습니까?"

"수민이가 그런 일 없다잖아요."

"정말 없다고 생각하십니까? 추호도 의심 없이?"

재용의 질문에 민지는 멈칫했다. 자기 역시 의심을 버릴 수가 없었다. 아무리 수민이 아니라고 해도 짚이는 것이 있었다.

"설사 수민이가 그런 일을 당했다 해도 아저씨가 어떻게 하겠어요? 증거가 없는데. 괜히 잡아넣어 준다고 큰소리만 치고 손 놓아 버리면 수민이는 어떡해요? 아저씨가 뭐가 아쉬워 그 일에 매달리겠어요? 안 그래요?"

합의서까지 받아 온 가해자들을 구속시켜 준 일로 인해 경철은 재용에게 마음을 많이 연 상태였다. 고맙기까지 했다.

그렇다고 해도 그 일을 들춰낼 수는 없었다. 그 인간은 빠져나가는 데는 선수였다. 지금껏 그렇게 애들을 농락하면서 한 번도 걸리지 않았다. 잘못하다간 수민이만 이상한 소문에 휩쓸리게 되리라.

경철의 말에 재용은 가능성을 읽었다. 경철 역시 그 짐승을 처벌하고 싶은 것이다. 이들을 설득하자면 자신의 모든 것을 열어 보여야 할 것 같다.

"내가 뭐가 아쉽냐고? 내 지금 소원이 뭔 줄 알아? 최철민 그 짐승 같은 놈을 감방에 처넣는 거야! 이유가 뭐냐고? 그 짐승이 30년 전 내 아내에게 몹쓸 짓을 했다는 걸 알게 되었으니까!"

말을 하다 보니 분노가 다시 치밀어 올랐다. 숨이 막혀서 더 이상 말을 할 수가 없었다. 재용은 두 손으로 마른 세수를 하고는 벨을 눌러 소주를 시켰다. 알코올이 간절히 필요했다.

경철과 민지는 재용의 말을 이해할 수가 없었다. 의아한 얼굴로 서로를 바라보다가 설명을 바라는 시선으로 재용을 쳐다보았다. 하지만 재용은 더 이상 말을 하지 않고 테이블에 팔꿈치를 올려놓은 채 두 손으로 얼굴을 가리고 있었다. 그의 숨소리가 거칠었다. 아마 감정 조절이 쉽지 않나 보다.

종업원이 소주를 가지고 오자 재용은 소주병을 열어 소주잔에 따르고는 한 번에 술잔을 비웠다. 알싸한 알코올이 목을 타고 내려갔다. 몰랐다. 아내가 성폭행 피해자라는 걸. 조금만 생각해 보면 알 수 있었다. 신혼여행 가서의 모습은 흡사 성폭행 피해자의 태도와 비슷했다. 그래도 의심하지 않은 건 아내가 흘린 혈흔 때문이었다. 처녀라는 혈흔. 그것이 다 장모님이 만든 것이란 건 얼마 전에 알게 되었다.

다시 소주를 따라 마셨다. 술에 취하지도 않았다. 재용이 연거푸 소주를 들이켜는 것을 민지와 경철은 가만히 보고만 있었다. 소주 한 병이 다 비워지자 재용이 마침내 입

을 열었다. 민지와 경철의 얼굴에도 분노가 피어오르기
시작했다.

민지와 경철은 병원으로 돌아와 수민을 설득했다. 그
짐승을 벌할 가능성이 있다면 포기하고 싶지 않았다. 하
지만 수민은 고개를 저었다. 뭔가 두려워하는 것 같았다.
답답했다. 결국, 재용이 수민을 직접 설득하려고 병실로
들어왔다.

"둘이서만 얘기하고 싶은데……."

"안 돼요!"

민지와 경철이 수민을 보호하듯 단호하게 말했다. 어쩔
수 없다. 두 사람의 참관하에 조사를 시작했다.

"좋아. 그럼 같이 이야기해 보자. 수민인 분명히 최 의
원과 무슨 일이 있었어. 맞지?"

재용의 말에 수민의 어깨가 움츠려졌다. 아직도 그때만
생각하면 끔찍하다. 그때의 고통과 절망이 새록새록 피어
오른다. 마음 같아서는 그 짐승 같은 놈을 죽여 버리고 싶
지만, 그 또한 힘들다는 걸 안다.

자기가 고소한다고 해도 녹취 때문에 자기만 이상한 여
자가 되고 말 것이다. 분명 자신의 입으로 그랬다. 입양되
고 싶어서 의원을 유혹했다고. 스스로 옷을 벗었다고. 싫

다는 의원에게 자기가 매달렸다고.

원장님과 경철이 자리를 비우면 간병인이 전화를 걸어 정순 선생님과 통화하게 해 주었다. 그때마다 정순 선생님은 그 녹음을 들먹거리며 입단속을 시켰다. 그것만 없다면……. 그것만 없다면 얼마나 좋을까?

"미안하다, 수민아. 하지만 아저씬 네가 용기를 내어줬으면 좋겠다. 어쩌면 내가 너에게 매달리는 건 최 의원에 대한 복수 때문인지도 몰라. 내 아내의 일에 대한 복수. 그 얘긴 들었지?"

재용의 말에 수민은 고개를 끄덕였다.

"네가 결심을 해 주지 않으면 너 같은 애가 또 생길 거야. 내 아내가 그놈한테 당한 게 30년 전이야. 경철이 말에 의하면 그놈은 여전히 보육원생들을 건드리고 있어. 만약 30년 전 내 아내가 증언을 하고 그 인간을 처벌했다면 지금 이렇게 상처받은 너는 없었겠지? 강요할 수는 없다. 다만 네가 용기를 내어준다면 다른 피해자들이 더 생기는 것을 막을 순 있지 않겠니?"

조곤조곤 얘기하는 재용의 말이 수민의 가슴을 건드렸다. 이 아저씨를 믿고 싶다. 의지하고 싶다.

"……아줌마는 어떻게 살고 있어요?"

"지금까지는 외롭게 살았지만, 앞으로는 외롭지 않게
해 줄 거란다."

'살아만 있어 준다면…….'

뒷말은 삼켰다. 아내가 돌아오면 정말로 같이 정신과
상담도 다니며 아내의 치유에 힘을 쏟을 것이다. 오랫동
안 묵혀 놓았던 상처를 꺼내서 호호 불어 가며 치료해 줄
것이다.

"상처는 숨기고만 있으면 절대로 치유가 불가능해. 치
료도 받고 상담도 받으며 그것을 극복해야만 비로소 나을
수 있는 거야. 부끄럽다고, 창피하다고 숨기고 있으면 결
국은 곪아 터져. 아줌마는 그 시기를 놓쳐서 지금 어둠 속
에 살고 있지만 넌 그러지 말았으면 좋겠다."

절대 입을 열지 않으리라는 수민의 마음이 흔들리기 시
작했다. 이대로 숨어 살고 싶지 않았다. 이 사람들을 믿고
용기를 내어 보고 싶었다.

"정순 선생님이…… 제 목소리를 녹음했어요. 그 일이
있고 나서……. 만약 엉뚱한 소리를 하면 이상한 데다가
팔아 버린다고 해서……."

작은 목소리로 띄엄띄엄 수민이 말을 이어 갔다. 수민
의 말이 이어질수록 민지와 재용의 고개가 숙여졌다. 부

끄러웠다. 너무나 부끄러웠다. 이 시대를 살아가는 어른으로서 부끄러움을 감출 수가 없었다. 경철 또한 눈시울을 붉히고는 천장만 쳐다보고 있었다.

수민의 증언을 토대로 증거를 잡은 재용은 차를 타고 철민의 집으로 향했다. 이제야 짐승을 잡아넣을 수 있을 것 같다. 철민에 대한 수사가 진행되자 거짓말처럼 비가 멈췄다. 며칠 동안 줄기차게 쏟아지던 장대비는 수민의 부모님이 지하에서 통곡하던 피눈물이 틀림없나 보다. 비는 그쳤지만, 아직도 하늘엔 먹구름이 가득하다. 마치 잘 해결해 주지 않으면 다시 비를 쏟아 내리겠다는 경고 같았다.

철민의 집 주위에는 여전히 경비가 철저했다. 집으로 다가가자 경호원으로 보이는 사람이 다가왔다.

"무슨 일입니까?"

"양수 경찰서에서 나왔습니다. 최철민 앞으로 고소장이 접수되었으니 만나게 해 주십시오."

재용이 경찰공무원증을 보여 주며 말하자 경호원이 어떻게 해야 하나 고민하는 빛을 보이더니 휴대폰을 꺼내 전화를 걸었다.

"예, 의원님. 대문 앞에 형사가 와 있는데요. 고소장이 접수되어 조사 나왔다고요. 의원님을 뵈어야겠답니다."

버럭버럭 지르는 소리가 재용에게까지 들렸다. 경호원은 난감한 얼굴로 재용을 보았다.

"미성년자 강간범으로 고소당했다고 말해 주세요. 그래도 만나 주지 않는다면 인터넷에 올려 버린다고."

경호원이 다시 휴대폰에 대고 재용의 말을 전하자 대문이 열렸다. 이제 그 짐승의 상판을 보게 되는구나. 대문 안으로 들어서는 재용의 심박수가 빠르게 뛰기 시작했다.

화장대 위에 또다시 종이 박스가 배달되었다. 이제 놀랍지도 않다. 인터넷으로 박쥐 사건이 뜨고 나면 영락없이 도착되는 선물이다. 포장도 풀지 않고 가지고 나가 땅에 묻어 버렸다.

방에 설치된 CCTV를 열어 보았다. 날렵하게 들어와 종이 박스를 놓고는 카메라를 향해 비릿한 웃음을 짓는 남자가 있었다. 그러곤 순식간에 몸을 날려 사라졌다. 눈에 익은 얼굴이었다. 누구지? 잘 기억이 나지 않았다. 한참을 기억을 더듬던 철민은 너무 놀라 뒤로 나자빠졌다.

그놈이다. 나이가 들어서 얼굴이 조금 변했지만 분명히 그놈이다. 30년 전 자기 다리에 칼을 꽂은 그놈. 갓 태어나서부터 자기 보육원에서 키워 온 놈을 못 알아볼 리가 없다. 틀림없이 자살을 했었다고 했는데……. 어떻게, 어떻게 이렇게 멀쩡한 몸으로 이 집에 들어올 수가 있지?

온몸이 부들부들 떨렸다. 두려움이 몰려왔다. 경찰에 신고해야 하나 고민하는 중에 보좌관이 전화기를 들고 왔다. 집 앞에 배치해 두었던 경호원의 전화였다. 그놈을 잡았나 해서 얼른 전화를 받았다.

"무슨 일이야?"

난감해하는 경호원의 목소리가 들려왔다.

〔예, 의원님. 대문 앞에 형사가 와 있는데요. 고소장이 접수되어 조사 나왔다고요. 의원님을 뵈어야겠답니다.〕

성질이 났다. 무능한 경호원들이다. 그까짓 거 하나 해결하지 못하고 전화 연결까지 시켜 주다니. 쓸데없는 전화를 받았다며 버럭 소리를 질렀다.

하지만 뒤이어 들려오는 소리는 무시할 수 없었다. 미성년자 강간범으로 고소를 당했다니? 만나 주지 않으면 인터넷에 올릴 거라니? 요즘 성문제는 예전처럼 너그럽지 않다. 대문을 열어 줄 수밖에 없었다. 문제없다고 큰소리 뻥뻥 치더니 이런 지경까지 몰고 와? 무능력한 정순을 향해 분노가 솟았다. 자기의 잘못보다는 남을 탓하는 게 이 남자의 오래된 습관이다.

현관을 들어서자 소파에 거만하게 앉아 있는 짐승이 보였다. 신문에서 본 얼굴이다. 순간 감정을 절제할 수 없었다. 성큼성큼 다가가 주먹을 세게 휘둘렀다. 순식간에 철민이 거실 바닥으로 나뒹굴었다. 손으로 쓰윽 쓸자 피가 묻어 나왔다. 입술이 터졌나 보다.

"뭐 하는 짓이야!"

철민이 버럭 소리를 질렀다. 그 사이 경호원들이 다가와 재용을 붙들었다. 재용이 경호원들을 뿌리치며 소리질렀다.

"억울하면 폭력으로 집어넣어! 30년 전 네가 했던 짓들이 세상에 낱낱이 까발려질 테니까!"

"30년 전 일이라니?"

"김은옥과 최태수를 모른다고 하지 않겠지?"

재용의 입에서 나온 말에 철민의 가슴이 덜컥 내려앉았다. 어찌 태수를 모르겠는가. 조금 전에도 CCTV에서 그를 보았는데. 은옥을 성폭행한 자신을 보고 눈이 뒤집힌 그놈이 자신의 다리에 칼을 꽂았고 자신은 그놈을 살인 미수와 강간으로 몰아 교도소에 집어넣었다. 안 그래도 교도소에서 자살한 놈이 살아 있어서 기함하고 있었는데 형사가 와서 그들의 이름을 들먹이니 놀랄 수밖에.

"그, 그걸 어떻게?"

"김은옥이 내 아내거든. 내 아내에게 네가 한 짓을 생각하면 널 쳐 죽이고 싶어! 꾹꾹 눌러 참고 있으니 날 건드리지 않는 게 좋을 거야!"

다 알고 온 것 같았다. 일단 사람들을 다 내보내야 했다. 다른 사람이 들어서 좋을 게 없다.

"모두 나가 있어!"

철민은 경호원들과 보좌관들에게 소리 질러 미적거리는 그들을 다 내보냈다. 거실에는 재용과 철민 두 사람만 남았다. 그렇잖아도 태수 그놈이 살인의 증거들을 집 안에 놓고 가는 통에 가슴이 벌렁거리는데 이런 일까지 겹치다니.

그래도 그 일로 날 어쩌지는 못 할 것이다. 공소시효도 이미 다 지난 일이다. 태수의 일을 신고하고자 했던 마음이 쏙 들어가고 말았다. 이 판국에 그 일까지 겹친다면 사태가 어떻게 흘러갈지 모른다.

"그래서 어쩌라고! 이미 공소시효도 다 끝난 일이야."

"그래서 내가 새로운 건을 하나 가지고 왔지. 수민이 사건은 아직 시효가 안 끝났거든."

"수민이 사건이라니? 난 모르는 일이야."

일단 발뺌을 했다. 정순이 확실히 단속을 했다고 했으니 문제가 되진 않을 것이다. 무고라고 주장하며 국회의원 불체포 특권을 발동시켰다. 현행범을 제외하고는 회기 중 국회의 동의 없이 국회의원을 체포 또는 구금할 수 없다는 특권이다. 역시 국회의원을 포기할 수 없다.

재용이 나가자 철민은 정순에게 전화를 걸어 돌아가는 사태에 대해 추궁하기 시작했다.

19

모든 죄의 근원엔

그리움이 있다

비 오는 날 동굴 속은 더 음습하다. 온몸이 축축함으로 젖어든다. 은옥은 꼼짝도 안 하고 동굴에 앉아 입구만 쳐다보고 있다. 분명히 여기 오빠가 살고 있는 것이 맞다.

들어오자마자 동굴을 뒤지다 깎다 만 박쥐 모양의 목각 인형을 발견했다. 오빠 솜씨다. 30년 전 엄마가 보고 싶다고 울고 있는 은옥을 태수가 이곳으로 데리고 왔다. 그리고 박쥐 모양의 목각 인형을 만들어 주었다.

"왜 하필 징그러운 박쥐야? 다른 이쁜 것들도 많잖아?"

은옥의 질문에 태수가 대답했었다.

"박쥐는 모성이 강한 동물이래. 어둠 속에서도 자기 자식을 정확히 찾아서 젖을 먹인대. 우리 엄마도 박쥐처럼 날 찾아왔음 좋겠어. 언제 어디서나 날 알아봐 주면 좋겠어. 박쥐 인형을 가지고 있으면 우리 엄마도 박쥐처럼 날 찾아올 것만 같아. 이걸 지니고 있으면 네 엄마도 널 데리러 빨리 올 거야."

그 말을 듣자 박쥐가 하나도 징그럽지 않았다. 오히려 정겹게만 여겨졌다. 그 이후로 은옥은 그것을 부적처럼 들고 다녔다. 엄마가 빨리 찾아오기를 기다리면서. 하지만 엄마는 너무 늦게 왔고 오빠는 기다리던 엄마도 만나지 못하고 죽어 버렸다.

아니, 죽은 줄 알았다. 이렇게 살인을 하고 다니는 걸 보면 오빠는 아직도 엄마를 만나지 못한 것 같다. 여기서 기다리면 돌아올 것이다. 지금 오빠가 갈 곳은 여기뿐일 테니까. 몸이 으슬으슬 떨려 온다.

여기 들어온 지도 벌써 5일째. 편의점에서 사온 먹을거리도 거의 다 떨어졌다. 오빠를 위해 남겨 둔 초콜릿만 뺀다면. 배도 고프다. 무엇보다 졸리다. 눈꺼풀이 살살 내려온다.

어둠이 오자 날렵한 몸놀림으로 태수가 동굴 안으로 들어왔다. 뭔가가 다르다. 공기가 달라져 있다. 누군가의 기척이 느껴진다. 이마가 찌푸려진다. 여기는 나만의 유일한 공간인데 누가 여길 들어온 거지? 혹시 박쥐 인형이라도 봤다면 죽여야 하나? 아님 내가 떠나야 하나?

갈등을 하는데 쪼그리고 앉아 있는 형체가 보였다. 가까이 다가가서 보자 은옥이었다. 은옥이 잠들어 있었다. 아무리 세월이 흘러도 한 번에 알아볼 수 있었다. 저기서 은옥이가 땀을 흘리며 아파했었는데…….

원장을 피해서 동굴로 올라왔지만 은옥이가 너무 아팠다. 밤새 끙끙 앓았다. 내려가면 다시 원장의 손아귀에 떨어질 줄 알았지만, 그녀를 데리고 내려갈 수밖에 없었다.

은옥을 병원에 입원시키고 나자 경찰들이 태수를 체포했다. 살인 미수에 강간범이라고 했다. 원장을 죽이고 싶은 마음이 있었기에 살인 미수죄는 인정하지만 강간이라니? 이해가 되지 않았다. 은옥의 엄마가 고소했다고 했다. 원망스러웠다. 자기 딸을 도와주려고 했는데 오히려 고소를 하다니. 주먹이 불끈 쥐어졌다.

정당방위로 풀려날 수도 있는 일로 태수는 중형을 선고받았다. 변호사도 제대로 없는 재판. 너무 억울했다.

그때 제안이 들어왔다. 공작원 활동을 해 준다면 여기서 빼 주겠다고. 그렇게 자살로 위장하고 공작원이 되었다. 그렇게 내 존재는 서류 속에서 사라져 버렸다. 나는 떠돌이 유령이 되어 버린 것이다.

공작 중 억만이와 나는 낙오되어 버렸고 팀으로부터 버림받았다. 결국 억만이는 죽어 버렸고 나만 살아남았다. 죽어 가면서까지 억만이는 엄마를 그리워했다. 아직도 그의 목소리가 들리는 듯하다.

"우리 엄마…… 우리 엄마 찾아서…… 내가 정말 보고 싶어 했다고…… 우리 엄마 이름은 김순임이야…… 김……순임……."

그랬는데도 친구의 부탁을 들어주지 못했다. 아무것도 하기 싫었다. 더 이상 이용당하기 싫었다. 숨어서 유령처럼 살기 시작했다. 민아를 만나기 전까지 주욱 혼자서. 그리고 이제는 유령이 아닌 짐승이 되고 말았다.

누군가의 기척을 느꼈다. 오빠다. 오빠가 왔구나. 눈을 감고도 은옥은 느낄 수 있었다. 태수의 시선을. 은옥이 번쩍 눈을 떴다. 태수와 시선이 마주쳤다. 그의 시선이 차가웠다. 은옥의 온몸이 떨려 왔다.

하지만 피할 순 없었다. 오빠의 살인을 막을 사람은 자신밖에 없기에. 은옥이 자리에서 일어나 태수에게 다가가자 그가 몸을 뒤로 뺐다. 하지만 은옥의 몸이 더 빨랐다. 두 팔로 태수의 허리를 감고 놓지 않았다.

"오빠, 나 왔어. 나, 은옥이야……. 나 많이 원망했지?"

은옥의 목소리가 잦아들었다. 한 번도 잊은 적이 없다, 단 한 번도. 늘 오빠를 생각해 왔다. 늘 기도해 왔다. 부디 오빠가 좋은 곳으로 갔기를. 절에다 모시고 제사도 지내 주었다. 그렇게 은옥은 태수를 기억했다.

원망했냐고? 원망했다. 증오도 했다.

"……미안해, 오빠. 내가 너무 늦게 왔지? ……그동안

오빠를 잊은 건 아냐. 나 때문에 오빠 인생을 망쳤다고 날
죄 주면서 살았어."

"······."

"······한 번도 행복해질 수 없었어. 한 번도. 제대로
웃어 볼 수도 없었어. 살아 있어 줘서 너무 고마워, 오
빠······."

살아 있어 줘서 고맙다고? 내가 무슨 짓을 하고 다니는
지 몰라?

"너 모르니? 내가 연쇄 살인범인 거?"

"알아, 오빠가 연쇄 살인범인 거. 〈타박네〉노래도 오빠
가 좋아하던 노래잖아? 박쥐 인형은 오빠 솜씨고. 처음
박쥐 인형을 봤을 때부터 오빠가 생각났어. 그러다 어느
순간 확신했어. 오빠가 살아 있다고······. 오빠가 연쇄 살
인범이든 말든 난 오빠가 살아 있어서 좋아."

"······왜?"

태수가 물었다. 이해할 수가 없었다. 연쇄 살인범인 나
를 왜 좋아해?

"오빤 내가 더럽혀졌어도 날 아껴 주었잖아. 내가 더럽
혀져서 죽길 바랐어? 아니잖아? 살길 바랐으니까 날 여
기까지 데리고 도망친 거지. 내가 아프지만 않았으면 오

빤 여기서 나가지 않았을 거야. 날 살리자고 위험을 무릅쓰고 산을 내려온 거잖아? 병원까지 데려간 거잖아? 나도 같아, 오빠. 오빠가 살인범이든, 다른 죽을죄를 지었든 난 상관 안 해. 난 여전히 오빠가 살아 있어서 기뻐."

눈물이 흘러나왔다. 얼마 만에 흘리는 눈물인지. 이래서 난 은옥일 미워할 수 없다. 여전히 날 위해 주는, 날 위해 울어 주는 유일한 사람이니까.

은옥이를 만나기 전까지 난 내가 쓰레기인 줄 알았다. 원장이 늘 그렇게 말해 왔으니까. 탯줄째 쓰레기통에 버려진 놈이라고 원장은 태수를 쓰레기라고 불렀다. 그런 그를 은옥은 다르게 보아 주었다. 세상에서 제일 귀한 사람으로 대접해 주었다. 은옥이와 함께 있으면 자꾸만 입꼬리가 올라갔다. 살고 싶어졌다.

첫 번째 임무를 마치고 원망의 마음으로 은옥의 엄마를 찾은 적이 있었다. 날 고소한 그 여자를 죽이고 싶었다. 그럴 수 없었던 건 혼자 남을 은옥이 가엾어서였다. 이 따스함을 받았으니 은옥을 돌려보내야 한다.

"이러면 고맙다고 할 줄 알아? 당장 돌아가! 꼴도 보기 싫어!"

태수가 소리를 버럭 질렀지만 은옥의 넋두리는 계속되

었다. 누구에게도 얘기하지 못했던 속마음을 태수에게 털어놓았다.

"겁이 나서 아이를 낳을 수가 없었어. 나처럼, 오빠처럼 불행해질까 봐. 남편에게 버림받을까 봐 항상 불안했어……. 이제 내가 오빠를 멈춰 줄게. 내가 오빠의 제물이 되어 줄게. 마지막 제물. 그러니 제발, 다시는 사람 죽이지 마. 부탁이야. 그래만 준다면 오빠는 안전해. 사람들은 내가 살인범이라고 알고 있으니까. 어? 오빠."

그럼에도 끄떡도 하지 않는 태수에게 은옥이 현금이 든 가방을 안기며 애원했다.

"이 돈으로 새 삶을 살아, 내 마지막 부탁이야."

그러곤 은옥이 칼을 꺼내 자신의 심장을 찔렀다. 빨간 피가 뿜어져 나온다. 금방 옷을 빨갛게 물들인다.

아, 이제야 마음이 편하다. 모든 게 홀가분하다. 고통도 느껴지지 않았다.

* * *

확실한 물증도 없이 국회의원을 수사하기란 쉽지 않았다. 사방에서 수사를 중지하라는 압력이 들어왔다. 검찰이고 언론이고 그 짐승의 영향력은 대단했다. 하지만 재용은 굴하지 않고 수사를 진행했다. 은옥을 위해서도, 여전히 피해를 받고 있는 아이들을 위해서도 그 짐승은 법의 엄중한 처벌을 받아야 했다.

민지도 철민을 잡아넣기 위해 불철주야 나섰다. 철민에게 성폭행을 당한 아이들을 만나 꾸준히 설득했다. 그 아이들의 증언이 무엇보다 중요했으니까. 하지만 아이들의 입은 열리지 않았다.

《지금 모 국회의원이 미성년자 성폭행범으로 고소당하고도 국회의원 불체포 특권을 발동시켜 수사에 협조하지 않고 있다. 보육원 원장으로 재직하면서 내내 당 보육원의 어린 여자아이들을 성폭행해 온 피의자는 물증이 없다는 이유로 모함이라고 주장하고 있다. 게다가 그는 자신의 죄를 숨기기 위해 죄 없는 한 사람을 살인 미수와 성폭행범으로 몰아 중형을 언도받게 한 전력이 있다.

그 국회의원의 의해 죄를 뒤집어쓴 그 남자는 형을 면하는 대신 공작원의 길을 걷게 되었고 그가 바로 지금 박쥐 사건의 범인이다. …… 피해 여성들은 아직도 그 상처에서 벗어나지 못하고 암울한 삶을 살아가고 있는 데 비해 가해자는 아무런 죄의식 없이 국회의원으로서의 권리만

행사하는 현실이 개탄스럽다. 국회의원의 자격에 대한 논의가 필요한 시점이다.》

수사가 진행되지 않자 민지가 인터넷에 글을 올렸다. 순식간에 인터넷은 민지의 글로 들끓었다. 네티즌들은 그 국회의원의 신상을 털어 인터넷에 올렸다. 희망보육원, 국회의원 성폭행범, 최철민, 연쇄 살인범 등이 실시간 검색어로 등극하였다.

인터넷이 움직이자 기자들이 철민의 집으로 몰려들었다. 하지만 철민의 집은 경호원들에 의해 철통처럼 막혀 있었고 철민은 여전히 음해성 기사라며 짤막한 반박문만 내놓고 집에서 칩거했다.

〔속보입니다. 박쥐 연쇄 살인 사건의 범인이 밝혀졌습니다. 범인은 희망보육원에서 자라다 누명을 쓰고 중형을 언도받은 최태수라고 합니다. 형을 받는 대신 공작원으로 삶을 살다가…….〕

TV를 보고 있던 철민은 리모컨을 들어 전원을 꺼 버렸다. 이제 다 틀렸다. 국회의원이고 나발이고 생명이 위험하다.

태수 자식이 언제 들이닥칠지 모른다. 아직도 30여 년 전, 자기에게 칼을 들이대던 그놈의 모습을 떠올리면 가습이 서늘하다. 살인을 저지를 때마다 도려낸 가슴을 여기까지 가져다준 건 나를 잊지 않고 있다는 메시지다.

Rrrrr Rrrrrr.

휴대폰이 울린다. 액정을 보니 당 대표님이다. 철민은 얼른 자세를 바로 하고 휴대폰을 받는다. 앞에 그가 있기라도 하는 듯 공손하게.

"아, 예. 대표님."

〔자네를 제명하기로 결정이 났네.〕

올 것이 왔구나 싶었다. 하지만 포기할 순 없었다. 끝까지 매달려야 한다.

"음해입니다. 모략이에요. 절 믿어 주십시오."

〔자네 지금 그걸 말이라고 하나? 온 인터넷이 자네 때문에 시끄러워. 자네 때문에 국회의원 전체가 욕을 먹고 있단 말일세! 지금부터는 국회의원이 아닐세. 이만 끊네.〕

쩌렁쩌렁한 목소리가 귓속을 파고들더니 이내 끊겼다. 분통이 터져 견딜 수가 없었다. 철민은 당장 휴대폰을 들어 정순에게 전화를 걸었다.

"자네 보육원에서 해고야!"

"의원님, 그게 무슨……."

"못 알아들어? 자네 해고라고. 나 방금 국회의원 잘렸어. 이게 다 무능한 자네 탓이야!"

그렇게 오래도록 충성을 다해 왔건만. 그 더러운 뒤처리 다 해 주었건만 철민은 매정하게 정순을 잘라 냈다. 마치 필요 없는 부속품을 갈아치우듯이.

전화를 끊고 나자 보좌관들이 집을 나가는 것이 보였다. 철민이 그들에게 물었다.

"어디 가?"

"저희들은 국회의원 보좌관입니다. 범법자는 보좌하지 않습니다. 그럼."

고개도 숙이지 않고 보좌관들이 뻣뻣이 서서 통지하고는 우르르 나가 버렸다. 보좌관과 경호원이 빠지자 철민은 사설경호팀에 전화를 걸어 경비를 요청했다. 괜찮다. 이 고비만 지나면 다시 보육원으로 돌아가면 된다.

* * *

입을 굳게 다물고 있던 아이들도 정순이 보육원에서 쫓겨나자 한 명씩 입을 열기 시작했다. 그들의 입을 통해서 철민과 정순의 악행들이 고스란히 드러났다. 이제 그들을 소환하는 일만 남았다. 저 더러운 인간을 내 가만둘 수 없다. 매장시켜 버려야지.

"애들이 다 증언했어. 당신이 애들을 그 짐승에게 갖다 바쳤다는 사실. 그것 역시 처벌받는다는 거 알지?"

재용의 다그침에 정순은 눈을 감아 버렸다. 모든 것이 끝났다. 내 것이 될 것이라고 생각했던 보육원에서도 쫓겨났다. 일을 이 지경으로 만든 탓을 하면서. 억울했다.

"나도 피해자야! 나도 피해자라고! 나도 그 인간에게 당했었다고!"

뭐라고? 자기도 당했었다고? 그 고통을 알면서 아이들을 지옥으로 몰아갔단 말이야? 이런 여자를 보육원에 앉혀 놓았다니. 우리나라 보육계의 앞날이 암담했다.

"그 고통을 알면서 어떻게 애들에게 그 끔찍한 짓들을 시켜? 당신이 인간이야? 당신이 선생이야?"

재용의 분노가 극에 달했다.

"나도 그렇게 하고 싶진 않았어! 하지만 나도 살아야 했어! 어떻게든 살아야 했다고!"

"살아가는 방법이 아이들을 짐승에게 가져다 바치는 방법밖에 없었어?"

"나는 다른 방법은 몰라, 모른다고! 아무도 내게 가르쳐 주지 않았어. 어떻게 살아야 하는지!"

정순이 살아온 삶이 그랬다. 다른 방법은 몰랐다. 그저 짐승에게 빌붙어 콩고물을 받아먹고 사는 것밖엔 몰랐다. 정순은 마음을 정할 수밖에 없었다. 같이 나락으로 떨어지느냐 살아남느냐 갈림길이었다. 이제 철민은 끝이었다. 국회에서도 제명되었다고 들었다. 정순이 입을 열자 철민의 만행이 낱낱이 밝혀졌다.

철민에 대한 수사는 탄력을 받았지만 은옥을 찾는 건 지지부진한 상태였다. 전단을 뿌려도 뉴스에 내보내도 별다른 성과가 없었다. 전화가 와서 달려가 보면 다른 사람이거나 장난전화였다. 그래도 포기할 수 없어 전단을 다시 발행했다. 보육원 주변뿐만 아니라 시내에 다 돌려봐야 할 것 같았다.

"안녕하세요?"

전단을 들여다보고 있는데 반가운 목소리가 들렸다. 고개를 들자 교복을 입은 경철이 보였다. 학교 마치고 바로 왔나 보다. 이번 사건을 진행하면서 여러모로 도움을 받았던 경철이었다. 아직 어린놈인데도 심지가 굳었다. 벌써 정이 든 것인지 목소리만 들어도 반갑다. 나도 자식을 낳았다면 저만한 아들이 있을 텐데…….

"어쩐 일이야?"

"어떻게 되어 가나 궁금해서요."

"조만간 매스컴이 시끄러워질 거야. 그러면 더 이상 숨어 있을 순 없지."

매스컴의 위력이 어느 정도인지 재용은 알고 있다. 사람을 죽일 수도 있고 살릴 수도 있는 것이 언론이었다.

"그런데 이건 뭐예요?"

경철이 책상 위에 놓인 전단을 집어 들며 물었다.

"박쥐 사건 용의자."

낯익은 얼굴에 경철의 눈이 휘둥그레졌다.

"나, 이 아저씨 아는데……."

재용의 눈빛이 달라졌다. 따뜻한 아저씨의 눈빛에서 형사의 눈빛으로 돌아왔다.

"정말 알아? 이 사람 알아?"

"예. 보육원 뒤쪽 동굴에서 사는 아저씨예요."

보육원 뒤쪽 동굴이라고? 동굴에서 살아서 아무리 찾아도 없었구나. 보육원 애들에게도 다 물어보았는데 왜 경철이에겐 묻지 못했지? 그렇구나. 경철인 병원에 있었던 관계로 질문을 받지 못했구나. 진즉에 경철이에게 물어볼 걸.

하지만 지금이라도 늦지 않았다. 더 늦기 전에, 다른 사건이 더 터지기 전에, 아내가 다치기 전에 태수를 찾아야 한다. 마음이 급했다.

"너 거기 알아?"

재용의 다급함을 알고 경철이 긴장했다. 경철이 고개를 끄덕이자 재용은 합동수사팀에게 사실을 알렸다. 분명 그곳에 아내와 태수가 있다는 확신이 들었다. 총기를 지참하고 보호 장비까지 차려입은 대원들이 경철이 가르쳐 준 동굴로 향했다.

차를 타고 가는 내내 재용의 얼굴엔 긴장감이 서려 있었다. 자꾸만 나쁜 상상이 들었다. 제발 최악의 경우가 발생하지 않았기를 빌고 또 빌었다.

* * *

동굴에 도착한 재용과 대원들은 허탈감에 빠지고 말았다. 총을 꺼내 들고 조심스럽게 동굴까지 들어왔지만, 동굴은 텅 비어 있었다. 은옥이 사 간 편의점 봉지와 그녀의 가방만 놓여 있었다.

허탈감도 잠시, 재용의 심장이 덜컥 내려앉고 말았다. 동굴 바닥에 묻어 있는 핏자국을 본 때문이다. 칼도 떨어져 있었다. 칼을 집어 드는 재용의 손이 부들부들 떨렸다.

당했구나. 은옥이 당했다는 생각만이 재용의 머리를 채웠다. 이제 두 번 다시 은옥을 볼 수 없겠구나. 너무 늦었다는 자괴감이 재용을 괴롭혔다. 온몸에서 피가 빠져나가는 것 같았다.

"여기 박쥐 인형이 있습니다."

정 형사의 말에 사람들이 달려가 보니 깎다가 만 박쥐 인형과 잘려 나간 나뭇조각들이 바닥에 놓여 있었다.

"부근을 샅샅이 뒤져 봐. 뭐라도 나올 거야."

우현의 지시에 따라 대원들이 다시 동굴을 뒤지기 시작했다. 하지만 재용은 아무것도 할 수 없었다. 그저 멍하니 서서 피 묻은 칼만 내려다볼 뿐이었다. 시체라도 찾아야 하는데 움직일 수가 없었다. 그런 재용을 경철이 안타깝게 쳐다보고 있다.

Rrrrrr Rrrrrr.

그때 우현의 휴대폰이 울렸다.

"네, 이우현입니다. 예에?"

우현의 목소리가 한 옥타브 올라갔다. 우현의 시선이 재빨리 재용을 찾았다. 멍하니 넋을 놓고 서 있는 재용이 보였다. 얼른 전화를 끊고 재용에게 소리쳤다.

"강 팀장! 와이프 살아 있대. 응급실이래. 그러니 빨리가 봐. 수민이 있는 병원이야."

재용의 얼굴이 살아났다가 다시 하얗게 질렸다. 살아
있다는 것이 확인되어 다행이었으나 응급실이라는 말에
가슴이 서늘하게 내려앉은 것이다.

재용의 상태를 보아 하니 운전이 불가능할 것 같아 우
현이 김 형사에게 병원까지 데려다주라고 했다. 경광등을
번쩍이며 차가 출발했다. 다행히 도로는 막히지 않았다.
초조한 얼굴로 앉아 있는 재용의 손을 따스한 손이 잡아
주었다. 경철이었다.

"괜찮을 거예요."

경철이 눈을 맞추며 재용을 안심시켰다.

"그래, 괜찮을 거야."

경철에게 대답을 했지만 사실 자기 최면이었다. 괜찮을
거라고, 은옥인 무사할 거라고, 재용은 마음속으로 계속
되뇌었다.

차는 순식간에 병원에 도착했다. 차를 세우기도 전에
재용은 문을 열고 병원으로 달려갔다. 경철도 재용을 따
라 뛰었다. 응급실에 달려가 베드를 살피는데 침이 바짝
바짝 말랐다.

온몸에 붕대를 감고 있는 여자가 보였다. 가슴이 철렁

내려앉았다. 급한 마음에 가까이 다가가자 보호자로 보이는 남자가 침대 옆에 서서 환자의 손을 잡고 있었다. 다행이었다. 은옥이 아니었다. 온 응급실을 둘러봐도 은옥이 보이지 않았다.

설마? 벌써 죽은 건 아니겠지? 당장 데스크로 달려갔다. 뭐라고 물어야 할지 말도 나오지 않는다. 경철이 대신 간호사에게 물어 주었다. 처치가 끝나서 병실로 옮겼다는 대답이었다. 병실을 알아내서 바로 달려갔다.

병실 문을 열자 핏기 없는 얼굴로 누워 있는 은옥이 보였다.

"여보! 여보!"

재용의 목소리에도 은옥은 눈을 뜨지 못했다.

"조용히 하세요!"

간호사가 와서 주의를 주었다. 그래도 재용이 은옥을 계속 불렀다.

"약에 취해서 못 일어나는 거예요. 그냥 잠든 겁니다."

"괜찮은 겁니까?"

"예. 상처가 깊긴 했는데 생명엔 지장이 없어요."

"고맙습니다. 고맙습니다."

재용이 고개를 숙여 가며 진심을 담아 인사했다.

"그런데 어떻게 여긴 왔나요?"

"어떤 남자가 데려다주면서 경찰에 연락하라고 했어요."

태수구나. 태수가 데려다주었구나. 죽이고 싶었을 텐데 여기까지 데려다주다니 너무나 고마웠다.

"오빠는?"

눈을 뜨자마자 은옥이 찾은 사람은 태수였다. 자신이 아니라 태수라는 사실에 재용은 실망감을 느꼈다.

"찾는 중이야. 혹시 어딜 갔을지 짐작 안 가?"

의식을 잃는 중 그랬던 것 같다. 이제 다시는 사람들을 해치지 않겠다고. 하지만 그 전에 반드시 처리해야 할 사람이 있다고. 누군지 짐작이 간다.

"최철민……."

재용이 얼른 휴대폰을 꺼내 들자 은옥이 재용의 손을 잡고 안 된다는 듯 고개를 가로저었다.

"안 돼요. 다른 사람들이 아는 건 안 돼요. 오빠를 잡지 말아 줘요. 그냥 살인만 못 하게 막아 줘요. 다시는 사람을 죽이지 않는다고 나하고 약속했어요. 그러니 오빠가 도망치도록 도와줘요."

너무나 간절히 원하는 아내에게 안 된다는 대답을 할 수 없어서 재용은 고개를 끄덕였다. 은옥을 혼자 둘 수가 없어 장모님에게 연락을 했다. 그녀는 알았다며 당장 오겠다고 했다. 장모님이 오시기 전까지 혼자 둘 수가 없어서 경철에게 전화를 걸었다.

* * *

기도 바위 사건의 가해자들이 구속되고 최철민의 수사까지 진행되자 수민이 조금씩 마음을 열었다. 여전히 다른 사람하고는 말도 섞지 않지만 민지와 경철, 재용과는 가끔 대화를 했다. 아저씨 부인을 찾았다는 말을 전하자 수민도 안도의 표정을 지었다. 그동안 아내를 찾지 못해 애타하는 재용 때문에 수민도 경철도 사실 걱정을 많이 했었다.

그 와중에 재용이 경철에게 전화를 걸어왔다. 나갔다 와야 하는 데 아내를 지켜 줄 수 있느냐는 말이었다. 당연하지. 아저씨가 해 달라면 뭐든 해 주고 싶은 심정이다. 수민이 저만큼이나마 마음을 열게 된 건 다 아저씨 덕분이다.

바로 가겠다는 대답을 하고 나니 수민이 걸렸다. 혼자 두고 가기가 내키지 않았을뿐더러 간호를 하기엔 자기보다 여자인 수민이 편할 것 같았기 때문이다.

"너도 같이 갈래? 형사 아저씨가 일이 생겼대. 아줌마 좀 지켜 달라셔. 할머니 오실 때까지만."

수민도 고개를 끄덕였다. 그 아줌마를 만나 보고 싶었다. 같은 고통을 당한 사람의 동병상련의 마음인지도 모른다.

20

짐승을
재우다

집 밖에는 여전히 기자들이 몰려 있었다. 경비를 서던 사람이 잠시 한눈파는 사이 그림자 하나가 담벼락으로 움직이더니 나뭇잎이 흔들렸다.

철민은 점점 두려워져 갔다. 잘못하다간 목숨이 위험하다. 그까짓 욕이야 먹어도 상관없지만 죽는 건 싫다. 구속 수사가 되면 태수놈의 위협에서는 벗어나겠지. 전화기를 들고 경찰서에 도움을 청했다.

철민이 국회에서 제명되자 화숙은 더 이상 그의 옆에 있고 싶지 않았다. 언제 또다시 그 연쇄 살인범이 집으로 들어올지 모를 일이었다. 뉴스를 들으면서 연쇄 살인범이 철민에게 원한이 많을 것 같다는 생각이 들었다. 그래서 번번이 절단된 가슴을 이 집에다 두고 가는 거겠지. 화숙은 이렇게 죽고 싶지 않았다. 화숙은 트렁크를 꺼내서 짐을 담기 시작했다.

"뭐 하는 거야?"

안방에 들어온 철민은 화숙이 짐을 싸는 것을 보고 물었다.

"보면 몰라? 짐 싸는 거. 나 나갈 거야. 여기서 나갈 거라고. 난 죽기 싫어. 내가 왜 죽어?"

화숙이 바락바락 소리를 지르며 짐을 쌌다. 비싼 패물

을 챙기고 통장을 챙겼다. 이 인간 하고도 이제는 끝이다.

"이게 정말?"

철민이 화숙을 때리려고 손을 치켜드는데 방문 여는
소리가 들린다. 두려움에 떨며 두 사람이 문 쪽을 보았
다. 거기엔 태수가 서 있었다. 철민과 화숙은 놀라서 뒷
걸음질 쳤다. 태수가 그런 그들을 향해 한 발짝씩 다가왔
다. 화숙이 바닥에 털썩 주저앉아 무릎을 꿇더니 싹싹 빌
었다.

"살려 주세요. 제발……. 살려 주세요."

트렁크에 담아 두었던 보석들을 꺼내서 태수에게 들이
밀면서 계속 사정을 했다.

"다 드릴게요. 이것도 드릴게요. 제발 살려 주세요."

그러다 화숙은 철민을 가리키며 말을 이었다.

"저놈은 죽어도 싼 놈이에요. 저놈에게 당한 애들이 내
가 알고 있는 것만 해도 수십 명이 넘어요."

"웃기는 소리 하고 있네. 내가 그러는 동안 너는 뭐 했
는데? 나 그 짓 하라고 자리 비워 주며 보조금으로 명품
사러 다닌 주제에, 뭐?"

"그럼 내가 무슨 낙이 있어? 말이 남편이지 네가 남편
노릇 해 준 게 돈밖에 더 있어?"

"내 죽기만 기다린 넌? 넌 마누라 노릇 해 준 게 뭐 있
어?"

두 사람이 서로 싸운다. 태수는 그런 그들을 싸늘한 시
선으로 바라본다. 참으로 살 가치가 없는 인간들이다. 다
른 사람의 인생을 망쳐 놓고도 뭐가 잘못되었는지 모르는
인간들. 온몸에서 잔인한 살기가 흐른다. 태수가 칼을 꺼
내 들고 두 사람에게 천천히 다가간다.

철민과 화숙은 두려움으로 몸을 벌벌 떤다. 올가미에
갇힌 느낌이다. 아무것도 할 수가 없다.

다른 사람들처럼 간단하게 보낼 수 없다. 적어도 저놈,
저 인간쓰레기만큼은 잔인하게 도륙해야 한다. 태수가 칼
을 치켜든다.

아악! 윽!

철민의 입에서 처절한 비명이 새어 나온다. 화숙은 비
명이 새어 나올까 봐 입을 막고 엉덩이로 뒷걸음질 친다.

끼이익.

차가 멈췄다. 재용은 잔뜩 모여 있는 기자들을 헤치고
대문 앞으로 나아갔다. 경찰공무원증을 보이고 문을 열어
달라고 했다. 마음이 급했다. 살인을 막아야 했다. 그리

고 그를 도망시켜야 한다.

정원을 가로질러 집 안으로 들어선 재용은 이미 상황이 끝났음을 알았다. 이미 늦었다. 철민의 몸에서, 화숙의 목덜미에서 피가 흘러내리고 있었다. 죽어 가고 있었다. 아무도 저들을 되살리진 못할 것이다.

태수의 손에 쥔 칼에서 피가 흘러내리고 있었다. 재용이 태수를 향해 총을 겨누었다. 두 남자의 시선이 마주쳤다. 태수가 웃었다. 아무런 미련도 남지 않은 허허한 웃음을. 모든 것을 포기한 웃음을.

재용의 가슴이 시려 왔다. 바깥에서 경찰 사이렌 소리가 들린다. 재용은 다시 태수를 향해 총을 겨누며 말했다.

"가! 빨리 도망가! 다시는 나타나지 말고 숨어서 살아! 은옥이 부탁이야!"

은옥이란 말에 태수의 눈동자가 잠시 흔들렸다. 그래도 몸은 움직이지 않았다. 재용은 다급해졌다. 시간이 없다. 그를 움직이게 해야 한다. 재용이 방아쇠를 당겼다. 총알이 태수의 옆으로 날아가 벽에 박혔다.

"빨리 가라고!"

그제야 태수가 움직였다. 가볍게 몸을 날려서 밖으로 나갔다. 밖에는 특공대원들이 쫙 깔려 있었다. 특종을 잡

고자 하는 기자들도. 잽싸게 몸을 피했지만 그들의 눈을
다 피할 수는 없었다.

"저, 저기다!"

누군가가 소리치자 특공대원들의 일부가 태수를 쫓았다.

"거기 서! 쏜다!"

경고가 떨어졌지만 멈출 수는 없었다. 달렸다. 힘껏 달
렸다. 총알이 태수에게 날아갔다. 몇 발의 총알이 빗나갔
는지 모른다.

그러다 어느 순간, 태수는 다리에서 타는 듯한 통증을
느꼈다. 아는 통증이었다. 총상을 당할 때 느끼는 통증.
하지만 멈출 순 없었다. 은옥이 숨어서라도 살아 달라고
했으니 도망칠 것이다. 총에 맞은 다리를 절룩거리며 달
렸다.

다리에서 점점 힘이 빠졌다. 제대로 걸을 수가 없었다.
다리가 점점 아파 왔다. 기를 쓰고 달리던 것들이 모두 무
의미해질 만큼 허무함이 몰려왔다. 그렇지. 포기하면 되
지. 살아야 할 의미 같은 건 없잖아. 민아도 죽었고……
억만이도 죽었고…… 은옥인…….

은옥인 살았을 것이다. 살아서 그 남자 품으로 돌아갔
을 것이다. 태수는 마침내 모든 것을 포기한 듯 가볍게 몸

을 한강으로 날렸다.

　제물이 되어 주겠다며 은옥이 자신의 심장을 향해 칼을 찌르던 순간이 생각나자 태수는 가슴이 서늘하게 식었다. 결단코 은옥인 죽게 하고 싶지 않았다. 은옥이가 피 흘리는 모습을 보고 싶지 않았다.

　사랑하는 사람이 죽어 가는 모습을 보고 싶지 않았다. 황급히 손을 뻗어 은옥의 행동을 제지시켰다. 완벽하게 막지 못했다. 빗나간 그녀의 손이 심장 대신 배를 찔렀다. 피가 솟구쳤다. 분수처럼 솟구쳤다. 두려웠다. 이대로 두면 과다출혈로 죽을 수도 있었다.

　"죽지 마. 죽으면 용서 안 해!"

　은옥을 부둥켜안고 소리 질렀다.

　"오빠, 이제 사람들 죽이지 마. 그러지 마. 어? 오빠?"

　"그래, 안 죽여. 안 죽일게. 그러니 정신 차려. 은옥아!"

　"……오빠가 살아 있어서 정말 좋아. 고마워, 오빠……. 그리고 살아 줘……. 아무리 힘들어도…… 괴로워도 살아 줘……. 날 위해서……."

　은옥의 목소리에서 자꾸만 힘이 빠져나간다. 30년 전 그때처럼 은옥이가 이 동굴에서 죽어 간다. 나의 신앙이 죽어 간다. 두렵다. 너무 두렵다. 은옥이까지 죽어 버릴까 봐 너무 두렵다.

은옥이를 안아 들었다. 당장 병원으로 데려가야 했다. 밖으로 나가는 순간 자신이 위험에 처할지 모르지만 그건 아무런 장애가 되지 않았다.

달리고 달려서 병원에 도착했다. 응급실에 내려놓자 그 와중에도 은옥인 내 손을 붙잡고 애원하는 눈빛을 보냈다.

"약속할게. 더 이상 사람은 안 죽여. 하지만 그놈은 도 저히 용서할 수 없어. 그놈만 죽일게. 그놈은 사람이 아니 니까. 짐승이니까."

은옥의 귀에다 나직하게 속삭이고는 은옥의 손을 놓고 나왔다. 간호사에게 경찰에 연락해 달라는 말을 남기고 서. 그 짐승은 죽기 전엔 그 짓을 멈추지 않을 것이다. 내 가 멈춰 주어야 한다.

"오빠, 아파?"

강물로 떨어지는 태수의 귀에 은옥의 목소리가 들린다. 아주 예전에 들었던 목소리다. 아직은 어렸던 시절 은옥 의 목소리. 지은 죄도 없이 원장에게 두들겨 맞고 구석진 자리에서 웅크리고 앉아 있던 태수에게 은옥이 다가와 물 었다.

고개를 들어 보니 아주 예쁜 여자아이가 자신을 내려다

보고 있었다. 보육원에 새로 온 아이였다. 이런 곳에 오기
엔 어울리지 않을 정도로 맑고 순수해 보였다. 그녀의 눈
에 걱정이 가득 담겨 있었다. 처음 보는 눈빛이었다.

"오빠, 이거……."

은옥이 손바닥을 펴서 내밀었다. 거기엔 초콜릿이 놓여
있었다. 보육원에서는 보기 힘든 비싼 초콜릿. 의문을 담
아서 보자 은옥이 입을 열었다.

"엄마가 하루에 하나씩 먹으면서 기다리면 이 초콜릿이
다 없어지기 전에 데리러 오신다고 했어. 이거 오빠 줄게.
그러면 오빠 엄마도 오실지 모르잖아. 먹어, 오빠."

태수가 가만히 있자 은옥이 초콜릿을 까서 태수의 입에
넣어 주었다. 초콜릿이 입속에서 사르르 녹기 시작했다.
달콤한 맛이 느껴졌다. 달콤한 맛과 함께 굳어 있던 마음
도 사르르 녹아 갔다. 그때부터 은옥은 태수에게 세상에
서 가장 따스한 사람이었다.

"오빠, 내가 자장가 불러 줄게. 우리 엄마가 나 재우면
서 불러 주던 자장가인데 한번 들어 봐."

은옥의 입에서 노래가 흘러나왔다. 은옥에게 어울리지
않을 만큼 처량한 노랫가락이었지만 듣는 내내 마음이 평
안해져 왔다.

"타박타박 타박네야……."

만약 내게도 날 위해 자장가를 불러 주는 엄마가 있었다면 내 삶은 어땠을까? 날 사랑하고 날 위해 살아 주는 아빠가 있었다면 내 삶은 달라졌을까?

부질없는 짓이다. 내 몸이 물속으로 떨어진다. 숨이 막혀 온다. 저기 누군가가 손짓을 한다. 누구일까? 그리운 느낌이 든다. 엄마일까? 아빠일까? 태수의 입가에 미소가 그려진다.

태수가 강으로 떨어진다. 그가 떨어지자 그의 주변으로 포말이 부서진다. 물속으로 떨어지던 그가 하늘로 솟구친다. 새가 되어 날아가려나? 하얀 물거품이 구름처럼 그를 감싼다. 그는 새가 되었을까? 이제 엄마를 만났을까? 다시 태어난다면 부디 좋은 부모 밑에서 태어나기를……. 그래서 더 이상 아프지 말기를…….

어쩌면 그는 살아 있을 수도 있다. 총상을 입고 한강으로 뛰어내린 그의 시신은 며칠을 수색해도 찾아내지 못했다. 은옥의 숨죽인 울음소리에 재용은 그녀를 위로했다. 강한 사람이니까 지금껏 살아온 것처럼 어딘가에서 살아 있을지도 모른다고. 그러니 너무 슬퍼 말라고.

이 사건을 겪으면서 은옥도 정미를 이해하게 되었다. 은옥도 더 이상 정미의 보살핌을 거부하지 않았다. 오히려 투정을 부리기도 했다. 그래도 정미는 좋았다. 딸이 이제는 자기의 마음을 알아주는 것 같아 고맙기만 했다. 태수에겐 여전히 미안한 마음이 남아 있었지만.

* * *

수민의 재판이 시작되었다. 재용과 은옥도 참여했다. 평소의 은옥이라면 사람이 많은 이런 곳엔 오지 않았겠지만 수민이 자기와 같은 고통을 당한 걸 알고 마음이 쓰여서 오지 않을 수가 없었다. 들끓는 여론 덕분인지 방청석엔 사람들로 가득했다.

가해자들은 미성년자라는 이유로 선처를 구했다. 변호사들이 애를 쓰긴 했지만 동영상에 찍힌 증거가 너무나 명확했다. 선처를 받기 힘들 정도였다. 수민이 직접 증언했고 피해자의 동의를 받지 못한 합의서는 효력을 갖지 못했다. 형사처벌만 받지 않았지 그동안 가해자들이 숱하게 행했던 악행들 역시 그들의 발목을 잡았다.

주동자인 갈색 머리는 7년을 나머지는 5년 형을 받았

다. 형을 다 살고 나온다고 해도 그들은 20대. 사회로 나온 그들이 또 무슨 짓을 할지 벌써 걱정이다.

희망보육원에서 일어났던 미성년자 성폭행에 관련되어 정순 역시 실형을 받았다. 횡령했던 돈 역시 다 토해 내어야 했다. 모든 재산이 압류되어 정순은 빈털터리가 되고 말았다. 그 좋아하던 돈도 이제 쓸 수가 없었다. 출소한 다음엔 생계를 걱정해야 할 지경이었다. 아마 다시는 보육원으로 돌아갈 수 없으리.

민지가 다시 희망보육원 원장을 맡게 되었다. 원생들의 표정이 한결 밝아졌다.

일정으로 돌아온 재용은 보직을 바꾸었다. 될 수 있으면 은옥 혼자 시간을 보내게 하고 싶지 않았다. 그런 재용을 보는 은옥의 마음이 편치 않았다. 이젠 남편을 보내 줘야 할 것 같은데 쉽게 입이 떨어지지 않았다.

은옥은 며칠 동안 제대로 잠을 잘 수가 없었다. 잠을 자려고 하면 수민과 경철이 자꾸만 아른거렸다. 사건 뒷마무리 때문에 바쁜 재용 대신에 수민과 경철이 자신을 간호해 줬던 일들이 자꾸만 떠올랐다. 그 자그맣고 따스한 손길이 왜 자꾸 생각이 나는지. 아직도 아이를 키운다는 것이 두렵다. 아직 용기가 나지 않는다.

옆에서 재용이 자꾸만 잠을 이루지 못하고 뒤척거린다.

"자?"

"아뇨."

재용의 질문에 은옥이 대답한다. 재용이 침대에서 몸을 일으키고는 은옥을 가만히 내려다본다. 은옥도 침대에서 일어나 앉는다. 옷매무시를 다듬고 힘들게 입을 연다.

"여보, 우리……."

그러고 또 한참을 말을 잇지 못한다. 강원도에서의 그 날 이후 남편은 은옥의 몸에 손을 대지 않았다. 늘 자신에게 보채던 사람이 안으려 하지 않자 은옥은 오히려 불안했다. 이제 남편이 다 알았으니 이혼을 원하겠다는 생각이 들었다. 차마 입을 열지 못할 뿐이다. 내가 먼저 말을 꺼내 주어야 한다. 은옥이 떨어지지 않는 입술을 열었다.

"……이혼해 줄게요."

"이혼이라니? 그게 무슨 소리야?"

재용이 이마가 찌푸려졌다. 뜬금없이 이혼이라니? 말도 안 되는 소리라는 듯 반문했다.

"당신, 나 더럽게 여기잖아요."

"무슨 소리야 그게? 내가 왜 당신을 더럽게 여겨?"

"그럼 왜 그래요? 왜 내 몸에 손도 안 대는 거예요? 내가 그런 일 당했다는 거 알고 싫어진 거죠?"

말을 하다 보니 은옥은 울컥 서러운 마음이 들었다. 그
렇게 사랑해 주던 남편도 그 일을 알고는 날 외면한다. 이
래서 엄마가 아무에게도 얘기하지 말라고 했나 보다. 코
끝이 시큰해지며 자꾸 눈물이 난다.

이런 바보. 재용이 은옥의 눈물을 닦아 주며 다정한 목
소리로 말한다.

"아니야. 난 당신 싫어하지 않아. 오히려 당신이 싫어할
까 봐 참고 있는 중이야. 당신이 싫어하니까 참는 거라고.
당신을 위해서. 당신이야말로 내가 싫지? 남편이란 작자
가 배려도 없이 덤벼들어서."

"두렵긴 했지만 싫진 않았어요. 그리고 지금은 두렵지
도 않아요, 당신이잖아요."

재용이 은옥을 가만히 안아 준다. 욕구가 실리지 않은
따스한 포옹. 재용의 가슴속에서 은옥이 가만히 묻는다.

"그런 일 당했는데도 괜찮아요?"

"무슨 일? 요즘 여자들 다른 남자들하고 자는 거 흔해.
마음이 움직여서 자는 건 안 더럽고 억지로 당한 건 더럽
다는 거야? 그건 말이 안 되지. 그냥 다친 거야. 폭행을
당한 거라고. 그게 왜 더러워? 나도 고백하자면 다른 여

자랑 잔 적 있어. 실망했어?"

은옥이 아니라는 듯 고개를 젓는다.

"사람은 누구나 다 한 가지씩의 상처는 가지고 살아. 그 상처가 깊은 사람도 있고 얕은 사람도 있지. 나도 상처가 있어. 당신에게 내보이기 싫은 상처. 그 상처를 보인다면 당신도 나를 싫어할지도 몰라."

"그, 그게 뭔데요?"

"당신, 내 과거를 알아?"

모른다. 내 과거가 떳떳치 못해서 한 번도 남편의 과거에 대해서 물어본 적이 없다. 은옥은 고개를 절레절레 흔들었다.

"나도 보육원 출신이야. 어릴 적 버림받았지. 사고 많이 쳤어. 딱 지금의 경철이처럼. 그러다 군대에 가게 되었고 특수부대로 차출되었지. 그래서 사람 많이 죽였어. 죄 없는 사람들도 임무 수행이란 미명하게 죄의식 없이 죽였지. 무섭지?"

은옥은 고개를 절레절레 저었다. 연쇄 살인을 저지르고 다니는 태수 오빠도 무서워하지 않았다. 그런데 임무 수행 중에 했던 일을 무서워하겠는가.

"당신도 힘들었겠어요."

"당신 만나서 잊을 수 있었어. 그러니 은옥아, 우리 지난 일들은 다 흘려보내자. 앞으로 살날만 생각하자. 난 당신과 헤어지지 않아. 당신을 사랑해."

"여, 여보……."

은옥의 눈에 눈물이 가득 차올랐다.

"이제 당신 고통을 알았으니까 내가 조금씩 달래 줄게. 그러니 나에게 마음을 열어 줄 수 있겠어?"

바보. 내 마음이 열린 지가 언제데. 당신에게 버림받을까 봐 얼마나 두려웠는데…….

"나도 당신 사랑해요. 당신에게 버림받게 될까 봐 늘 두려웠어요."

은옥의 말에 재용은 활짝 웃었다.

"참 아까 당신 무슨 얘기하려고 했어요?"

"혹시 말이야, 당신이 싫다면 강요하는 건 아니고……. 수민이랑 경철이 우리가 입양하면 안 될까 해서……."

재용이 은옥의 눈치를 보며 조심스럽게 말을 꺼냈다.

"싫지 않아요. 오히려 자신이 없어서 그렇지. 당신이 원한다면 용기를 내어 볼게요. 나도 애들이 자꾸만 생각났어요."

이제 이 집에도 활기가 살아날 것이다. 다들 상처 입은

사람들이지만 서로를 위하면서 살게 될 것이다. 재용과
은옥의 가슴에 희망이 차올랐다.

* * *

오랜만에 날씨가 쾌청했다. 덥고 습하던 여름이 끝나고
가을이 오고 있었다. 하늘이 더없이 푸르렀다. 양수로 내
려가는 자동차 안에서 재용과 은옥은 가끔씩 눈을 맞추며
따스한 기분에 잠겼다.

한참을 달리던 차가 희망보육원 앞에 멈추었다. 재용과
은옥이 차에서 내려 보육원으로 들어가자 정미가 의아한
시선으로 두 사람을 보았다.

"여긴 어쩐 일이야?"

"엄만 왜 여기 있어?"

"나, 여기서 봉사해. 몸은 좀 고달프지만 마음은 편해.
너희는 무슨 일이야?"

"우리, 수민이랑 경철이 입양하려고."

"정말? 정말 잘되었구나. 경철이와 수민이가 너희 보내
고 한동안 우울해하더니 정말 잘됐어."

정미도 진심으로 축하해 주었다.

"아줌마! 아저씨!"

저만치서 경철이와 수민이도 재용과 은옥을 보고 달려
왔다. 은옥은 수민일, 재용은 경철일 가슴에 안았다. 그
래, 이렇게 가족이 되는 거야. 이렇게.

세상은 의도대로 흘러가지 않는 법. 수민인 흔쾌히 허
락했지만, 경철인 수민이와 가족이 될 수는 없다고 우겼
다. 자기는 수민일 지켜 줘야 한다면서. 결국 수민인 입양
으로, 경철인 동거인이 되어 일정으로 돌아왔다. 그들의
얼굴엔 이제 웃음꽃이 핀다.

2014년에 전자책으로 출간했던 〈박쥐〉를 〈죽이고 싶은〉
이란 제목으로 종이책 출간을 하게 되었습니다.

이 작품은 미성년자 성폭행 피해자와 그 가족들의 고통
에 대한 이야기인데요, 다시 읽어 보아도 여전히 가슴이
아팠답니다. 성인도 성폭행을 당하면 후유증이 큰데 어린
아이들은 오죽하겠어요. 평생 그 상처를 극복하기 힘들겠
지요. 세상에 나가지 못하고 평생 숨어서 사는 사람도 많
다고 하더라고요.

고통받는 사람은 피해자뿐만이 아닙니다. 그들의 가족
역시 그 이전의 삶으로 돌아가기 힘들어요. 삶이 완전히
망가져 버린 거지요.

그들의 고통에 비해 우리나라 형벌은 가해자에 대한 처
벌이 너무 낮아요. 지난 6년 동안 '성폭력범죄의 처벌 등
에 관한 특례법'과 '아동청소년의 성보호에 관한 법률' 등
이 수차례 개정되면서 처벌 수위가 강화되었기에 기대를

하면서 판결이 나온 기록들을 찾아보았답니다. 하지만 제대로 처벌받은 경우는 거의 없더라고요. 아직도 집행유예로 풀려나는 경우가 허다했어요. 실형을 받아도 형량이 너무 낮았고요. 그들은 아직도 이렇게 고통받고 있음에도 말이지요.

우리가 분노할 수밖에 없는 이유예요.

언제쯤이면 판결이 나는 날, 우리가 분노하지 않는 날이 올까요? 절망하지 않는 날이 올까요?

그런 날이 어서 오기를 희망합니다.

이 소설을 쓸 때 도움을 주셨던 고마운 분들에게 이 자리를 빌려 감사를 전합니다.

2019년 7월

한수옥